亲情

梁晓声

人生或会低迷，
精神绝不颓唐。

梁晓声
2022年8月3日
北京

梁晓声说亲情

人民文学出版社

图书在版编目（CIP）数据

梁晓声说亲情/梁晓声著．—北京：人民文学出版社，2022
ISBN 978-7-02-017381-5

Ⅰ．①梁… Ⅱ．①梁… Ⅲ．①散文集—中国—当代 Ⅳ．①I267

中国版本图书馆CIP数据核字（2022）第147419号

责任编辑　付如初
责任印制　苏文强

出版发行　人民文学出版社
社　　址　北京市朝内大街166号
邮政编码　100705

印　　刷　三河市鑫金马印装有限公司
经　　销　全国新华书店等

字　　数　181千字
开　　本　880毫米×1230毫米　1/32
印　　张　8.75　插页2
印　　数　1—10000
版　　次　2022年9月北京第1版
印　　次　2022年9月第1次印刷

书　　号　978-7-02-017381-5
定　　价　43.00元

如有印装质量问题，请与本社图书销售中心调换。电话：010-65233595

目　录

第 一 辑

"家"对人来说,是和"家乡"这个词连在一起的。

父亲	003
母亲	037
《母亲》补白	074
关于母爱	077
我的父母·我的小学·我的中学	085
父亲的演员生涯	115
父亲的遗物	124
关于《慈母情深》	130
母亲养蜗牛	133
献给父母的花儿	145

第一支钢笔 147

第 二 辑

我教育出怎样一个人交给社会，那不仅是我对儿子的责任，也是我对社会的责任。

我与儿子 153
我开始告诉儿子…… 157
体恤儿子 161
当爸的感觉 165
半夜解题 167
给儿子写信 169
儿子"采访"我 171
给儿子的留言 174
"克隆"一个我 178
"过年"的断想 181
论温馨 185
玻璃匠和他的儿子 194
瞧，那些父亲们 201
关于"孝" 207
论"代沟" 216

第 三 辑

六月的夕阳,将温暖的阳光无偿地照在我和我的

老哥哥的身上。

兄长 225
给哥哥的信 248
给妹妹的信 254
在那里是…… 260
关于"家"的絮语 275

第 一 辑

"家"对人来说,是和"家乡"这个词连在一起的。

父　亲

关于父亲,我写下这篇忠实的文字,为一个由农民成为工人阶级的一员"树碑立传",也为一个儿子保存将来献给儿子的记忆……

小时候,父亲在我心目中,是严厉的一家之主,绝对权威,靠出卖体力供我吃穿的人,恩人,令我惧怕的人。

父亲板起脸,母亲和我们弟兄四个,就忐忑不安,如对大风暴有感应的鸟儿。

父亲难得心里高兴,表情开朗。

那时妹妹未降生,爷爷在世,老得无法行动了,整天躺在炕上咳嗽不止,但还很能吃。全家七口人高效率的消化系统,仅靠吮咂一个三级抹灰工的汗水。用母亲的话说,全家天天都在"吃"父亲。

父亲是个刚强的山东汉子,从不抱怨生活,也不叹气。父亲板着脸任我们"吃"他。父亲的生活原则——万事不求人。邻居说我们家:"房顶开门,屋地打井。"

我常常祈祷,希望父亲也抱怨点什么,也唉声叹气。因为我听邻居一位会算命的老太太说过这样一句话："人人胸中一口气。"按照我的天真幼稚的想法，父亲如果能唉声叹气，则会少发脾气了。

父亲就是不肯唉声叹气。

这大概是父亲的"命"所决定的吧？真很不幸！我替父亲感到不幸，也替全家感到不幸。但父亲发脾气的时候，我却非常能谅解他，甚至同情他。一个人对自己的"命"是没办法的。别人对这个人的"命"也是没办法的。何况我们天天在"吃"父亲，难道还不允许天天被我们"吃"的人对我们发点脾气吗？

父亲第一次对我发脾气，就给我留下了终生难忘的印象。一个惯于欺负弱小的大孩子，用碎玻璃在我刚穿到身上的新衣服背后划了两道口子。父亲不容我分说，狠狠打了我一记耳光。我没哭，没敢哭，却委屈极了，三天没说话。在拥挤着七口人的不足十六平方米的空间内，生活绝不会因为四个孩子中的一个三天没说话而变得异常的。全家都没注意我三天没说话。

第四天，在学校，在课堂，老师点名，要我站起来读课文。那是一篇我早已读熟了的课文。我站起来后，许久未开口。老师急了，同学们也急了。老师和同学，都用焦急的目光看着我，教室的最后一排，坐着七八位外校的听课老师。

我不是不想读。我不是存心要使我的班级丢尽荣誉。我是读不出来。读不出课文题目的第一个字。我心里比我的老师，比我的同学们还焦急。

"你怎么了？你为什么不开口读？"老师生气了，脸都气红了。

我哇的一声大哭起来。

从此我们小学二年级三班，少了一名老师喜爱的"领读生"，多了一个"结巴磕子"，我也从此失掉了一个孩子的自尊心……

我的口吃，直至上中学以后，才自我矫正过来。我变成了一个说话慢言慢语的人。有人因此把我看得很"成熟"，有人因此把我看得"胸有城府"。而在需要"据理力争"的时候，我往往成了一个"结巴磕子"，或是一个"理屈词穷"者。父亲从来也没对我表示过歉意。因为他从来也没将他打我那一耳光和我以后的口吃联系在一起……

爷爷的脾气也特火爆。父亲发怒时，爷爷不开骂，便很值得我们庆幸了。

值得庆幸的时候不多。

母亲属羊，像只羊那么驯服，完全被父亲所"统治"。如若反过来，我相信对我们几个孩子是有益处的。因为母亲是一位农村私塾先生的女儿，颇识一点文字。遗憾的是，在家庭中，父亲的自我意识，起码比"工人阶级领导一切"这条理论早形成二十年。

中国的贫穷家庭的主妇，对困苦生活的适应力和忍耐力是极可敬的。他们凭一种本能对未来充满憧憬，虽然这憧憬是朦胧的，盲目的，带有浪漫的主观色彩。期望孩子长大成人后都有出息，是她们这种憧憬的萌发基础。我的母亲在这方面的自觉性和自信心，我认为是高于许多母亲们的。

关于"出息"，父亲是有他独到的理解的。

一天吃饭的时候，我喝光了一碗苞谷面粥，端着碗又要去盛，瞥见父亲在瞪我。我胆怯了，犹犹豫豫地站在粥盆旁，不敢再盛。

父亲却鼓励我："盛呀！再吃一碗！"

父亲见我只盛了半碗，又说："盛满！"接着，用筷子指着哥哥和两个弟弟，异常严肃地说："你们都要能吃！能吃，才长力气！你们眼下靠我的力气吃饭，将来，你们是都要靠自己的力气吃饭的！"

我第一次发现，父亲脸上呈现出一种真实的慈祥、一种由衷的喜悦、一种殷切的期望、一种欣慰、一种光彩、一种爱。

我将那满满一大碗苞谷面粥喝下去了，还强吃掉半个窝窝头，为了报答父亲，报答父亲脸上那种稀罕的慈祥和光彩。尽管撑得够受，但心里幸福。因为我体验到了一次父爱。我被这次宝贵的体验深深感动。

我以一个小学生的理解力，将父亲那番话理解为对我的一次教导、一次具有征服性的教导、一次不容置疑的现身说法。我心领神会，虔诚之至地接受这种教导。从那一天起饭量大了，觉得自己的肌肉也仿佛日渐发达，力气也似乎有所增长。

"老梁家的孩子，一个个都像小狼崽子似的！窝窝头，苞谷面粥，咸菜疙瘩，瞧一顿顿吃得多欢，吃得多馋人哟！"这是邻居对我们家的唯一羡慕之处。父亲引以为豪。

我十岁那年，父亲随东北建筑工程公司支援大西北去了。父亲离家不久，爷爷死了。爷爷死后不久，妹妹出生了。妹妹出生不久，母亲病了。医生说，因为母亲生病，妹妹不能吃母亲的奶。哥哥已上中学，每天给母亲熬药，指挥我们将家庭乐章继续下去。我每天给妹妹打牛奶，在母亲的言传下，用奶瓶喂妹妹。

我极希望自己有一个姐姐。母亲曾为我生育过一个姐姐。然而我未见过姐姐长得什么样，她不满三岁就病死了。姐姐死得很冤，因为父亲不相信西医，不允许母亲抱她去西医院看病。母亲偷偷抱着姐姐去西医院看了一次病，医生说晚了。母亲由于姐姐的死大病了一场。父亲却从不觉得应对姐姐的死负什么责任。父亲认为，姐姐纯粹是因为吃了两片西药被药死的。

"西药，是治外国人的病的！外国人，和我们中国人的血脉是不一样的！难道中国人的病是可以靠西药来治的吗？！西药能治中国人的病，我们中国人还发明中医干什么？！"

父亲这样对母亲吼。

母亲辩驳："中医先生也叫抱孩子去看看西医。"

"说这话的，就不是好中医！"父亲更恼火了。

母亲，只有默默垂泪而已。

邻居那个会算命的老太太，说按照《麻衣神相》，男属阳，女属阴，说我们家的血脉阳盛阴衰，不可能有女孩。说父亲的秉性太刚，女孩不敢托生到我们家。说我夭折的姐姐，是被我们家的阳刚之气"克"逃了，又托生到别人家中去了。

一天晚上，我亲眼看见，父亲将一包中草药偷偷塞进炉膛里，满屋弥漫一种苦涩的中草药味。父亲在炉前呆呆站立了许久，从炉盖子缝隙闪耀出的火光,忽明忽暗地映在父亲脸上。父亲的神情那般肃穆,肃穆中呈现出一种哀伤……

我幼小的心灵,当时很信服《麻衣神相》之说。要不妹妹为什么是在父亲离家、爷爷死后才出生的呢?我尽心尽意照料妹妹,希望妹妹是个胆大的女孩,希望父亲三年内别探家。唯恐妹妹也像姐姐似的"托生"到别人家中去。妹妹的"光临",毕竟使我想有一个姐姐的愿望,某种程度上得到了一种补偿性的满足。

父亲果然三年没探家,不是怕"克"逃了妹妹,是打算积攒一笔钱。

父亲虽然身在异地,但企图用他那条"万事不求人"的生活原则遥控家庭。

"要节俭,要精打细算,千万不能东借西借……"父亲求人写的每一封家信中,都忘不了对母亲谆谆告诫一番。父亲每月寄回的钱,根本不足以维持家中的起码开销。母亲彻底背叛了父亲的原则。我们家"房顶开门,屋地打井"的"自力更生"的历史阶段,很令人悲哀地结束了。我们连心理上的所谓"穷志气"都失掉了……

父亲第一次探家,是在春节前夕。父亲攒了三百多元钱,还了母亲借的债,剩下一百多元。

"你是怎么过的日子?啊?!我每封信都叮嘱你,可你还是借了这么多债!你带着孩子们这么个过法,我养活得起吗?!"父亲对母亲吼。他坐在炕沿上,当着我们的面,粗糙的大手掌将炕沿拍得啪啪响。

母亲默默听着,一声不吭。

"爸爸,您要责骂,就责骂我们吧!不过我们没乱花过一分钱。"哥哥不平地替母亲辩护。

我将书包捧到父亲面前,兜底儿朝炕上一倒,倒出了正反两面都写满字的作业本,几截手指般长的铅笔头。我瞪着父亲,无言地向父亲声明:我们真的没乱花过一分钱。"你们这是干什么?越大越不懂事了!"母亲严厉地训斥我们。父亲侧过脸,低下头,不再吼什么。许久,父亲长叹了一声,那是从心底发出的沉重负荷下泄了气似的长叹。那是我第一次听到父亲叹气。我心中倏然对父亲产生了一种怜悯。第二天,父亲带领我们到商店去,给我们兄弟四个每人买了一件新衣服,也给母亲买了一件平绒上衣……父亲第二次探家,是在"三年自然灾害"期间。"错了,我是大错特错了!"一一细瞧着我们几个孩子因吃野菜而浮肿不堪的青黄色的脸,父亲一迭声说他错了。"你说你什么事错了?"母亲小心翼翼地问。父亲用很低沉的声音回答:"也许我十二岁那一年就不该闯关东……我想,如今老家的日子兴许会比城市的日子好过些?就是吃野菜,老家能吃的野菜也多啊……"父亲要回老家看看。如果老家的日子比城市的日子好过些,他就将带领母亲和我们五个孩子回老家,不再当建筑工人,重当农民。

父亲这一念头令我们感到兴奋,给我们带来希望。我们并不迷恋城市。野菜也好,树叶也好,哪里有无毒的东西能塞满我们的胃,哪里就是我们的福地。父亲的话引发了我们对从未回去过的老家的向往。

母亲对父亲的话很不以为然。但父亲一念既生,便会专执此念。那是任何人也难以使他放弃的。

母亲从来也没有能够动摇过父亲的哪怕一次荒唐的念头。母亲根本不具备这种妇人之术。母亲很有自知之明,便预先为父亲做种种动身前的准备。

父亲要带一个儿子回山东老家。在我们——他的四个儿子之间,展开了一次小小的纷争。最后,由父亲做出了裁决。父亲庄严地对我说:"老二,爸带你一块儿回山东!"老家之行,印象是凄凉的。对我,是一次大希望的大破灭。对父亲,是一次心理上和感情上的打击。老家,本没亲人了,但毕竟是父亲的故乡。故乡人,极羡慕父亲这个挣现钱的工人阶级。故乡的孩子,极羡慕我这个城市的孩子,羡慕我穿在脚上的那双崭新的胶鞋。故乡的野菜,还塞不饱故乡人的胃。我和父亲路途上没吃完的两掺面的馒头,在故乡人眼中,是上等的点心。父亲和我,被故乡一种饥饿的氛围所促使,竟忘乎所以地扮演起"衣锦还乡"的角色来。

父亲第二次攒下的二百元钱,除了路费,东家给五元,西家给十元,以"见面礼"的方式,差不多全救济了故乡人。我和父亲带了一小包花生米和几斤地瓜干离开了故乡……

到家后,父亲开口对母亲说的第一句话是:"孩子他妈,我把钱抖搂光了!你别生气,我再攒!"

这是我第一次听到父亲用内疚的语调对母亲说话。

母亲淡淡一笑："我生啥气呀！你离开老家后，从没回去过，也该回去看看嘛！"仿佛她对那被花光的二百多元钱毫不在乎。

但我知道，母亲内心是很在乎的。因为我看见，母亲背转身时，眼泪从眼角溢出，滴落在她衣襟上。

那一夜，父亲翻身不止，长叹接短叹。

两天后，父亲提前回大西北去了。假期内的劳动日是发双份工资的……

父亲始终恪守自己给自己规定的三年探一次家的铁律，直至退休。父亲是很能攒钱的。母亲是很能借债的。我们家的生活，恰恰特别需要这样一位父亲，也特别需要这样一位母亲。所谓"对立统一"。

在我记忆的底片上，父亲愈来愈成为一个模糊的虚影，三年显像一次；在我的情感世界中，父亲愈来愈成为一个我想要报答而无力报答的恩人。

报答这种心理，在父子关系中，其实质无异于溶淡骨血深情的稀释剂。它将最自然的人性最天经地义的伦理平和地扭曲为一种最荒唐的债务。而穷困之所以该诅咒，不只因为它造成物质方面的债务，更因为它造成精神上和情感上的债务。

父亲第三次探家那一年，正是哥哥考大学那一年。父亲对哥哥想考大学这一欲望，以说一不二的威严加以反对。

"我供不起你上大学！"父亲的话，令母亲和哥哥感到没有丝毫商量余地。

好心的邻居给哥哥找了一个挣小钱的临时活——在菜市场卖菜。卖十斤菜可挣五分钱。父亲逼着哥哥去挣小钱。哥哥每天偷偷揣上一册课本，早出晚归。回家后交给父亲五角钱。那五角钱，是母亲每天偷偷塞给哥哥的。哥哥实则是到公园里或松花江边去温习功课的。骗局终于败露，父亲对这种"阴谋诡计"大发雷霆，用水杯砸碎了镜子。

父亲气得当天就决定回大西北。我和哥哥将父亲送到火车站。

列车开动前，父亲从车窗口探出身，对哥哥说："老大，听爸的话，别考大学！咱们全家七口，只我一个挣钱，我已经五十出头了，身板一天不如一天了，你应该为我分担一点家庭担子了啊！"父亲的语调中，流露出无限的苦衷和哀哀的恳求。

列车开动时，父亲流泪了。一滴泪水挂在父亲胡茬儿又黑又硬的脸腮上。我心里非常难过，却说不清究竟是为父亲难过，还是为哥哥难过。我知道，哥哥已背着父亲参加了高考。母亲又一次欺骗了父亲。哥哥又一次欺骗了父亲。我这个"知情不举"者，也欺骗了父亲。我因无罪的欺骗感到内疚极了。我，很大程度上是为自己难过……

几天后，哥哥接到了大学录取通知书。母亲欣慰地笑了。哥哥却哭了……

我又送走了哥哥。

哥哥没让我送进站。

他说："省下买站台票的五分钱吧。"

在检票口，哥哥又对我说："二弟，家中今后全靠你了！先别告诉爸爸，我上了大学……"

我站在检票口外，呆呆地望着哥哥随人流走入火车站，左手拎着行李卷，右手拎着网兜，一步三回头。

我缓慢地走在回家的路上，手中紧紧攥着没买站台票省下的那五分镍币，心中暗想：为了哥哥，为我们家祖祖辈辈的第一个大学生，全家一定要更加省吃俭用，节约每分钱……

我无法长久隐瞒父亲哥哥已上了大学这件事。我不得不在一封信中告诉父亲实情。

哥哥在第一个假期被学校送回来了。他再也没能返校。

他进了精神病院——一个精神世界的自由王国——一个心理弱者的终生归宿。一个明确的句号。

我从哥哥的日记本中，翻出了父亲写给哥哥的一封信。一封错字和白字占半数以上的信。一封并不彻底的扫盲文化程度的信：

老大！你太自私了！你心中根本没有父母！根本没有弟弟妹妹！你只想到你自己！你一心奔你个人的前程吧！就算我白养大你！就算我没你这个儿子！有朝一日你当了工程师！我也再不会认你这个儿子！

每句话后面都是"！"号，所有这些"！"号，似乎也无法表述父亲对哥哥的愤怒。父亲这封信，使我联想到了父亲对我们的那番教导:"将来,你们都是要靠自己的力气吃饭的!"我不由得将父亲的教导作为基础理论进行思考:每个人都是有把子力气的,倘一个人明明可以靠力气吃饭而又并不想靠力气吃饭,也许竟是真有点大逆不道的吧?哥哥上大学,其实绝不会造成我们家有一个人饿死的严峻后果,那么父亲的愤怒,是否也因哥哥违背了他的教导呢?父亲是一个体力劳动者,我所见识过的体力劳动者,大致分为两类。一类自卑自贱,怨天咒命的话常挂在嘴边上:"我们,臭苦力!"一类盲目自尊,崇尚力气,对凡是不靠力气吃饭的人,都一言以蔽之曰:"吃轻巧饭的!"蕴含着一种藐视。

父亲属于后一类。

如今想起来,这也算一件极可悲的事吧!对哥哥抑或对父亲自己,难道不都可悲吗?

父亲第四次探家前,我到北大荒去了。以后的七年内,我再没见过父亲。我不能按照自己的愿望和父亲同时探家。

在我下乡的第七年,连队推荐我上大学。那已是第二次推荐我上大学了。我并不怎么后悔地放弃了第一次上大学的机会。哥哥上大学所落到的结果,比父亲对我的人生教导在我心理上造成更为深刻的不良影响。然而第二被推荐,我却极想上大学了。第二次即最后一次。我不会再获得第三次被推荐的机会。那一年我二十五岁了。

我明白,录取通知书没交给我之前,我能否迈入大学校门,还是一个问号。连干部同意不同意,至关重要。我曾当众顶撞过连长和指导员,我知道他们对我耿耿于怀。我因此而忧虑重重。几经彻夜失眠，我给父亲写了一封信，告之父亲我已被推荐上大学，但最后结果，尚在难料之中，请求父亲汇给我二百元钱。还告知父亲，这是我最后一次上大学的机会。我相信我暗示得很清楚，父亲是会明白我需要钱干什么的。信一投进邮筒，我便追悔莫及。我猜测父亲要么干脆不给我回音，要么会写封信来狠狠骂我一通。肯定比骂哥哥那封信更无情。按照父亲做人的原则，即使他的儿子有当皇上的可能，他也是绝不容忍他的儿子为此用钱去贿赂人心的。

没想到父亲很快就汇来了钱。二百元整。电汇。汇单的附言条上，歪歪扭扭地写着几个错别字："不勾（够），久（就）来电。"

当天我就把钱取回来了。晚上，下着小雨。我将二百元钱分装在两个衣兜里，一边一百元。双手都插在衣兜，紧紧攥着两叠钱。我先来到指导员家，在门外徘徊许久，没进去。后来到连长家，鼓了几次勇气，猛然推门进去。我支支吾吾地对连长说了几句不着边际的话，立刻告辞。双手始终没从衣兜里掏出来，两叠钱被攥湿了。

我缓缓地在雨中走着。那时刻一个充满同情的声音在我耳边说："梁师傅真不容易呀，一个人要养活你们这么一大家子！他节俭得很呢，一块臭豆腐吃三顿，连盘炒菜都舍不得买……"

这是父亲的一位工友到我家对母亲说过的话。那时我还幼小，长大后忘了许多事，但这些话却忘不掉。

我觉得衣兜里的两叠钱沉甸甸的，沉得像两大块铅。我觉得我的心灵那么肮脏，我的人格那么卑下，我的动机那么可耻。我恨不得将我这颗肮脏的心从胸膛内呕吐出来，践踏个稀巴烂，践踏到泥土中。

我走出连队很远，躲进两堆木棱之间的空隙，痛痛快快地大哭了一场。我哭自己，也哭父亲。父亲他为什么不写封信骂我一通啊？！一个父亲的人格的最后一抹光彩，在一个儿子心中黯然了，就如同一个泥偶毁于一捧脏水。而这捧脏水是由儿子泼在父亲身上的，这是多么令人悔恨令人伤心的事啊！

第二天抬大木时，我坚持由三杠换到了二杠——负荷最沉重的位置。当两吨多重的巨大圆木在八个人的号子声中被抬离地面，当抬杠深深压进我肩头的肌肉，我心中暗暗呼应的却是另一种号子——爸爸，我不，不！……

那一年我还是上了大学。连长和指导员并未从中作梗，而且还把我送到了长途汽车站。和他们告别时，我情不自禁地对他们说了一句："真对不起……"他们默默对望了一眼，不知我说这句话是什么意思。

那个漆黑的，下着小雨的夜晚，将永远永远保留在我记忆中……

三年大学，我一次也没有探过家，为了省下从上海到哈尔滨的半票票价，也为了父亲每个月少吃一块臭豆腐，多吃一盘炒菜。

毕业后，参加工作一年，我才探家，算起来，我已十年没见过父亲了。父亲提前退休了。他从脚手架上摔下来过一次，受了内伤，也年老了，干不动重体力活了。

三弟返城了。我回到家里时，见三弟躺在炕上，一条腿绑着夹板，吊在半空。小妹告诉我，三弟预备结婚了。新房是傍着我们家老屋山墙盖起的一间"偏厦子"。我们家的老屋很低矮,那"偏厦子"不比别人家的煤棚高多少。

我进入"新房"看了看,出来后问三弟:"怎么盖得这么凑凑乎乎?"

三弟的头在枕上侧向一旁,半天才说:"没钱。能盖起这么一间就不错了。"

我又问:"你的腿怎么搞的?"

三弟不说话了。

小妹从旁替他说:"铺油毡时,房顶木板太朽了,踩塌掉进屋里……"

我望着三弟,心里挺难受。我能读完三年大学,全靠三弟每月从北大荒寄给我十元钱。

吃过晚饭后,我对父亲说:"爸爸,我想和你谈件事。"

父亲看了我一眼,默默地等待我说。父亲看我时的目光,令我感到有些陌生。是因为我们父子分别了整整十年吗?是因为我成了一个大学毕业生吗?我不得而知。他看我那一眼,像一匹老马看一头小牛。

我向父亲伸出一只手:"爸爸,把你这些年攒的钱都拿出来,给三弟盖房子用吧!"

父亲又用那种有些陌生的目光看了我一眼,低下头,沉默半响,才低声说:"我……不是已经给了吗?……"我说:"爸爸,你只给了三弟二百五十元钱呀!那点钱能够盖房子用吗?""我……再没钱……"父亲的声音更低。我大声说："不对！爸爸，你有！我知道你有！你有三千多元钱！……"父亲腾地从炕沿上站了起来，脸色涨得紫红，怒吼道："你！……你简直胡说！我什么时候攒下过三千元？！"

躺在炕上的三弟插嘴说："二哥，你何必为我逼爸爸呢！爸爸一辈子都想攒钱，如今总算攒下了，能舍得拿出来为我盖房子？"口吻中流露出一个儿子内心对父亲的极大不满。

我生气了，提高嗓门说："爸爸，你这样做不对！三弟能在那样一间煤棚似的破屋里结婚吗？那里出生的，将是你的孙子，或是你的孙女！你将在子孙后代面前感到羞愧的！……"我心中倏然对父亲鄙视起来。

"住嘴！……"父亲举起了一只拳头。拳没落到我身上，在空中僵了片刻，沉重地落在了父亲自己的脑门上。母亲、四弟和小妹赶紧从里间屋出来，把我往里间屋拉。"你！……十年没见我，一见我就教训我吗？！好一个儿子啊！你就是这样给你弟弟妹妹们做榜样的吗？你可算念成了大学了！你给我滚！……"父亲脸腮抽搐着，眼中喷射出怒火。他那凶暴的语调中，有一种寒透了心的悲凉成分。他用手朝我一指，又吼出一个"滚"字，再说不出别的话来。

我一下子挣脱了母亲和四弟拉住我的手，大声说："爸爸，我永远不再回这个家！"说完，冲出了家门。我一口气走到火车站，买了一张三个小时后开往北京的火车票，坐在候车室的长凳上，一支接一支吸烟。不知过了多久，听到有人轻轻叫我，抬起头，见母亲和四弟站在面前。四弟说："二哥，回家吧！"母亲也说："回家吧，妈求你！"

"不……"我坚决地摇摇头。

母亲又说："你怎么能那样子跟你父亲争吵呢？他的确是没攒下那么多钱呀！他攒下的一点钱，差不多全给你三弟了……下个月初就要给你哥交住院费……"

几个好奇的男人女人围住了我们，用各种猜疑的目光注视我。我听到一个上了年纪的女人离开时叹了口气，说："可怜天下父母心啊！"我分明是被看成一个不孝之子了。我打断母亲的话，说："妈妈，您别替我父亲辩护了！我在大学时，您求人写信告诉过我，父亲已积攒下了三千元钱。他怎么能对他的儿子那么吝啬？"母亲怔了一下，说："傻孩子，是妈不好，妈那是骗你的呀！为了让你在大学里安心读书，不挂虑家中的生活……"听了母亲的话，我呆呆地望着母亲那张憔悴的脸，发愣许久，说不出话来。"听妈的话，回家吧！回家跟你爸认个错……"母亲上前扯我。我低下头哭了……我跟着母亲和四弟回到了家里。我向父亲认了错。父亲当时没有任何原谅我的表示。

小妹那时已中学毕业，在家待业两年了，一直没有分配工作。母亲低眉下眼地去找过街道主任几次，街道主任终于给了个话口说："下一次来指标，我给使把劲试试看吧！"

母亲将这话学给父亲，对父亲说："为了孩子，这人情，管多管少，无论如何也得送啊！"

父亲拉开抽屉,取出一个牛皮纸钱包,递给母亲,头也不抬地说:"我这个月的退休金,刚交了老大的住院费,剩下的都在里边了……"

牛皮纸钱包里,大票只有两张十元的了。母亲犹豫了一阵,将其中一张交给妹妹。妹妹就用那十元钱买了点不成体统的东西,当天拎着去街道主任家"表示表示"。怎么拎去的,又怎么拎回来了。

母亲诧异地问:"怎么拎回来了?"

小妹沮丧地回答:"人家不肯收。"

母亲又问:"嫌少?"

"人家说,多年住在一条街上,收了,就显得不好了。人家说,要是咱们非要表示表示,她家买了一吨好煤,咱们帮忙给拉回来……"小妹说罢,怯怯地瞟了父亲一眼。

父亲始终没抬头,听罢小妹的话,头更低下去了。过了好一会儿,父亲才开口说:"我和你四哥……一块儿去给拉回来……"

四弟刚巧从外面回来,问明白后,为难地对父亲说:"爸,我们厂的团员明天要组织一次活动,我是团支部书记,我不能不去呀!"

小妹急了:"什么破团支部书记,你当得那么上瘾?!明天不给拉回来,人家的煤票就过期了!"

这一节话,我都在里屋听到了,我跨出里屋,对小妹说:"明天我和爸去拉。"

父亲突然莫名其妙地火了:"谁都用不着你们!我明天一个人去拉!我还没老得不中用,我还有力气!"

头天晚上就下起了大雨。第二天白天,雨下得更大了。我和父亲借了辆手推车,冒雨去拉煤。路很远。煤票是在一个铁道线附近的大煤厂开的,距我们住的街区,有三十来里。一吨煤,分三趟拉。天黑才拉回第三趟。拉第三趟时,一只车轮卡在铁轨岔角里。无论我和父亲使出多大的力气,车轮都纹丝不动,像被焊住了。我和父亲一块儿推,一块儿拉,一个推,一个拉,弄得浑身是泥,双手处处是伤,始终一筹莫展。在暴雨中,我听得见父亲像牛一样的呼哧呼哧的喘息声。

我抹了把脸上的雨水,对父亲大声喊:"爸爸,你在这儿看着,我去道班房找个人来帮帮忙!"

"你的力气都哪去了?!"父亲一下子推开我,弯下腰,用他那肌肉萎缩了的肩膀去扛车。

远处传来了火车的吼声。一列火车开过来了。在闪电亮起的刹那,我看见一块松弛的皮肤,被暴雨无情地鞭打着。是一个老年人的丧失了力气的脊梁。

车头的灯光从远处射了过来。

父亲仍在徒劳无益地运用着微不足道的力气。

我拔腿飞快地朝道班房跑去。

列车停住了。

道班工人和我一块儿跑到煤车前。

父亲还在用肩膀扛煤车。他仿佛根本没发现有火车开过来。

"你他妈的玩命啊!"道班工人恶狠狠地骂了一句。

火车车头的光束正照着煤车。父亲的肩膀，终于离开了煤车。父亲缓缓抬起了头。我看清了父亲那张绝望的脸。一张皱纹纵横的脸。每一条皱纹，都仿佛是一个"！"号，比父亲写给哥哥的那封信中还多……

雨水，从父亲的老脸上往下淌着。

我知道，从父亲脸上淌下来的，绝不仅仅是雨水。父亲那双瞪大的眼神空洞的眼睛，那抽搐的脸腮，那哆嗦的双唇，说明了这一点……

这个雨夜，又使我回想起了几年前那个雨夜。我躲在我们连队木棱堆之间大哭一场的那个雨夜……

今年四月的一天，我收到一封电报，电文——"父即日乘十八次去京，接站。"

我又几年没探家了。我与父亲又几年没见面了。我已经三十五岁了，可以说是一个中年人了。电报使我心中涌起了一个中年人对自己老父亲的那种情感。那是一种并不强烈的，撩拨回忆的情感。人的回忆，是可以随着年龄的增长而改变"焦距"的，好像照片随着时间改变颜色一样。回忆往事，我心中对父亲的谴责少了，对自己的谴责反而多了。我毕竟没有给过父亲多少一个儿子对父亲的爱啊！

电报没能在头一天交到我手里，却被人从门底缝塞进了我的办公室。我头一天熬夜，第二天上班很迟。看看手表，离列车到站时间，仅差一小时十五分。马上动身完全来得及接站。我手中拿着电报，心里倏忽产生了一个念头——租一辆小汽车去接站。这念头产生得很随便，就像陕西人想吃一顿羊肉泡馍。父亲生平连一次小汽车也没坐过，我要给予父亲"生平第一次"。我给几处出租汽车站打电话，都没车。二十多分钟在电话机前过去了。乘公共汽车接站，已根本来不及。只有继续拨电话。又拨了十多分钟，终于要到了一辆车。说很快就到，却并不很快，半小时以后才到。一路红灯，驶驶停停。到火车站，早已过时。

我打开车门就往下跳，司机一把揪住我："车费！"我一摸衣兜，钱包没带！只好向司机赔笑脸，告诉他我是来接人的，接到了再给他车费。说了不少好话，最后将工作证押给他，他才算松开了手。站内站外，都没寻找到父亲。我沮丧地回到出租汽车跟前，央求司机再送我回家，来去车费一块儿付。司机哼了一声，将车开走了。我见方向不对，赔着笑脸问："你要把我拉哪去呀？"司机冷冰冰地回答："出租汽车总站。我饿了，该吃午饭了。你在总站再要一辆车吧！"我自认理亏，不多说什么。在出租汽车总站，又等了一个多小时，才终于坐进了另一辆小汽车里。回来倒是一路飞快，算账时，可把我吓了一大跳——二十三元！我不由得问了句："怎么二十三元啊？"司机瞪了我一眼："加上火车站到出租汽车总站的那一段车费！""那一段路也要车费？！""笑话！你想白坐啊？"一进家门，见父亲已在家中了。我埋怨道："爸爸，你怎么不在火车站多等会儿啊？让我白接了你一趟！"父亲说："等了一会儿，没见着你，我心想你不会来接了……""拍了电报，我能不去接吗？

真是的！""我心想，大概你工作忙，脱不开身……"我说："爸，先给我二十三元钱！"刚见面，伸手要钱，父亲奇怪，疑惑地瞧着我。我只好解释："爸爸，我是租了一辆小汽车去接你的，司机在下边等着呢！我的钱包放在办公室了。"仿佛为了证实我的话，司机按了几声喇叭。父亲当时那种表情，就好像听说我是租了艘宇宙飞船去接他似的。他缓缓解开衣扣，拆开缝在衣里儿上的一块布，用手指捻出三张十元的纸钞，默默递给了我。我从父亲的目光中看出他心里想说的一句话："你摆的什么谱啊！"

"爸爸，这钱我会还你的……"我接过钱，匆匆奔下楼去。当我回到屋里，见父亲脸色变得很阴沉，也不瞧我，低头吸烟。

我省悟到，我刚才说了一句十分愚蠢的话……

父亲，不再是从前那个身强力壮的父亲了，也不再是那个退休之年仍目光炯炯、精神矍铄的父亲了。父亲老了，他是完完全全地老了。生活将他彻底变成了一个老头子。他那很黑的硬发已经快脱落光了，没脱落的也白了。胡子却长得挺够等级，银灰间黄，所谓"老黄忠式"，飘飘逸逸的，留过第二颗衣扣。只有这一大把胡子，还给他增添些许老人的威仪。而他那一脸饱经风霜的皱纹，凝聚着某种不遂的夙愿的残影……

生活，到底是很厉害的。

我家住在一幢筒子楼内，只一间，十三平方米，在走廊做饭，和电影《邻居》里的情形差不了多少。走廊脏，黑，苍蝇多，老鼠肆无忌惮，特肥大。

父亲到来的第一天,打量着我们家在走廊占据的"领地",不无感触地说:"老二,你有福气啊!你才参加工作几年呀,就分到了房子!走廊这么宽,还能当厨房……你……比我强……"

这话从父亲口中说出,以那么一种淡泊的自卑的语调说出,使我心中有些凄凉之感。

父亲当了一辈子建筑工人,盖了一辈子楼房,却羡慕我这筒子楼里的十三平米……他是被尊称为"主人翁"的人啊……

编辑部暂借给我一间办公室。每天晚上,我和父亲住在办公室,妻子和孩子住在家中。我虽没有让父亲生平第一次坐上小汽车,父亲却沾了我的光,生平第一次住上了楼房。

父亲每天替我们接孩子,送孩子,拖地板,打开水,买菜,做饭,乃至洗衣服,拆被子,换煤气。一切的家务,父亲都尽量承担了。

我不希望父亲,我的老父亲沦为我的老勤杂员。我对父亲说:"爸爸,你别样样事都抢着做。你来后,我们都变懒了!"

父亲阴郁地回答:"我多做点,倒累不着。只要能在你们这儿长住下去,我就很知足了……你妹妹结婚后,家中实在住不开了,我万不得已,才来搅扰你们……"

父亲的性格也变了,变成一个通情达理的,事事处处,家里家外都很善于忍让的毫无脾气的老头子了。

除了家务,父亲还经常打扫公共楼道、楼梯、厕所、水池。他不久便获得了全楼人的称赞和敬意。父亲初来乍到时,人们每每这么问我:"那个大胡子老头就是你父亲吗?"以后我听到的问话往往是:"你就是那个大胡子老头的儿子呀?"在我意识中,父亲是依附于我的人格而存在的。但在不少人心目中,我则开始依附于父亲的人格而存在了。一些从不到我家中走动,大有"老死不相往来"趋势的工人们,也开始出现在我家了,使我同一种更普遍的生活贴近了。

我惊奇地发现,不是家属洗澡的日子,父亲也可以公然到厂内浴室洗澡;没票,父亲也可以从容不迫地进入厂内礼堂看电影;忘带食堂饭菜票,父亲也可以从食堂里先端回饭菜来。而人们还都对他很客气,很友好。这些"优待",是连我也没受到过的。父亲终于以他所能采取的方式,获得了和我并存的独立人格。我不再阻止他打扫公共卫生。我理解,人们注意到他,承认他的独立存在,如今对他来说是何等需要,何等重要!这是一个没机会受过文化教育的、丧失了健壮和力气的、自尊心极强的老父亲,在一个受过大学文化教育的、有了一丁点小名气的儿子面前保持心理平衡的唯一砝码。我告诫自己,我要替父亲珍视它,像珍视宝贵的东西一样。

父亲身上最大的变化,是对知识分子表现出了由衷的崇敬。以前,他将各类知识分子统称为"耍笔杆子"的。靠"耍笔杆子"而不是靠力气吃"轻巧饭"的人,那是他所瞧不起的。每天接踵而来找我的,十有八九是地地道道"耍笔杆子"的。我将他们介绍给父亲时,父亲总是臂微垂,腰微弯,很不自然地作他所不习惯的拘礼状,脸上呈现出似乎不敢舒展的恭而敬之的笑容。随后,便替我给客人沏茶、点烟。当我和客人侃侃而谈时,父亲总是静默地坐在角落，一会儿注意地瞧着我，一会儿注意地瞧着客人，侧耳聆听。倘我和客人谈到该吃饭时，父亲便会起身离去悄然做饭。倘我这个主人有时竟忘了吃饭这件事，父亲便会走进屋，低声问我："饭做好了，你们现在要吃吗？还是再过一会儿？"饭后，照例抢着刷洗碗筷。

一次，送走客人后，我对父亲说："爸爸，你不必对客人过分恭敬、过分周到，他们大多数是我的同事、朋友，用不着太客气。"

"我……过分了吗？……"父亲讷讷地问，仿佛我的话对他是种指责……

几天后，我收到了友人的一封信。信中写道："昨天我到你家找你，你不在，我和你的老父亲交谈了两个多小时。他真是一位好父亲，好老人。但我感到，他太寂寞了。他对我说，连和你交谈几句话的机会都没有。你真那么忙吗？……"

这封信使我无比惭愧，无比自责。是的，父亲来后，我几乎没同父亲交谈过。即使一次不太长久的，半小时以上的，父与子之间的随随便便的交谈也没有过。父亲简直就像我雇的一个老仆役，勤勤恳恳，一声不吭，任劳任怨地为我做着一切一切的家务。

而我每天不是在写、写、写，就是和来客无休止地谈、谈、谈……

第二天晚饭后，我没到办公室去抄那篇亟待发出的稿子，见妻抱着孩子到邻居家玩去了，我便坐到了父亲面前。

我低声说："爸爸，跟我聊几句家常话吧！"

父亲定定地看了我片刻，用一种单刀直入的语调问："老二，你为什么不争取入党啊？"

我怔住了。我预先猜想三天三夜，也料不到父亲会向我提出这样的问题。难道这就是父亲最想同我交谈的话题吗？

我低头沉默了一会儿，抬起头又说："爸爸，聊几句家常吧！"

"你们兄妹五个，你哥呢，就不提他了……比起来，顶数你有了点出息，可你究竟为什么不争取入党啊？听你们同事讲，你说过要入也不现在入共产党的话？你是说过这话的吗？"父亲的目光仍定定地看着我，揪住这个话题不放。

我默默地点了点头。是的，我说过。而且是在某个会议上当众说的。我并不想欺骗父亲。我对党的信仰是萌发于一种朴素的感恩思想的。这种感恩思想，毕竟不是建立在切身体会的基础之上，而是间接灌输的成果。是不稳固的，是易于坍塌的，也是肤浅的，不足以长久维系下去的。动摇过的事物，要恢复其原先的稳固性，需要比原先更稳固的基础。信仰不像小孩子玩积木，扰乱一百次，还可以重搭一百次。信仰的恢复需要比原先更深刻的思想和认识。这比给表上弦的时间长得多。

父亲的话，使我的自尊心受到了挫伤。我故意用冷漠的语调反问："爸爸，你为什么对我入不入党这么在乎呢？你希望我能入党，当官、掌权，而后以权谋私吗？"

父亲听出来了，我的话对他的愿望显然是嘲讽。父亲缓缓站起，一只手撑着椅背，像注视一个冒充他儿子的人似的，眯起眼睛，眈眈地瞪着我。他突然推开椅子，转身朝外就走。椅子倒在地上，发出很响的声音。

父亲在门口站住，回过头，瞪着我，大声说："我这辈子经历过两个社会，见识了两个党，比起来，我还是认为新社会好，共产党伟大！不信服共产党，难道你去信服国民党？！把我烧成灰我也不！眼下正是共产党振兴国家，需要老百姓维护的时候，现在要求入党，是替共产党分担振兴国家的责任！……你再对我说什么做官不做官的话，我就揍你！……"说罢，一步跨出了房间。

在那一时刻，站在我面前的，又是从前那威严而易怒的父亲了。我怀着复杂的心情离开家，来到了办公室。我坐在办公桌前，双手捧着脸腮，陷入了静静的思考。我理解父亲对共产党的感情。他六岁给地主放牛，十二岁闯关东，亲眼看到过国民党怎样残害老百姓。他被日本人抓过劳工。要不是押劳工的火车被抗联伏击，难想象他今天还活着，也不知这个世界上还会不会有我这位"青年作家"……

但写一份入党申请书，这比创作一篇小说更为严肃。而且，在我心灵中，还有许多肮脏得没勇气告人的欲念，还时时受到个人名利的诱惑，还潜藏着对享乐的向往，还包裹着对虚荣的贪婪，还……

"全心全意为人民服务"，这句话是庄严地写在中国共产党的党章上的。我不能够怀着一颗极不干净的灵魂在一张雪白的纸上写下：我要求加入……

人可以欺骗别人，但无法欺骗自己。我在心中说："爸爸，原谅我！我不，现在还不……"办公室的门被突然推开了。父亲来了。他连看也不看我，径直走到他睡的那张临时支起的钢丝床前，重重地坐了下去。钢丝床发出一阵吱吱嘎嘎的声响。我转过身去瞧着父亲。他又猛地站了起来，用手指着我，愤愤地大声说："你可以瞧不起我，你的父亲！但我不允许你瞧不起共产党！如果你已经不信服这个党了，那么你从此以后也别叫我父亲！这个党是我的救星！如果我现在还身强力壮，我愿意为这个党卖力一直到死！你以为你小子受了点苦就有资格对共产党不满啦？你受的那点苦跟我在旧社会受的苦一比算个屁！"

我想对父亲解释几句什么，却一句适当的话也寻找不到。我一言不发地望着父亲，心想：爸爸，你说得不对，不对，我并不像你认为的那样啊！……

我觉得委屈极了，直想哭。

……

父亲对我教训了这一次之后，接连几天不理我，不跟我说一句话。一天傍晚，有一个外地的陌生姑娘来到我家中。她自称是一位文学青年，读过我的几篇作品，希望能同我谈谈。我带她来到了办公室。她很漂亮。身材很美，又高，又窈窕。一张白净的鹅蛋形的脸，容貌端庄娴雅。眼睛挺大，闪耀着充满想象的光彩。剪得整齐的乌黑的短发，衬托着她那张动人的脸，像荷叶衬托着荷花。她穿一件五彩缤纷的花外衣，只有三颗扣子，好像是骨质的，月牙形，非常别致。半敞的衣襟露出里面深红色的毛衣，裤角带有古铜色镶边的牛仔裤，奶黄色的坡底高跟鞋。她端坐在沙发上，修长的双臂微向前探，双手习惯地揽住两膝。她从头到脚焕发着浪漫气质，举止文静而有教养。

我沏了一杯茶端给她。她接过去,看了一眼,欠身轻轻放在桌上,说:"我不喝绿茶。我从小就是喝花茶的。"我说:"请便。"将椅子搬到她斜对面,瞧着她问:"你想和我谈些什么呢?"她妩媚地一笑:"当然是谈文学啦……不过,也希望不仅仅限于文学。"我说:"那么就请谈吧!不过,我也许会令你失望,我不是个理想的交谈者。"

儿子有些发高烧。走出家门时,妻正在给儿子灌药。而父亲在给我洗衣服。我尽量排除思路上的干扰,集中精力。我想她一定会首先向我提出什么问题。但她没有。她用悦耳的音调向我讲述起她自己来。

她说她离开家已经一个多月了。从南到北,旅游了不少大城市,拜访了许多颇有名气的青年作家。接着,便依次向我说出他们的名字。有人是我认识的,有人是我没见过面的。还说她崇拜某某及其作品,难以忍受某某及其作品,欣赏某某的作品但不喜欢作者本人。她很坦率。

我愿意同坦率的人交谈。我问:"你此行是出差吗?""噢不,"她摇摇头,又是那么博人好感地一笑,"就是为了玩,散散心。""你的单位竟会给你这么长一段假?""我现在不受任何单位管束,自由公民!""你是个待业青年?""我想有工作时便可以有份工作,腻烦了就当自由公民。"我迷惑不解地望着她。她揽住两膝的双手放开了,身体舒展地靠在沙发上,目光迅速地在我的办公室内环视一番,说:"你的办公室可以容得下五对人跳舞。"我说:"我不会跳舞。大概是可以的。"这回轮到她迷惑不解了,怀疑地盯着我,要看出我说的是不是真话。我惭愧地笑笑。她的目光移开了,落在写字台上,又问:"自由市场上买的吧?"我点点头:"是的。""样式太老。""不,是太俗气。但便宜。"她的目光又盯在了我脸上,那模样仿佛我对她承认了我是一个下流坏子似的。我说:"请接着谈下去吧,你刚才谈到自己的话还使我有些不明白。"

"是吗?"怀疑的神态,怀疑的口吻。接着,她轻轻叹了口气,平平淡淡地说:"报考过电影学院、音乐学院,都没考上。在外贸局工作了三个月,在旅游局工作了半年,这两个单位没能更长久些地吸引住我。在省图书馆混了一年,因为那儿有书,才拴住我一年。看书也看腻烦了,于是就辞职了……回去以后,也许会到省电视台,看我那时心情好不好,乐不乐意去……"

我终于明白,她是来自另一个天地的。"你出来这么长时间,父母放心吗?""他们也没什么不放心的。每座城市都有父亲当年的老战友。或者住他们家中,或者住宾馆……"我觉得没有必要再问什么了,期待着她说。她沉默了一会儿才又开口:"你一定无法理解我……小时候,我和姐姐,觉得世上任何好吃的东西都吃过了,我们就将糖和盐拌在一起,再浇点辣椒油……现在,我的心境就跟小时候似的,我觉得我丢了。我觉得我对什么都腻烦了,对生活失去了热情,就好像我小时候对食物失去了味觉一样……"

我依旧望着她那张漂亮的脸,心中对她产生了一种同情。类似对一只将要溺死在蜜中的小昆虫的同情。

她见我在认真地听,继续说下去:"本想离开家散散心,但结果心境反而愈来愈不好。每座城市都到处是人、人、人,愚昧的,没文化的,浑浑噩噩的人,许许多多的人,每天都在谈论房子问题,待业问题……"

我平静地问:"你无法忍受这样一些人们吗?""难道你能够忍受这样一些人吗?"她坐端了身子,目光又盯在我脸上,现出一种对我的麻木不仁开始感到失望的表情。我没有立即回答她。我又想起了我躲在木棱堆间痛哭过一场的那个雨夜。也想起了我和父亲为了妹妹早日分配工作给街道主任拉煤那个雨夜。小雨、大雨,都是下雨的夜……为什么保留在我记忆中的都是雨夜呢?我毕竟从我生活中的两个雨夜度过来了。我毕竟扯着父亲的破衣襟,扯着一个没有受过文化教育的,头脑中有着狭隘的农民意识的父亲的破衣襟,一步步从生活中走过来了,一岁岁长大了……

"古老的国家,古老的民族,生活在这么一种氛围中,每个人都将要被窒息而死!……"那姑娘的悦耳的声音,使我的注意力不能从她身上过久地分散。

我要求说:"让我们谈谈文学吧!""文学?……"她嘴角浮现一丝嘲讽,大声说,"中国目前不可能有文学!中国的实际问题,就在于人口众多。如果减少三分之二,一切都会变个样子!"

我冷冷地回答她:"好主意!减少的当然应该是那些愚昧的,没文化的,浑浑噩噩的,每天都在谈论房子问题和待业问题的人喽?"

我情绪的变化并没引起她的注意。她皱起眉头，用一种忧国忧民的语调说："就在今天，就在你们北影厂门口，我看到一个白胡子老头，抱着一个傻乎乎的孩子，在围观一辆外国小汽车，我心里真是悲哀极了！我要写一篇心理小说，将我内心这种悲哀表述出来！这就是我们的人民，我作为一个中国人真感到羞耻！……"她那样子悲哀得快要哭了。或者说，她是企图要将我感动哭了。然而我并没有受到丝毫感动。我已不再像从前那么易于动感情了。我在想，她那颗心一定很渺小，因此也只能产生这么一点渺小的悲哀。我已经不再同情她。

我告诉她，那白胡子老头，肯定就是我的父亲。而抱在他怀中那傻乎乎的孩子，是我的儿子。

"是你……父亲？……"她的脸微微红了，显出动人的窘态，讷讷地说，"请原谅！我……还以为你是……"

"这不值得请求原谅！因而我也不想对你表示原谅！我并不想否认，我的父亲没有文化，他在扫盲时所认识的字，绝不会比你这件花外衣上的花朵多！他还很愚昧，由于他的愚昧，由于他的农民意识的狭隘，给我们的家庭造成重大的不幸！因为他不相信医生的话而相信算命先生的话我的姐姐夭折了！我的哥哥，因为他鄙薄文化而崇尚力气，疯了！我原谅了他，但却不能忘记这些。我要比你更加憎恨愚昧！我要比你更加明白文化对于一个国家一个民族意味着什么！我诅咒造成愚昧和没有文化的落后状况的一切因素！……"我从椅子上站了起来。我的声音很高。我内心很激动。我仿佛不是在对我面前的这一位姑娘说话，而是在对众多的各种各样的人说话。

我还想对她说，她可以对我们的人民没有感情，她也尽可以像她读过的小说中那些西方的贵妇人一样，对他们的愚昧和没有文化表示出一点高贵的怜悯，这无疑会使像她这样的姑娘更增添女人的魅力。但她没有权力瞧不起他们！没有权力轻蔑他们！因为正是他们，这在历史进程中享受不到文化教育而在创造着文明的千千万万，如同水成岩一样，一层一层地积压着，凝固着，坚实地奠定了我们的九百六十万平方公里土地！而我们中华民族正在振兴的一切事业，还在靠他们的力气和汗水实现着！愚昧和没有文化不是他们的罪过，是历史的罪过！是我们每一个对振兴我们的国家我们的民族缺乏热情，缺乏责任感的人的惭愧！

我还想对她说，至于她自己，不过是我们九百六十万平方公里土地上一小片水分充足的沃壤之中的一朵小花而已。美丽，娇弱，但没有芬芳。因为她不是树木，所以她那短细的根须是触及不到水成岩层的。她所蔑视的正是她所赖以存在的。她漠视甚至嘲讽他们的最现实的烦恼，但她那种没有什么值得忧郁的事才产生的忧郁，那种一颗空泛的心灵内的微渺而典雅的悲哀，与他们可能经历过的悲哀相比，其实是不值论道的。

我还想对她说……

我什么也不想对她说了。

我又想到了发烧的儿子。我认为我应该回到儿子身边去了。

"非常抱歉，我不能再陪你交谈下去了！"我走到办公室门前，推开了门——门外,站着我的父亲,呆呆地,一动不动地像根木桩似的,一手拎着水壶,一手拿着一瓶墨水。他是给我们送开水来的。他分明是听到了我方才大声说的某些话。那姑娘走下楼梯时,还回头来看了我一眼,我这样对待她,肯定是她绝没想到的。父亲一声不响,放下水壶,默默走向他睡的那张钢丝床。一直到熄灯,我和父亲彼此没说一句话。我静静地躺着,无法入睡。我知道父亲也是静静地躺着,没睡。

我真想翻身下床,走到父亲身边,跪下去,将头伏在父亲胸上,对他说:"爸爸,原谅我那番话又无意中伤害了你,原谅我,爸爸……"

隔了一天,我从朋友家很晚才回来,一进家门,妻便告诉我,父亲走了。"走了?上哪儿去了?""回哈尔滨了!""你……你为什么不拦他?!""我拦不住。"病刚好的儿子大声哭叫:"爷爷,我要爷爷!我要找爷爷嘛!……"我问:"父亲临走说了什么没有?"

妻回答:"什么也没说。"

我一转身就从家中冲了出去。我赶到火车站,匆匆买了一张站台票。我跑到站台上时,开往哈尔滨的列车刚刚开动。我跟着列车奔跑,想大喊:"爸爸……"却没喊出来。列车开出了站台。送行者们纷纷离去了,只有我一个人还孤零零地伫立在站台上。

望着远处的铁路信号灯,我心中默默地说:"爸爸,爸爸,我爱你!我永远不忘我是你的儿子,永远不耻于是你的儿子!爸爸,爸爸,我一定要把你再接到北京来!……"

远处的铁路信号灯,由红变绿了……

母 亲

淫雨在户外哭泣，瘦叶在窗前瑟缩。这一个孤独的日子，我想念我的母亲。有三只眼睛隔窗瞅我，都是那杨树的眼睛。愣愣地呆呆地瞅我，我觉得那是一种凝视。

我多想像一个山东汉子，当面叫母亲一声"娘"。

"娘，你作啥不吃饭？"

"娘，你咋的又不舒坦？"

荣城地区一个靠海边的小小村庄的山东汉子们，该是这样跟他们的老母亲说话的吗？我常遗憾那儿对于我只不过是"籍贯"，如同一个人的影子。当然是应该有而没有其实也没什么。我无法感知父亲对那个小小村庄深厚的感情，因为我出生在哈尔滨市，长大在哈尔滨市。遇到北方人我才认为是遇到了家乡人。我大概是历史上最年轻的"闯关东"者的后代——当年在一批批被灾荒从胶东大地向北方驱赶的移民中，有个年仅十二岁的孑然一身衣衫褴褛的少年，后来他成了我的父亲。

"你一定要回咱家去一遭！那可是你的根土！"

父亲每每严肃地对我说，"咱"说成"砸"，我听出了很自豪的意味儿。

我不知我该不该也感到同样的自豪，因为据我所知那里并没有什么值得自豪的名山和古迹，也不曾出过一位什么差不多可以算作名人的人。然而我还是极想去一次，因为它靠海。

可母亲的老家又在哪里呢？靠近什么呢？

母亲从来也没对我说过希望我或者希望她自己能回一次她的老家的话。

母亲是吉林人吗？我不敢断定。仿佛是的。母亲是出生在一个叫"孟家岗"的地方吗？好像是，又好像不是。也许母亲出生在佳木斯市附近的一个地方吧？父亲和母亲当年共同生活过的一个地方？

我很小的时候，母亲常一边做针线活，一边讲她的往事——兄弟姐妹众多，七个，或者八个。有一年农村闹天花，只活下来三个——母亲、大舅和老舅。

"都以为你大舅活不成了，可他活过来了。他睁开眼，左瞧瞧，右瞧瞧，见我在他身边，就问：'姐，小石头呢？小石头呢？'我告诉他：'小石头死啦！''三丫呢？三丫呢？三丫也死了吗？'我又告诉他：'三丫也死啦！二妹也死啦！憨子也死啦！'他就哇哇大哭，哭得闭过气去……"

母亲讲时，眼泪扑簌簌地落。落在手背上，落在衣襟上，也不拭，也不抬头。一针一针，一线一线，缝补我的或弟弟妹妹们的破衣服。

"第二年又闹胡子，你姥爷把骡子牵走藏了起来，被胡子们吊在树上，麻绳蘸水抽……你姥爷死也不说出骡子在哪儿。你姥姥把我和你大舅一块堆搂在怀里，用手紧捂住我们的嘴，躲在一口干井里，听你姥爷被折磨得呼天喊地。你姥姥不敢爬上干井去说骡子在哪儿，胡子见女人没有放过的。后来胡子烧了我们家，骡子保住了，你姥爷死了……"

与其说母亲是在讲给我们几个孩子听，莫如说更是在自言自语，更是一种回忆的特殊方式。

这些烙在我头脑里的记忆碎片，就是我对母亲的身世的全部了解。加上"孟家岗"那个不明确的地方。

我的母亲在她没有成为母亲之前拴在贫困生活中多灾多难的命运就是如此。

后来她的命运与父亲拴在一起仍是和贫困拴在一起。

后来她成了我们的母亲又将我和我的兄弟妹妹拴在了贫困上。

我们扯着母亲褪色的衣襟长大成人。在贫困中她尽了一位母亲最大的责任……

我对人的同情心最初正是以对母亲的同情形成的。我不抱怨我扒过树皮捡过煤核的童年和少年，因为我曾这样分担着贫困对母亲的压迫。并且生活亦给予了我厚重的馈赠——它教导我尊敬母亲以及一切以坚忍捧抱住艰辛的生活、绝不因茹苦而撒手的女人……

在这一个淫雨潇潇的孤独的日子，我想念我的母亲。

隔窗有杨树的眼睛愣愣地呆呆地瞅我……

那一年,我的家被"围困"在城市里的"孤岛"上——四周全是两米深的地基壑壕、拆迁废墟和建筑备料。几乎一条街的住户都搬走了,唯独我家还无处可搬。因为我家租住的是私人房产——房东欲趁机向建筑部门讨要一大笔钱,而建筑部门认为那是无理取闹。结果直接受害的是我家。正如我在小说《黑纽扣》中写的那样,我们一家成了城市中的"鲁滨逊"。

小姨回到农村去了,在那座二百余万人口的城市,除了我们的母亲,我们再无亲人。而母亲的亲人即是她的几个小儿女。母亲为了微薄的工资在铁路工厂做临时工,出卖一个底层女人的廉价的体力。翻砂——那是男人们干得很累很危险的重活。临时工谈不上什么劳动保护,全凭自己在劳动中格外当心。稍有不慎,便会被铁水烫伤或被铸件砸伤压伤。母亲几乎没有哪一天不带着轻伤回家的。母亲的衣服被迸溅的铁水烧出一片片的洞。

母亲上班的地方离家很远,没有就近的公共汽车可乘。即便有,母亲也必舍不得花五分钱一毛钱乘车。母亲每天回到家里的时间,总在七点半左右。吃过晚饭,往往九点来钟了。我们上床睡,母亲则坐在床角,将仅仅二十支光的灯泡吊在头顶,凑着昏暗的灯光为我们补缀衣裤。当年城市里强行节电,居民不允许用超过四十支光(瓦)的灯泡。而对于我们家来说,节电却是自愿的,因那同时也意味着节省电费。然而代价亦是惨重的。母亲的双眼就是在那些年里熬坏的,至今视力晃错。有时我醒夜,仍见灯亮着,仍见母亲在一针一针、一线一线地缝补，仿佛就是一台自动操作而又不发声响的缝纫机。或见灯虽亮着，而母亲肩靠着墙，头垂于胸，补物在手，就那么睡了。有多少夜晚，母亲就是那么睡了一夜。清晨，在我们横七竖八陈列一床酣然梦中的时候，母亲已不吃早饭，带上半饭盒生高粱米或生大火粒子，悄没声息地离开家，迎着风或者冒着雨，像一个习惯了独来独往的孤单旅人似的，"翻山越岭"，跋涉出连条小路都没给留的"围困"地带去上班。还有不少日子，母亲加班，我们一连几天甚至十天半个月见不着母亲的面儿。只知母亲昨夜是回来了，今晨又刚走了，要不灯怎么挪地方了呢？要不锅内的高粱米粥又是谁替我们煮上的呢？

才三岁多的小妹她想妈，哭闹着要妈。她以为妈没了，永远再也见不到妈了。我就安慰她，向她保证晚上准能见到妈。为了履行我的诺言，我与困顿抵抗，坚持不睡。至夜，母亲方归，精疲力竭，一心只想立刻放倒身体的样子。

我告诉母亲小妹想她。

"嗯，嗯……"母亲倦得闭着眼睛脱衣服，一边说："我知道，知道的。别跟妈妈说话了，妈困死了……"话没说完搂着小妹便睡了。第二天，小妹醒来又哭闹着要妈。我说："妈妈是搂着你睡的！不信？你看这是什么？"枕上深深的头印中，安歇着几茎母亲灰白的落发。我用两根手指捏起来给小妹看："这不是妈妈的头发吗？除了妈妈的头发，咱家谁的头发这么长？"

小妹用两根手指将母亲的落发从我手中捏过去，神态异样地细瞧，接着放在母亲留于枕上的深深地被汗渍所染的头印中，趴在枕旁，守着。好似守着的是母亲……

最堪怜是中秋、国庆、新年、春节前夕的母亲。母亲每日只能睡上两三个小时。五个孩子都要新衣裳穿。没有，也没钱买。母亲便夜夜地洗、缝、补、浆。若是冬季里，洗了上半夜搭到外边去冻着，下半夜取回屋里，烘烤在烟筒上。母亲不敢睡，怕焦了着了。母亲是个刚强的女人，她希望我们在普天同庆的节日，即使穿不上件新衣服，也要从里到外穿得干干净净。尽管是打了补丁的衣服……

她还想方设法美化我们的家。家像地窑，像窝，像土丘之间的窝。土地，四壁落土，顶棚落土。它使不论多么神通广大的女人为它而做的种种努力，都在几天内变成徒劳。

母亲却常说："蜜蜂蚂蚁还知道清理窝呢，何况人！"母亲即使拼尽她那残余的一点精力，也非要使我们的家在短短几天的节日里多少有点家样不可。"说不定会有什么人来！"母亲心怀这等美好的愿望，颇喜悦地劳碌着。然而没有个谁来。没有个谁来母亲也并不觉得扫兴和失望。生活没能将母亲变成懊丧的怨天怨地的女人。母亲分明是用她的心锲而不舍地衔着一个乐观。那乐观究竟根据什么？当年的我无从知道，如今的我似乎知道了，从母亲默默地望着我们时目光中那含蓄的欣慰。她生育了我们，她就要把我们抚养成人。她从未怀疑她不能够。母亲那乐观在当年所依仗的也许正是这样的信念吧？唯一的始终不渝的信念。

我们依赖于母亲而活着。像蒜苗之依赖于一棵蒜。当我们到了被别人估价的时候,母亲她已被我们吸收空了。没有财富和书本知识,母亲是位一无所有的母亲。她奉献的是满腔满怀恒温不冷的心血供我们吮咂!母亲呵,娘!我的老妈妈!我无法宽恕我当年竟是那么不知心疼您、体恤您。

是的,我当年竟是那么不知心疼和体恤母亲。我以为母亲就应该是那样任劳任怨的。我以为母亲天生就是那样一个劳碌不停而又不觉得累的女人。我以为母亲是累不垮的。其实母亲累垮过多次。在夜深人静的时候,在我们做梦的时候,几回母亲瘫软在床上,暗暗恐惧于死神找到她的头上了。但第二天她总会连她自己也不可思议地挣扎了起来,又去上班⋯⋯

她常对我们说:"妈不会累垮,这是你们的福分。"

我们不觉什么福分,却相信母亲累不垮。

在北大荒,我吃过大马哈鱼。肉呈粉红色,肥厚,香。乌苏里江或黑龙江的当地人,习惯用大马哈鱼肉包饺子,视为待客的佳肴。

前不久我从电视中看到大马哈鱼:母鱼产子,小鱼孵出。想不到它们竟是靠噬食它们的母亲而长大的。母鱼痛楚地翻滚着,扭动着,瞪大它的眼睛,张开它的嘴和它的鳃,搅得水中一片红,却并不逃去,直至奄奄一息,直至狼藉成骸⋯⋯

我的心当时受到了极强烈的刺激。

我瞬忽间联想到长大成人的我自己和我们的母亲。联想到我们这九百六十万平方公里土地上一切曾在贫困之中和仍在贫困之中坚忍顽强地抚养子女的母亲们。她们一无所有。她们平凡,普通,默默无闻。最出色的品德可能乃是坚忍。除了她们自己的坚忍,她们无可傍靠。然而她们也许是最对得起她们儿女的母亲!因为她们奉献的是她们自己。想一想那种类乎本能的奉献真令我心酸。而在她们的生命之后不乏好儿女,这是人类最最持久的美好啊!

我又联想到另一件事:小时候母亲曾买了十几个鸡蛋,叮嘱我们千万不要碰碎,说那是用来孵小鸡的。小鸡长大了,若有几只母鸡,就能经常吃到鸡蛋了。母亲满怀信心,双手一闲着,就拿起一个鸡蛋,握着,捂着,轻轻摩挲着。我不信那样鸡蛋里就会产生一个生命。有天母亲拿着一个鸡蛋,走到灯前,将鸡蛋贴近了灯对我说:"孩子,你看!鸡蛋里不是有东西在动吗?"

我看到了,半透明的鸡蛋中,隐隐地确实有什么在动。

母亲那只手也变成了红色的。

那是血色呀!

血仿佛要从母亲的指缝滴淌下来……

"妈妈,快扔掉!"

我扑向母亲,夺下了那个蛋,摔碎在地上——蛋液里,一个不成形的丑陋的生命在蠕动。我用脚去踩,踏。不是宣泄残忍,而是源自恐惧。我觉得那不成形的丑陋的一个生命,必是由于通过母亲的双手饱吸了母亲的血才变出来的!我抬头望母亲,母亲脸色那么苍白。我内心里更加充满了恐惧,更加相信我想的是对的。我不要母亲的心血被吸干!不管是那一个被踩死踏死了的无形的丑陋的生命,还是万恶的贫困!因为我太知道了,倘我们富有,即使生活在腐酸的棺材里，也会有人高兴来做客，无论是节日或寻常的日子，并且随身带来种种礼物……

"不，不！"我哭了。

我嚷："我不吃鸡蛋了！不吃了！妈妈，我怕……"

母亲怒道："你这孩子真作孽！你害死了一条小性命！你怕什么？"

我说："妈妈我是怕你死……它吸你的血！……"

母亲低头瞧着我，怔了一刻，默默地把我搂在怀里。搂得很紧……

小鸡终于全孵出来了，一个个黄绒似的，活泼可爱。它们渐渐长大，其中有三只母鸡。以后每隔几日，我们便可吃到鸡蛋了。但我在很长一段时间内不敢吃，对那些鸡我却有种特殊的情感，视它们为通人性的东西，觉得和它们有着一种血缘般的关系……

连续三年的自然灾害使我们的共和国也处在同样的艰难时期。国营商店只卖一种肉——"人造肉"，淘米泔水经过沉淀之后做的。粮食是珍品，淘米泔水自然有限。"人造肉"每户每月只能按购货本买到一斤。后来加工"人造肉"收集不到足够生产的淘米泔水，"人造肉"便也难以买到了。用如今的话说，是"抢手货"，想买到得走后门儿。

中央人民广播电台在《为人民服务》节目中，热情宣传河沟里的一层什么绿也是可以吃的，那叫"小球藻"，且含有丰富的这个素那个素，营养价值极高……

母亲下班更晚了，但每天带回一兜半兜榆钱儿。我惊奇于母亲居然能爬到树上去撸榆钱儿，那是她爬上厂里一些高高的大榆树撸的。

"有'洋辣子'吗？"我们洗时，母亲总要这么问一句。我们每次都发现有。我们每次都回答说没有。我们知道母亲像许多女人一样，并不胆小，却极怕树上的"洋辣子"那类毛虫。榆钱儿当年对我们是佳果。我们只想到母亲可别由于害怕"洋辣子"就不敢给我们再撸榆钱儿了。

如果月初，家中有粮，母亲就在榆钱儿中拌点豆面，和了盐，蒸给我们吃。好吃。如果没有豆面，母亲就做榆钱儿汤给我们喝。不但放盐，还放油。好喝。

有天母亲被工友搀了回来——母亲在树上撸榆钱儿时，忽见自己遍身爬满"洋辣子"，惊掉下来……我对母亲说："妈，以后我跟你到厂里去吧。我比你能爬树，我不怕'洋辣子'……"母亲抚摸着我的头说："儿啊，厂里不许小孩进。"第二天，我还是执拗地跟着母亲去上班了。无论母亲说什么，把门的始终摇头，坚决不许我进厂。

我只好站在厂门外，眼睁睁瞧着母亲一人往厂里走。我不肯回家，我想母亲是绝不会将我丢在厂外的。不一会儿，我听到母亲在低声叫我。见母亲已在高墙外了，向我招手。我趁把门的不注意，沿墙溜过去，母亲赶紧扯着我的手跑，好大的厂，好高的墙。跑了一阵，跑至一个墙洞口。工厂从那里向外排污水，一会儿排一阵，一会儿排一阵。在间隔的当儿，我和母亲先后钻入到厂里。面前榆林乍现，喜得我眉开眼笑，心内不禁就产生了一种自私的占有欲——要是我家的树多好！那我就首先把那个墙洞堵上，再养两条看林子的狗。当然应该是凶猛的狼狗！

母亲嘱咐我："别乱走。被人盘问就讲是你自己从那个洞钻进来的。千万别讲出妈妈。要不妈妈该挨批评了！走时，可还要钻那个洞！"母亲说完，便匆匆离开了。我撸了满满一粮袋榆钱儿，从那个洞钻出去，扛在肩上，心里乐滋滋地往家走。不时从粮袋中抓一把榆钱儿，边走边吃。

结果我身后随了一些和我年龄差不多的孩子。馋涎欲滴在瞅着我咀嚼的嘴。"给点儿！""给点儿吧！""不给，告诉我们在哪儿的树上撸的也行！"我不吭声，快快地走。"再不给就抢了啊！"我跑。"抢！""不抢白不抢！"他们追上我。推倒我。抢……我从地上爬起时，"强盗"们已四处逃散。连粮袋儿也抢去了。我怔怔站着，地上一片踏烂的绿。我怀着愤恨走了。回头看，一个老妪蹲在那儿捡……母亲下班后，我向母亲哭诉自己的遭遇，凄凄惨惨戚戚。母亲听得认真。凡此种种，母亲总先默默听，不打断我们的话，耐心而怜悯的样子。直至她的儿女们觉得没什么补充的了，母亲才平静地做出她的结论。

母亲淡淡地说："怨你。你该分给他们些啊。你撸了一袋子呀！都是孩子，都挨饿。那么小气，他们还不抢你吗？往后记住，再碰到这种事儿，惹人家动手抢之前，先就主动给，主动分。别人对你满意，你自己也不吃亏……"

母亲往往像一位大法官，或者调解员，安抚着劝慰着小小的我们，缓解与社会的血气方刚的冲突，从不长篇大论一套套地训导。往往三言两语，说得明明白白，是非曲直，尽在谆谆之中。并且表现出仿佛绝对公正的样子，希望我们接受她的逻辑。

我们接受了，母亲便高兴，夸我们是好孩子。而母亲的逻辑是善良的逻辑，包含有一个似无争亦似无奈的"忍"字。为使母亲高兴，我们也唯有点头而已。可能自幼忍得太多了吧？后来于我的性格中，遗憾地生出了不屈不忍的逆反成分。如今三十九岁的我，与人与事较量颇多，不说伤痕累累，亦是遍体伤痕。倘咀嚼母亲过去的告诫，便厌恶自己是个孽种。忏悔既深既久，每每克己地玩味起母亲传给我的一个"忍"字来。或曰逆反，或曰"二律背反"也未尝不可，却又常于"克己复礼"之后而疑问重重，弄不清作为一个人，那究竟好呢还是不好？……

一场雨后，榆树钱儿变成了榆树叶。榆树叶也能做"小豆腐"。做榆树叶汤，滑滑溜溜的，仿佛汤里加了粉面子。然而母亲厂里的食堂将那片榆树林严密地看管起来了，榆树叶成了工人叔叔和阿姨的佐餐之物。别了，暄腾腾的"小豆腐"……别了，绿汪汪的榆钱汤……别了，整个儿那一片使我产生强烈的占有欲并幻想以狼犬严守的榆树林……

我们是社会主义国家，按照共产主义分配原则，将可做"小豆腐"可做榆钱汤的榆树叶儿"共产"起来，原本也是情理之中的事儿。倒是我那占为己有的阴暗的心思，于当年论道起来，很有点儿自发的资产阶级利己思想的意味儿。

不过我当年既未忏悔，也未诅咒过自己。……母亲依然有东西带回给我们，鼓鼓的一小布包——扎成束的狗尾巴草。狗尾巴草不能做"小豆腐"吃，却能编毛茸茸的小狗、小猫、小兔、小驴、小骆驼……母亲总有东西带回给每日里眼巴巴地盼望她下班的孤苦伶仃的孩子们。母亲不带回点什么，似乎就觉得很对不起我们。不论什么东西，可代食的也罢，不可代食的也罢；稀奇的也罢，不稀奇的也罢，从母亲那破旧的小布包抖搂出来似乎便都成了好东西。哪怕在别的孩子们看来是些不屑一顾的东西。重要的仅仅在于，我们感觉到了母亲的心里对我们怀着怎样的一片慈爱。那乃是艰难岁月里绝无仅有的营养供给——那是高贵的"代副食"啊！

母亲是深知这一点的。某天，放学回家的路上，我被一辆停在商店门口的马车所吸引。瘦马在阴凉里一动不动，仿佛是处于思考状态的一位哲学家。老板子躺在马车上睡觉。而他头下枕的，竟是豆饼。四分之一块啊！豆饼啊！他枕着。我同学中有一个区长的儿子，有一次他将一个大包子分给我和几个同学吃，香得我们吃完了直咂嘴巴。"这包子是啥馅的？""豆饼！""豆饼？你们家从哪儿搞的豆饼？""他爸是区长嘛！"我们不吭声了。豆饼是艰难岁月里一位区长的特权。就是豆饼……我绕着那辆马车转一圈儿，又转一圈儿，猜测车老板真是睡着了，偷儿似的动手去抽那块豆饼。老板子并未睡着。四十来岁的农村汉子微微睁开眼瞅我，我也瞅他。

他说:"走开。"我说:"走就走。"偷不成,只有抢了!猛地从他头下抽出了那四分之一块豆饼,弄得他的头在车板上咚地一响。他又睁开了眼,瞅着我发愣。我也看着他发愣。"你……"我撒腿便跑,抱着那四分之一块豆饼,沉甸甸的豆饼。"豆饼!我的豆饼!往……"愣怔中的老板子待我跑出了挺远才明白过来是怎么一回事,边喊边追我。我跑得更快,像只袋鼠似的,在包围着我家的复杂地形中跳窜,自以为甩掉了追赶着的"尾巴",紧紧张张地撞入家门。

母亲愕问:"怎么回事?哪儿来的豆饼?"

我着急忙慌,前言不搭后语地说:"妈快把豆饼藏起来……他追我……"却仍紧紧抱着豆饼,蹲在地上喘作一团。"谁追你?""一个……车老板……""为什么追你?""妈你就别问了……"母亲不问了,走到了外面。我自己将豆饼藏到箱子里,想想,也往外跑。"往哪儿跑?"母亲喝住了我。"躲那儿!"我朝沙堆后一指。"别躲!站这儿。""妈!不躲不行!他追来了,问你,你就说根本没见到一个小孩子!他还能咋的?""你敢躲起来!"母亲变得异常严厉,"我怎么说,用不着你教我!"只见那持鞭的车老板,汹汹地出现了,东张西望一阵,向我家这儿跑来。

他跑到我和母亲跟前,首先将我上下打量了足有半分钟。因我站在母亲身旁,竟有些不敢贸然断定我就是夺了他豆饼的"强盗",手中的鞭子不由背到了身后去。

"这位大姐,见一孩子往这边跑了吗?抱着不小一块豆饼……"我说:"没有没有!我们连个人影也没看见!""怪了,明明是往这边跑的么!"他自言自语地嘟哝,"我挺大个老爷们,倒让个孩子明抢明夺了,真是跟谁讲谁都不相信……"他悻悻地转身欲走。"你别走。"不料母亲叫住他,说:"你追的就是我儿子。"他瞪着我,复瞪着母亲,似欲发作,但克制着,几乎有点儿低声下气地说:"大姐你千万别误会,我可不是想怎么你的儿子!鞭子……是顺手一操……还我吧,那是我今明两天的干粮啊!……"一副农村人在城里人面前明智的自卑模样。

母亲又对我说:"听见了吗?还给人家!"我怏怏地回到屋里,从粮柜内搬出那块豆饼,不情愿地走出来,走到老板子跟前,双手捧着还他。他将鞭杆往后腰带斜着一插,也用双手接过,瞧着,仿佛要看出是不是小了。母亲羞愧地说:"我教子不严,让你见笑了啊!你心里的火,也该发一发。或打或骂,这孩子随你处置!""老大姐,言重了!言重了!我不是得理不让人的人,算了算了,这年头,好孩子也饿慌了!"他反而显得难为情起来。"还不鞠个躬,认个错!"在母亲严厉目光的威逼之下,我被人按着脑袋似的,向那车老板鞠了个草草的躬。我家的斧头,给一截劈柴夹着,就在门口。车老板一言不发,拔下斧头,将豆饼垫在我家门槛上嘿嘿几下,砍得豆饼碎屑纷落,砍为两半。他一手拿起一半,双手同时掂了掂,递给母亲一半,慷慨地说:

"大姐,这一半儿你收下!""那怎么行,是你的干粮啊!"母亲婉拒。老板子硬给。母亲婉拒不过,只好收了,进屋去,拿出两个窝窝头和一个咸菜疙瘩给那车老板。又轮到那车老板拒而不收,最后呢？见母亲一片真心实意，终于收了。从头上抹下单帽，连豆饼一块儿兜着，连说："真是的，真是的，倒反过来占了你们个大便宜，怪不像话的！"

他在围困着我们家的地基壕堑、沙堆、废墟和石料场之间择路而去，插在后腰带上的长杆儿鞭子，似"天牛"的一条触角，晃晃的……"你呀，今天好好想想吧！"直至吃晚饭前，母亲就对我说了这么一句话。不理睬我。也不吩咐我干什么活儿。而这是比打我骂我，更使我悲伤的。端起饭碗时，我低了头，嗫嚅地说："妈，我错了……""抬头。"我罪人一般抬起头，不敢迎视母亲的目光。

"看着妈。"

母亲脸上，庄严多于谴责。

"你们都记住，讨饭的人可怜，但不可耻。走投无路的时候，低三下四也没什么。偷和抢，就让人恨了！别人多么恨你们，妈就多么恨你们！除了这一层脸面，妈什么尊贵都没有！你们谁想丢尽妈的脸，就去偷，就去抢……"

母亲落泪了。

我们都哭了……

夏天和秋天扯着手过去了。冬天咄咄地来了。我爱过冬天。大雪使我家周围的一切肮脏都变得洁白一片了。我怕过冬天，寒冷使我家孤零零的低矮的小破屋变成了冰窖。

那一年冬天我们有了一个伴儿——一条小狗。我在放学回家的路上发现了它，被大雪埋住，只从雪中露出双耳。它绊了我一跤。

家没养狗！"然而他们闯入家中。"没养狗？狗脚印一直跑到你家门口！""它死了。""死了？死了的我们也要！""我们留着死狗干什么？早埋了。""埋了？埋哪儿？领我们去挖出来看看！""房前屋后坑坑洼洼的，埋哪儿我们忘了。"他们不相信，却不敢放肆搜查，这儿瞧瞧，那儿瞅瞅，大扫其兴地走了。"他们既然是打狗队的，既然没相信你们的话，就绝不会放过它的……"晚上，母亲为我们的"小朋友"表现出了极大的担心。我说："妈，你想办法救它一命吧！"母亲问："你们不愿失去它？"我和弟弟妹妹们点头。母亲又问："你们更不愿它死？"我和弟弟妹妹们仍点头。"要么，你们失去它。要么，你们将会看到打狗队的人，当着你们的面儿活活打死它。你们都说话呀！"我们都不说话。母亲从我们的沉默中明白了我们的选择。母亲默默地将一个破箱子腾空，铺一些烂棉絮，放进两个搋了谷糠的窝窝头，最后抱起"三号"，放入箱内。我注意到，母亲抚摸了一下小狗。我将一张纸贴在箱盖里面儿，歪歪扭扭要写的是——别害它命，它曾是我们的小朋友。我和母亲将箱子搬出了家，拴根绳子，我拖着破箱子在冰雪上走。月光将我和母亲的身影映在冰雪上。我和母亲的身影一直走在我们前边，不是在我们身后或在我们身旁。一会儿走在我们身后一会儿走在我们身旁的是那一轮白晃晃的大月亮。不知道为什么月亮那一个晚上始终跟随着我和我的母亲。

  半路我捡了一块冰坨子放入破箱子里。我想，"三号"它若渴了就舔舔冰吧！我和母亲将破箱子遗弃在离我家很远的一个地方……第二天是星期日。母亲难得休息一个星期日,近中午了母亲还睡得很实。我们难得有和母亲一块儿睡懒觉的时候,虽早醒了也都不起。

失去了我们的"小朋友",我们觉得起早也是个没意思。"堵住它!别让它往那人家跑!""打死它!打呀!""用不着逮活的!给它一锨!"……男人们兴奋的声音乱喊乱叫。"妈!妈!""妈妈!"我们焦急万分地推醒了母亲。母亲率领衣帽不齐的我们奔出家门,见冬季停止施工的大楼角那儿,围着一群备料工人。母亲率领我们跑过去一看,看见了吊在脚手架上的一条狗,皮已被剥下了一半儿。一个工人还正剥着。母亲一下子转过身,将我们的头拢在一起,搂紧,并用身体挡住我们的视线。"不是你们的狗!孩子们,别看,那不是你们的狗……"然而我们都看清了——那是"三号"。是我们的"小朋友"。白黑杂色的那漂亮的小狗,剥了皮的身躯比饥饿的我们更显得瘦。小女孩般的通人性的眼睛死不瞑目……母亲抱起小妹,扯着我的手,我的手和两个弟弟的手扯在一起。我们和母亲匆匆往家走。不回头。不忍回头。我们的"小朋友"的足迹在离我家不远处中断了。一摊血仿佛是一个句号。

自称打狗队的那几个大汉,原来是工地上的备料工人。

不一会儿,他们中的一个来到了我家里,将用报纸包着的什么东西放在桌上。母亲狠狠地瞪他。他低声说:"我们是饿急眼了……两条后腿……"母亲说:"滚!"他垂了头便往外走。母亲喝道:"带走你拿来的东西!"他头垂得更低,转身匆匆拿起了送来的东西……

雨仍在下，似要停了，却又不停。窗前瑟缩的瘦叶是被洗得绿生生的了。偶尔还闻一声寂寞的蝉吟。我知道的，今天准会有客来敲我的家门——熟悉的，还是陌生的呢？我早已是有家之人了。弟弟妹妹们也都早是有家之人了。当年贫寒的家像一只手张开了，再也攥不到一起。母亲自然便失落了家，栖身在她儿女们的家里。在她儿女们的家里有着她极为熟悉的东西——那就是依然的贫寒。受着居住条件的限制，一年中的大部分日子，母亲和父亲两地分居。

那杨树的眼睛隔窗瞅我，愣愣地呆呆地瞅我。古希腊和古罗马雕塑神祇们的眼睛，大抵都是那样子的，冷静而漠然。但愿谁也别来敲我的家门，但愿。在这一个孤独的日子让我想念我的老母亲，深深地想念……我忘不了我的小说第一次被印成铅字那份儿喜悦。我日夜祈祷的是这回事儿。真是了，我想我该喜悦，却没怎么喜悦。避开人我躲在个地方哭了，那一时刻我最想我的母亲……

我的家搬到光仁街，已经是一九六三年了。那地方，一条条小胡同仿佛烟鬼的黑牙缝。一片片低矮的破房子仿佛是一片片疥疮。饥饿对于普通的人们的严重威胁毕竟开始缓解。我是小学五年级的学生了。我已经有三十多本小人书。

"妈，剩的钱给你。"

"多少？"

"五毛二。"

"你留着吧。"

买粮、煤、劈柴回来，我总能得到几毛钱。母亲给我，因为知道我不会乱花，只会买小人书。每个月都要买粮买煤买劈柴，加上母亲平日给我的一些钢镚儿，渐渐积攒起来就很可观。积攒到一元多，就去买小人书。当年小人书便宜。厚的三毛几一本，薄的才一毛几一本。母亲从不反对我买小人书。

我还经常去出租小人书。在电影院门口、公园里、火车站。有一次火车站派出所一位年轻的警察，没收了我全部的小人书，说我影响了站内的秩序。

我一回到家就号啕大哭。我用头撞墙。我的小人书是我巨大的财富。我觉得我破产了。从绰绰富翁变成了一贫如洗的穷光蛋。我绝望得不想活。想死。我那种可怜的样子，使母亲为之动容。于是她带我去讨还我的小人书。

"不给！出去出去！"

车站派出所年轻的警察，大檐帽微微歪戴着，上唇留两撇小胡子，一副"葛利高里"那种桀骜不驯的样子。母亲代我向他承认错误，代我向他保证以后绝不再到火车站出租小人书，话说了许多，他烦了，粗鲁地将母亲和我从派出所推出来。

母亲对他说："不给，我们就坐台阶上不走。"他说："谁管你！"砰地将门关上了。"妈，咱们走吧，我不要了……"我仰起脸望着母亲，心里一阵难过。亲眼见母亲因自己而被人呵斥，还有什么事比这更令一个儿子内疚的？"不走。妈一定给你要回来！"母亲说着，母亲就在台阶上坐了下去。并且扯我坐在她身旁，一条手臂搂着我。另外几位警察出出进进，连看也不看我们。"葛利高里"也出来一次。"还坐这儿？"母亲不说话，不理他。"嘿，静坐示威……"他冷笑着又进去了……天渐黑了。派出所门外的红灯亮了，像一只充血的独眼，自上而下虎视眈眈地瞪着我们。我和母亲相依相偎的身影被台阶斜折为三折，怪诞地延长到水泥方砖广场，淹在一汪红晕里。我和母亲坐在那儿已经近四个小时。母亲始终用一条手臂搂着我。我觉得母亲似乎一动也没动过，仿佛被一种持久的意念定在那儿了。

我想不能再对母亲说——"妈，我们回家吧！"那意味着我失去的只是三十几本小人书，而母亲失去的是被极端轻蔑了的尊严。一个自尊的女人的尊严。我不能够那样说……几位警察走出来了。依然没看见我们似的，纷纷骑上自行车回家去了。终于"葛利高里"又走出来了。"嗨，我说你们想睡在这儿呀？"母亲仍不看他。不回答。望着远处的什么。"给你们吧！""葛利高里"将我的小人书连同书包扔在我怀里。母亲低声对我说："数数。"语调很平静。我数了一遍，告诉母亲："缺三本《水浒传》。"母亲这才抬起头来。仰望着"葛利高里"，清清楚楚地说："缺三本《水浒传》。"他笑了，从衣兜里掏出三本小人书扔给我，嘟哝道："哟哈，还跟我来这一套……"母亲终于拉着我起身，昂然走下台阶。"站住！""葛利高里"跑下了台阶，向我们走来。他走到母亲跟前，用一根手指将大檐帽往上捅了一下，接着抹他的一撇小胡子。我不由得将我的"精神食粮"紧抱在怀中。母亲则将我扯近她身旁，像刚才坐在台阶上一样，又用一条手臂搂着我。"葛利高里"以将军命令两个士兵那种不容违抗的语气说："等在这儿，没有我的允许不准离开！"我惴惴地仰起脸望着母亲。"葛利高里"转身就走。他却是去拦截了一辆小汽车，对司机大声说："把那个女人和孩子送回家去。要一直送到家门口！"

……我买的第一本长篇小说是《红旗谱》，一元多钱。母亲还从来没有一次给过我这么多钱。我还从来没向母亲一次要过这么多钱。我的同代人们，当你们也像我一样，还是一个小学五年级学生的时候，如果你们也像我一样，生活在一个穷困的普通劳动者家庭的话，你们为我作证，有谁曾在决定开口向母亲要一元多钱的时候，内心里不缺少勇气？

当年的我们，视父母一天的工资是多么非同小可呵！但我想有一本《红旗谱》想得整天失魂落魄，无精打采。我从同学家的收音机里听到过几次《红旗谱》长篇小说连续广播。那时我家的破收音机已经卖了，被我和弟弟妹妹们吃进肚子里了。直接吃进肚子里的东西当然不能取代"精神食粮"。我那时还不知道什么叫"维他命"，更没从谁口中听说过"卡路里"，但头脑却喜欢吞"革命英雄主义"。一如今天的女孩子们喜欢嚼泡泡糖。

在自己对自己的怂恿之下，我去到母亲的工厂向母亲要钱。母亲那一年被铁路工厂辞退了，为了每月十七元的收入，又在一个街道小厂上班。一个加工棉胶鞋帮的中世纪奴隶作坊式的街道小厂。

一排破窗，至少有三分之一埋在地下了。门也是。所以只能朝里开。窗玻璃脏得失去了透明度，乌玻璃一样。我不是迈进门而是跌进门去的。我没想到门里的地面比门外的地面低半米。一张踏脚的小条凳权作门里台阶。我踏翻了它，跌进门的情形如同掉进一个深坑。

那是我第一次到母亲为我们挣钱的那个地方。

空间非常低矮。低矮得使人感到心里压抑。不足二百平米的厂房，四壁潮湿颓败。七八十台破缝纫机一行行排列着，七八十个都不算年轻的女人忙碌在自己的缝纫机后。因为光线晦暗，每个女人头上方都吊着一只灯泡。正是酷暑炎夏，窗不能开，七八十个女人的身体和七八十只灯泡所散发的热量，使我感到犹如身在蒸笼。那些女人们热得只穿背心。有的背心肥大，有的背心瘦小，有的穿的还是男人的背心，暴露出相当一部分丰厚或者干瘪的胸脯。毡絮如同褐色的重雾，如同漫漫的雪花，在女人们在母亲们之间纷纷扬扬地飘荡。而她们不得不一个个戴着口罩。女人们母亲们的口罩上，都有三个实心的褐色的圆。那是因为她们的鼻孔和嘴的呼吸将口罩濡湿了，毡絮附着上面。女人们母亲们的头发、臂膀和背心也差不多都变成了褐色的。毛茸茸的褐色。我觉得自己恍如置身在山顶洞人时期的女人们母亲们之间。

我呆呆地将那些女人们母亲们扫视一遍，却发现不了我的母亲。七八十台破缝纫机发出的噪声震耳欲聋。"你找谁？"一个用竹篾子拍打毡絮的老头对我大声嚷，却没停止拍打。毛茸茸的褐色的那老头像一只老雄猿。"找我妈！""你妈是谁？"我大声说出了母亲的名字。"那儿！"老头朝最里边的一个角落一指。我穿过一排排缝纫机，走到那个角落，看见一个极其瘦弱的毛茸茸的褐色的脊背弯曲着，头凑近在缝纫机板上。周围几只灯泡的电热烤我的脸。"妈……""……""妈……"背直起来了，我的母亲。转过身来了，我的母亲。肮脏的毛茸茸的褐色的口罩上方，眼神儿疲惫的我熟悉的一双眼睛吃惊地望着我，我的母亲的眼睛……母亲大声问："你来干什么？""我……""有事快说，别耽误妈干活！""我……要钱……"我本已不想说出"要钱"两字，可是竟说出来了！"要钱干什么？""买书……""多少钱？"

"一元五角就行……"

"……"母亲掏衣兜，掏出一卷毛票，用指尖龟裂的手指点着。旁边一个女人停止踏缝纫机，向母亲探过身，喊："大姐，别给！没你这么当妈的！供他们吃，供他们穿，供他们上学，还供他们看闲书哇！"又对我喊："你看你妈这是在怎么挣钱？你忍心朝你妈要钱买书哇！"

母亲却已将钱塞在我手心里了，大声回答那个女人："谁叫我们是当妈的啊！我挺高兴他爱看书的！"母亲说完，立刻又坐了下去，立刻又弯曲了背，立刻又将头俯在缝纫机板上了，立刻又陷入手脚并用的机械的忙碌状态……

那一天我第一次发现，我的母亲原来是那么瘦小，竟快是一个老女人了！那时刻我努力要回忆起一个年轻的母亲的形象，竟回忆不起母亲她何时年轻过。

那一天我第一次觉得我长大了，应该是一个大人了。并因自己十五岁了才意识到自己应该是一个大人了而感到羞愧难当，无地自容。我鼻子一酸，攥着钱跑了出去……那天我用那一元五角钱给母亲买了一听水果罐头。"你这孩子，谁叫你给我买水果罐头的？！不是你说买书，妈才舍得给你钱的嘛！"那一天母亲数落了我一顿。数落完了我，又给我凑足了够买《红旗谱》的钱……我想我没有权力用那钱再买任何别的东西，无论为我自己还是为母亲。从此我有了第一本长篇小说……后来我有了第二本、第三本、第四本、第五本……《钢铁是怎样炼成的》《牛虻》《勇敢》《幸福》《青年近卫军》……我再也没因想买书而开口向母亲要过钱。我是大人了。我开始挣钱了——拉小套。在火车站货运场、济虹桥坡下、市郊公路上……用自己辛辛苦苦挣的钱买书时，你尤其会觉得你买的乃是世界上最值得花钱的最好的东西。

于是我有了三十几本长篇小说。十五岁的我爱书如同女人之爱美。向别人炫耀我的书是我当年最大的虚荣。三年后几乎一切书都成"毒草"。学校在烧书。图书馆在烧书。一切有书的家庭在烧书。自己不烧，别人会到你家里查抄，结果还是免不了被烧。普通的家庭只剩下了一个人的书，并且要摆在最显眼的地方。街道也成立了"无产阶级'文化大革命'执行委员会"——使命之一也是挨家挨户查抄"毒草"焚烧之。"老梁家的，听说你们这个院儿里，顶数你们孩子买的'黑书'多啦，统统交出来吧！"面对闯入家中的人们，母亲镇定地声明："我是文盲，不知哪些书是'黑书'。""除了毛主席和林副统帅的书，全是'黑书''毒草'。这个简单明白的革命道理文盲也是应该懂得的！""我儿子的书，我已经烧了，烧光了。现时我家只有那几本红宝书啦。"母亲指给他们看。他们怀疑。母亲便端出一盆纸灰："怕你们不信，所以保留着纸灰给你们验证。若从我家搜出一本'黑书'，你们批判我。""听说你儿子几十本书哪，就烧成这么一盆纸灰？""都保留着？十来盆呢。我不过只保留了一盆给你们看。"母亲分外虔诚老实的样子。他们信了。他们走时，母亲问："那么这一盆纸灰我也可以倒了吧？"他们善意地说："别倒哇！留着，好好保留着。我们信了，兴许我们走后再来查一遍的人们还不信呀。保留着是有必要的！"纸灰是预先烧的旧报纸。我的书，早已在母亲的帮助下，糊在顶棚上了。我下乡前，撕开糊棚纸，将书从顶棚取下，放在一只箱子里，锁了，藏在床底下最里头。我将钥匙交给母亲时说："妈，你千万别让任何人打开那箱子。"母亲郑重地接过钥匙："你放心下乡去吧！若是咱家失火了，我也吩咐你弟弟妹妹们先抢救那箱子。"我信任母亲。但我离开城市时，心怀着深深的忧郁。我的书我的一个世界上了锁，并且由我的母亲像忠仆一样替我保管，我没有什么可不放心的。然而谁来替我分担母亲的愁苦呢？即使是能够分担一点点？我知道，不久三弟也是要下乡的。接着将会轮到四弟。那么家中只剩下挑不动水的妹妹，疯了的哥哥和我瘦小的憔悴的积劳成疾的母亲了！我们将只能和父亲一样，从相反的两个方向，大东北和大西北遥遥地关注我们日益破败的家了……母亲越是刚强地隐藏着愁苦，我越是深深地怜悯母亲。上帝保佑，我的家并没失过火，却因房屋深陷地下，如同母亲挣钱的那个小厂一样，夏季里不知被雨水淹了多少次。

一九七九年，时隔五载，我第一次从北京回去探家，帮助母亲从家中清除破烂东西，打床底下拖出了那一只挺沉的箱子。它布满了滑溜溜的霉苔。

我问母亲："妈，这箱子里装的什么呀？"母亲看着，回忆着，和我一样想不起来。"妈，把打开这锁的钥匙给我……""妈也记不清楚哪把钥匙是开这把锁的了，你试吧！"母亲从兜里掏出一串钥匙给我。锁已锈死。哪一把钥匙也打不开。最后被我用砖头砸开了。掀开箱盖，一股霉味直冲鼻腔。一箱子书成了一箱子发黄的碎纸。碎纸中有几个粉红色的小小生命在蠕动，像刚刚被剁下来的保养得极润的女人手指。我砰地关上了那箱子盖，并用双手使劲按住，仿佛箱子内有一个面目狰狞的魔鬼。即使将世界装在那样一口箱子里也是会发霉的。"箱子里到底是什么啊？"

母亲困惑地又问了一句……

父亲带着一颗受了伤害的心离开北京回四弟家中去住了。我致信三弟希望母亲能到北京来住。这是一九八五年的事。算起来我又六年未见母亲了。父亲的走，使我更加想念母亲。我心中常被一种潜在的恐慌所滋扰，我总觉得一个不可避免的事实伏在距离我很近的日子里，当它突然跃到我跟前时，我不知我如何承受那悲哀、内疚和惭愧。

母亲便很快来到了北京。母亲是感知到了我的心情吗？我和妻每夜宿在办公室，将我们十三平方米的小小居室让给了母亲和安徽小阿姨秀华和我们三岁半的儿子。一老一少两个女人和一个孩子夜夜挤在一张并不宽大的硬床上。母亲满口全是假牙了。母亲的眼病更严重了。"你是她什么人？"在积水潭医院眼科，医生对母亲的双眼仔细检查了一番后，冷冷地问我。"儿子。""为什么到了这种地步才来看？"我无言以对。我知道弟弟妹妹们为了治好母亲的眼睛，已是付出了许多儿女的义务和孝心。我也听出了医生话中谴责的意味。"眼翳是难以去除了，太厚，手术效果不会理想的，而且也极可能伤到瞳仁……""那……至少，是应该植假睫毛的吧？"可怜的母亲，双眼连一根睫毛也没有了！失去了保护的眼睛常被炎症所苦。"应该想到的事，你不认为你想到的有些晚了吗？眼皮已经这么松弛了，植了假睫毛还是会向内翻，更增加痛苦。""那……""多大年纪了？""六十七岁了。""哦，这么大年纪了……开几瓶常用药水吧，每天给你母亲点几次，保持眼睛卫生……这更现实些……"

　　我搀扶着母亲，兜里揣着几瓶眼药水，缓慢地往医院外面走。默默地我不知对母亲说什么话好。十五岁那一年，我去到母亲为养活我们而挣钱的那个地方的一幕幕情形，从此以后更经常地浮现在我脑际，竟至使我对类似踏板缝纫机的一切声音和一切近于褐色的颜色产生极度的敏感。

　　"儿，你替妈难过了？别难过，医生说得对，妈这么大年纪了，治好治不好的又怎么样呢？"

　　八岁的儿子，有着比我在十五岁时数量多得多的"书"——卡通连环画册、《看图识字》《幼儿英语》《智力训练》什么什么的。

妻的工资并不高，甚至可以说是低收入阶层，却很相信智力投资一类宣传。如是等样的书，妻也看，儿子也看。因为妻得对儿子进行启蒙式教育。倘我在写作，照例需要相对的安静，则必得将全部的书摊在床上或地下，一任儿子作践，以摆脱他片刻的纠缠。结果更值得同情的不是我，而是那些"书"。

触目皆是儿子的"书"，将儿子的爸爸的"读物"从随手可取排挤到无可置处，我觉得愤愤不平，看着心乱。既要将自己的书进行"坚壁清野"，又要对儿子的"书"采取"三光政策"。定期对儿子那些被他作践得很惨的"书"加以扫荡，毫不吝惜。

这时候，母亲每每跟着我踱出家门，站于门口望我将那些"书"扔到哪儿去了。随后捡回，而我不知觉。一天，我跨入家门，又见满床满桌全是幼儿读物的杂乱情形，正在摆布的却不是儿子，而是母亲。糨糊、剪刀、纸条，一应俱全。母亲正在粘那些"书"。那些曾被儿子作践得很惨被我扔掉过的"书"。

母亲唯恐我心烦，慌慌地立刻就要收起来。

我拿起一册翻看，母亲粘得那么细致。

我说："妈，别粘了。粘得再好，梁爽也是不看的。这些书早对他失去吸引力了！"

母亲说："我寻思着，扔了怪让人心疼的不是……要不让我都粘好，送给别人家孩子吧！这也比扔了强呀！"

我说："破旧的，怎么送得出手？没谁要。妈你瞧，你也不是按着页码粘的，隔三岔五，你再瞧这几页，粘倒了啊！"

母亲说："唉，我这眼啊，要不寄给你弟弟妹妹们的孩子，或者托人捎给他们？"我说："千里迢迢，给弟弟妹妹们的孩子寄回去捎回去一些破的旧的画册？弟弟妹妹们心里不想什么，弟媳和妹夫还不取笑我？"

母亲说："那……我真是白粘了吗？……就非扔了不可吗？粘好保存起来，过几年，梁爽他长大了几岁，再给他看，兴许他又像没看过一样了吧？"

我说："也可能。妈你愿粘就粘吧。粘成什么样都没关系，我不心烦。"于是我和母亲一块儿粘。收音机里在播着一支歌：

旧鞋子穿破了不扔做啥？
老太太老爷子他们实在啰唆……

我想像我这样的一个儿子，是没有任何权利嘲弄和调侃穷困在我的母亲身上造成的深痕的。在如今的消费心理和消费方式的对比之下，这一点并不太使我这个儿子感到可笑，却使我感到它在现实中的格格不入的投影是那么凄凉而又咄咄逼人。

我必庄重。对于我的母亲所做的这一切似乎没意义的事情，我必庄重。我认为那是母亲的一种权利。一种特权。我必服从。我必虔诚。我不能连母亲这一点点权利都缺乏理解地剥夺了！我知道床下、柜下，还藏着一些饮料筒儿、饼干盒儿、杂七杂八的好看的小瓶儿什么的，对于十三平方米的居室，它们完全是多余之物，毫无用处。我装作不知。是的，我必庄重。它没什么值得嘲弄和调侃的。倘发自于我，是我的丑陋。尽管我也不得不定期加以清除。但绝不当着母亲的面，并且不忍彻底，总要给母亲留下些她也许很看重的东西……一天，我嘱咐小阿姨秀华带母亲到厂内的浴室洗澡。母亲被烫伤了，是两个邻居架回来的。我问邻居："秀华呢？"他们说她仍在洗。我从没对小阿姨表情严厉地说过话，但那一天我生气了。待她高高兴兴地踏进家门之后，我板起脸问她："奶奶烫伤了你知道不知道？""知道呀！""知道你还继续洗？""我以为……不严重……""你以为……你以为！那么你当时都没走到奶奶身边儿去看看？我怎么嘱咐你的！"母亲见我吼起来，连说："是不严重，是不严重，你就别埋怨她了……"半个多月内，母亲默默忍受着伤痛。没说过一句抱怨话。母亲又失去了假牙。一天母亲取下假牙泡在漱口杯里，被粗心大意的小阿姨连水泼掉了。母亲没法儿吃东西了，每顿只能喝粥。我正要带母亲去配牙那一天，妹妹拍来了电报。我看过之后，撕了。母亲问："什么事？"我说："没什么事。""没什么事哪会拍电报？"母亲再三追问。尽管我不愿意，但终于不得不告诉母亲——长住精神病院的大哥又出院了……母亲许久未说话。我也许久未说话。到办公室去睡觉之前，我低声问母亲："妈，给你订哪天的火车票？"母亲说："越早越好，越早越好。我不早早回去，你四弟又不能上班了！"

母亲分明更是对她自己说。

我求人给母亲买到了两天后的火车票。

走时，母亲嘱咐我："别忘了把那瓶獾油和那卷药布给我带上。"

我说："妈，你的烫伤还没好？"

母亲说："好了。"

我说："好了还用带？"

母亲说："就快好了。"

我说："妈，我得看看。"

母亲说："别看了。"

我坚持要看。母亲只好解开了衣襟——母亲干瘪的胸脯上有一大片未愈的烫伤的溃面！我的心疼得抽搐了。我不忍视，转过脸说："妈，我不能让你这样走！"母亲说："你也得为你四弟的难处想想啊！"……母亲走了。带着一身烫伤。失落了她的假牙。留下的，是母亲的临时挂号证，上面草率的字写着眼科医生的诊断——已无手术价值。

今年春季，大舅患癌症去世了。早在一九六四年，老舅已经去世了。母亲的家族，如今只活着母亲一个女人，老而多病，如同一段枯朽的树根，且仍担负着一位老母亲对子女们的种种责任感。那将是母亲至死也无法摆脱的了。

我想我一定要在母亲悲痛的时候回到母亲身旁去。我想如果我不去就简直太混蛋了！于是我回到了哈尔滨。母亲更瘦更老更憔悴了。真正的就好似根雕一个样子！母亲面容之上仿佛并无悲痛。那一副漠漠然的神态令我内心酸楚。母亲其实已没有了丝毫能力担负她的责任和使命了呀！母亲好比是一只老猫，命在旦夕，只有关注着她的亲人和儿女们，然后从这个世界上平平常常地死去的份儿了！母亲她苍老的生命大概已完全丧失了体现她内心悲痛和怜悯之情的活力了吧？

在四弟的家里，只有我和母亲两个人的时候，母亲强打起她最后的尊严，语调缓慢地对我说：

"听着，妈和你爸从来没指望你当什么作家。你既然已经是了，就要好好儿地当。妈和你爸都这么大年纪了，别在我们活着的时候，给我们丢脸……"

那一时刻，我真想给母亲跪下，告诉母亲，我会永远记住她的话……

母亲对我已无他求。

"不会干别的才写小说"——这一句话恰恰应了我的情况。

在这大千世界上我已别无选择，没了退路！

母亲，放心吧。我记住了你的话，一辈子！

……

若有人问我最大的愿望是什么？我会毫不犹豫地回答：将我的老母亲老父亲接到我的身边来，让我为他们尽一点儿拳拳人子的孝心。然而我知道，这愿望几乎等于是一种幻想一个泡影。在我的老母亲和老父亲活着的时候，大致是可以这样认为的。

我最最衷心地虔诚地感激哈尔滨市政府为我的老父亲和老母亲解决了晚年老有所居的问题，使他们还能和我的四弟住在一起。若无这一恩德降临，在我家原先那被四个家庭三代人和一个精神病患者分居的二十六平方米的低矮残破的生存空间，我的老母亲老父亲岂不是只有被挤到天棚上去住吗？像两只野猫一样！而父亲作为我们共和国的第一代建筑工人，为我们的共和国付出了三十余年汗水和力气。

我的哈尔滨我的母亲城，身为一个作家，我却没有也不能够为你做些什么实际的贡献！

这一内疚是为终身的疚惭。

对于那些读了我的小说《溃疡》给我写来由衷的信的，愿真诚地将他们的住房让出一间半间暂借我老母亲老父亲栖身的人们，我也永远地对你们怀着深深的感激。这类事情的重要的意义是，表明着我们的生活中毕竟还存在着善良。

我们北影一幢新楼拔地而起。分房条例规定：副处以上干部，可加八分。得一次全国奖之艺术人员，可加二分。我只得过三次全国中短篇小说奖。填表前向文学部参加分房小组的同志核实，他同情地说："那是指茅盾文学奖而言，普通的全国奖不算。"我自忖得过三次普通的全国中短篇奖已属文坛幸运儿，从不敢做得三次茅盾文学奖的美梦。而命运之神即便偏心地只拥抱我一个人吧，三次茅盾文学奖之总分也还是比一位副处长少二分，而我们共和国的副处长该是作家人数的几百倍呢？

母亲呵，您也要好好儿地活着呀！您可要等啊！您千万要等啊！求求您，母亲！母亲呵，在您那忧愁的凝聚满了苦涩的内心里，除了希望您的儿子"好好儿地"当一个作家，再就真的别无所求了吗?……

淫雨是停歇了。瘦叶是静止了。这一个孤独的日子,我想念我的母亲。有三只眼睛隔窗瞅我,都是那杨树的眼睛,愣愣地呆呆地瞅我,瞅着想念母亲的我。

邻家的孩子在唱着一首流行的歌:

> 杨树杨树生生不息的杨树,
> 就像妈妈一样,
> 谁说赤条条无牵挂?……

由我的老母亲联想到千千万万的几乎一整代人的母亲中,那些平凡的甚至可以认为是平庸的在社会最底层喘息着苍老了生命的女人们,对于她们的儿女,该都是些高贵的母亲吧?一个个写来,都是些充满了苦涩的温馨和坚忍之精神的故事吧?

我之愀然是为心作。

娘!……

遥远地,我像山东汉子一样呼喊您一声,您可听到?……

《母亲》补白

我之愀然是为心作——载不动,几多愁。《母亲》乃儿子的心曲。秋雨潇潇的日子,怅怅地涌满胸怀,幽情苦绪何人知?人间漠漠愁如丝,寒山一带伤心碧。我曾很喜欢北岛的诗:

卑鄙是卑鄙者的通行证
高尚是高尚者的墓志铭

面对现实,我常品味,倘若篡改一下,行呢还是不行?比如:

卑鄙是卑鄙者的墓志铭
高尚是高尚者的通行证

看来是不行的。因为高尚必不能通行,尽管卑鄙确已成某些人的墓志铭。美国有一个小镇,镇上的教士死了,于是人们联名致函主教——马上派一个教士来，没有人管着我们的灵魂，我们可怎么生活。新教士还未上任，主教又收到信——说是别派教士来了，我们发觉生活在罪恶中，是何等的快乐！偏要派教士来，则我们将把他赶走，或把他杀了！

现实要杀死的不是一个教士，而是高贵，以及一切高尚的东西。

世人害怕真实远胜于害怕谎言。

世人害怕高尚远胜于害怕卑鄙。

此刻我不由得想到另一位老母亲，与我的母亲一样的一位母亲，她视我如她的亲儿子一样。

她曾亲口对我说她的儿子"结婚后变了！"她曾亲口对另一个人说她的儿子"如果失去了晓声这样的朋友，今后便没有朋友了！"五届文代会期间，那人将这话告知我，我默然良久。我之笔乃我之"剑"——它一出鞘，有一个卑鄙的人就该祈祷了。真实剥下谎言的陋皮，不过像拂去一层灰尘而已。谎言之下所暴露的，是太丑的灵魂。仅仅为着一位和我的母亲一样的母亲，我几次出鞘的"剑"又轻轻插回。

如果我爱我的母亲，对另一位母亲我又如何能变得冷酷无情？只要我硬得下心肠，有一个人就彻底完蛋了。靠耍弄读者怎么成得了作家呢？而被耍弄了的读者，一旦清楚了明白了，他们会牢记住那个耍弄了他们的人的名字的！

社会的底层诞生了冉·阿让，也诞生了德纳第——就是在战场上从死人身上扒得财物的那个人,雨果写他时用的词是"那个贼"。

我说,你——如果还算个儿子,起码先应该戒赌。据我所知,作家中还没有赌徒。除了陀思妥耶夫斯基,而你根本不可能达到那样的高度,却会太早地在赌桌上和生活中赌输一切,直至"人"这个字的最后那点含义。

同样的母亲们拥有多么不同的儿子啊!

亲爱的母亲们,这是为什么?

关于母爱

关于母爱，已经有了很多赞美——如诗、如画、如雕塑、如戏剧小说。甚至，还须加上新闻媒体的报道。而它告诉我们的，乃真人真事。进言之，乃人类最真实的那类母爱。

母爱是母亲的本能，这一点已经是人类公认的了。这本能之无私，往往是惊心动魄的。几年前我曾读到过一篇国外的报道——在地震中，一位母亲和她三岁的女儿同被压在房舍的废墟之下，历时七天七夜。怀抱着女儿，母亲心想——我死不足惜，但是女儿当活下去！由这一意念的支配，母亲咬破了自己手腕，吮自己的血，时时哺于女儿口中。七天七夜后，营救者们挖掘出这母女时，女儿仍面有血色，而母亲肤白如纸，奄奄待毙。但她微笑了，她说："我的女儿有救了。"这是她人生的最后一句话。她说完这句话，就死了。

几年前，我曾读到过一篇小说，篇名似乎是《面包》。短篇。仅二千余字。内容是——战争加荒年，哀鸿遍野，民不聊生。寂野，老树，昏鸦。瘫坐树下的中年母亲怀抱着幼小的儿子，饥饿已经使母子都没有了动一动的力气。走来了一个兵。兵的饥饿感也很强烈。但不是对面包，而是对女人。兵的背包中还有一个面包。于是他提议用半个面包和那母亲做一次性的"交易"。她其实并没有什么明确的反应，因为她已经快饿毙了。兵从她的眼神儿中觉得她似乎同意了。结果是兵的"饥饿感"一时解决了，而那母亲获得到了半个面包。面包一到手，她就狼吞虎咽起来。她早已饿得失去了理性呀！突然，她瞥见了被置于一旁的幼小的儿子——儿子正目瞪瞪地望着母亲。刹那间她的理性恢复了，但最后一小块儿面包也同时被她吃掉了。她当时同意"交易"时，其实是为儿子——她疯了……

这是一篇谴战小说。短而冲击人心。其冲击力恰在于它悖逆母性悖逆母爱的反人性逻辑的结局设定。母性和母爱被煎在羞耻的铗上，一位母亲几乎也就只有疯。那是我读过的最难忘的短篇小说之一。"子欲养而亲不待"——此类"长恨歌"，往往会使儿女们痛不欲生。但一般也就是"不欲生"。

但父母，尤其是母亲，若认为自己在生死线上或能救儿女之命而居然丧失了机会，那她的心灵所受的自责的拷打，是十倍百倍地超过于儿女因"亲不待"而感到的悲伤的。

我们何必举太多的例子证明母性和母爱的这一种特征呢？这根本是无须证明的。是连在动物界也体现得昭然的。许多种母兽、母禽，在眼见其幼雏幼子陷于生死险境之际，每每不惜以身为饵，拼死相救。不管面对的是凶残的狮、虎、豹，还是猎人的枪……

我们接下来主要谈的，却是母性和母爱的另一特征——那就是，在我们这个地球上，只有母亲，而且只有人类的母亲，她的爱心往往向她最不幸、最无生存竞争能力，包括先天或后天残疾了的儿女倾斜。

大抵如此。男人总希望娶漂亮的女人为妻。女人总希望嫁或有社会地位或有钱财或有权力或英俊潇洒风流倜傥的男人。无论男人或女人，大多数都愿交"有用"的朋友。所以古人有言——"大丈夫处世，当交四海英雄。"所以文人有言——"谈笑有鸿儒，往来无白丁。"引以为荣。引以为傲。所以"公门暇日少，穷巷故人稀"。所以"人生当贵显，每淡布衣交。谁肯居台阁，犹能念草茅"遂成人间感慨。

但母亲，却最怜爱她那个最"没用"的儿女。儿女或呆傻，或疯癫，或残疾，或瘫痪，或奇丑无比，面目非人，人间许许多多的母亲，都是不嫌弃的。倘那是她唯一的儿女，那么她总在想的事几乎注定了是——"我死后我这可怜的儿子（或女儿）怎么办？谁还能如我一样地照料他，关爱他？"倘那非是她唯一的儿女，她另外还有几个有出息的儿女，不管他们表示将多么的孝敬她，不管他们将为她安排下多么无忧无虑的幸福生活，她的心她的爱，仍会牢牢地拴在她那个最"没用"的儿女身上。她会为了那一个儿女，回绝另外的儿女的孝敬，向期待着她去过的幸福生活背转了身，甘愿继续守护和照料她那个最"没用"可能同时还最丑陋的儿女，直至奉献了她的一生。无怨无悔。

真的，人类母亲们身上所体现出的这一种母爱的特征，的的确确是唯有人类的母亲们的人性中才具有的。

动物界没有。

动物界往往相反——它们的母亲几乎一向"明智"地抛弃生存能力太差的后代。

大多数父亲们往往也做不到像母亲们那样。他们的耐心往往没有母亲们持久。他们的爱心往往也没有母亲们那么加倍那么细致入微。

我不敢说我们人类的母亲们身上所体现的这一种母爱特征是多么的伟大。

因为有些杂种早已开始不停止地攻击我是什么可笑的"道德论者"了。我清楚地知道他们中有人对我的不停止的攻击是由于不停地拿了一小笔又一小笔的雇佣金。尽管他们并不觉得自己"拿起笔做刀枪"的受雇行径不道德,尽管我非但不惧怕他们反而极端地蔑视他们,但我却不愿又留下空子给他们钻⋯⋯

我想说——我感动。

真的!

对我们人类母亲们身上所体现的异乎寻常的母爱特征,很久以来,我感动极了!

八十年代初发生在美国的一件事,想必是许多中国人也都知道的——一对中年夫妇喜得一子,但那孩子刚一出生就被诊断为病孩儿,而且是一种不治之症。一种怪病。身体不能与没消过毒的空气接触。一旦接触就会受感染而死亡。

医生告诉父母:"你们的儿子将只能在一个特制的每天必须经

过严格消毒的玻璃罩子中生存和长大。你们还打算要他么？"

父亲犹豫起来。喜事变成了不幸。

医生又说："你们有权拒绝接受他。还没有一条法律要求你们必须接受这样一个儿子。如果你们不接受，我们将人道……"不待医生说完，母亲哇地大哭了。她的心难过得快碎了。她悲泣着说："不，不，不！但他毕竟是我的儿子！但他毕竟已经出生了！我要他活，不惜一切代价要他活……"母亲的决心感染了父亲，也感动了父亲。父亲也坚定地说："对，我们不惜一切代价也要他活！他有权活完他应得的一段生命！"于是那婴儿就活了下来——在特制的玻璃罩里，在医院。父母每周都到医院去看自己的儿子。他们去时婴儿几乎总在睡着。父母就久久地隔玻璃罩观望他的睡态。那情形，想来如植物学家观望自己培育在玻璃罩内的一株小芽苗吧？倘值他醒着，并且不是在哭闹——他吮手的模样，他小脚儿的踢蹬，他自得其乐的笑，都会使玻璃罩外的父母内心里春花怒放，喜上眉梢。

儿子两岁时回家了，但仍只能活在特制的玻璃罩里。只有在给他喂奶，或换尿片时，或洗澡时，父母才有机会抱他，抚爱他。但那一切半点钟内就须结束。进行前的程序也是相当复杂的——房间，一切用物及父母本人，都必进行严格的消毒……

儿子就这样而三四岁而五六岁而七八岁。父母为他由中产阶级而平民而卖车押房而不得不接受社会慈善机构的资助，但是他们始终无怨无悔。相反，儿子每长大一岁，父母对儿子的爱心就增加一倍。他们隔着玻璃罩上特制的谈话孔教会了儿子说话，隔着玻璃罩指导儿子在玻璃罩内"生活自理",隔着玻璃罩亲吻他……他们还隔着玻璃罩教会了他识字读书。隔着玻璃罩通过谈话孔放音乐给他听,放电视给他看,向他讲述和描绘这世界上的大事和趣事……他们也从没忘记在他的生日送他鲜花和礼物……七八年中玻璃罩已换了三次,一次比一次大,就好比为儿子乔迁了三次……他们明白他们的儿子每一天都可能死去,但他们从来也不想他们对儿子的爱心为儿子的一切付出值得不值得……

他们为了全心全意地照料他们的儿子的每一天,没再要第二个孩子……

他们的儿子在十一岁上死去了。他临死时将握在手里的对讲机凑到嘴边——父母在玻璃罩外听到了他最后的话——"爸爸妈妈,我爱你们,感激你们为我做的一切……"第二天报上登载了这一消息,全美国许多人为之动容……我的世界观基本上是唯物的,但我每每也不禁地相信一下上帝,或类似上帝的神明的存在。于此事,我就曾不禁地做如是想——难道是上帝在有意考验我们人类的父母尤其母亲们,对自己儿女的爱心究竟会深厚到什么程度么?……

在北影,某一户人家,有一个不幸的女儿。我不详知她患的是什么病。也许是肥胖症?也许是瘫痪?也许是兼症?反正自从我一九七七年到北影以后,常见一位四十多岁的母亲,每于春秋两季,或夏季凉爽的傍晚,用小三轮车载着她的女儿,在院子里,在街上,陪女儿散心……

我还曾与她们母女交谈过。有次我对那女儿说:"少见了,你今天气色真好！"的确，她看去刚洗过澡，穿的是一身新衣服，虽然非常胖，但显得很清爽，心情也似乎格外愉悦。不料她一笑之后说："还气色好呢，都快把我妈拖累垮了。真不想活了……"她母亲轻轻打了她一下，嗔怪道："这孩子，胡说些什么呢！妈不心疼你谁心疼你呀？妈不爱你谁爱你呀！……"母亲一边说，一边掏出手绢，为女儿拭去脸上的汗，接着掏出小梳子，梳女儿并不乱的头发——那充满着爱的一举一动，使我心大为肃然。女儿说："妈，你不是替我梳过头了么？"母亲说："再梳梳不是透风凉么？"随后有不少北影的人驻足与母女二人聊天，都因那女儿的气色好心情好而替母亲欣慰……我最后一次见到她们大约在四五年前。据说那女儿已不在了，年仅二十一岁，或大几岁……二十几年啊！难道上帝又是在考查母亲对儿女的爱心么？我们童影也有一位同事家中不幸有一个呆傻儿。他们对儿子的爱心也常常感动我，并常常引起我替她们心存的一份忧愁……我的表哥的儿子从少年起就几乎失明——表哥的人生也就从三十五六岁起几乎为儿子在活……我的哥哥从二十四岁起患精神分裂症，至今已三十余年，三十余年差不多全是在精神病院度过的……母亲的心从五十来岁起就被一个最执着的意念所支配——那就是，再穷，也要尽量节省下钱治好哥哥的病。这愿望直至她七十多岁以后才渐变为失望……

据说王铁成是非常爱他的弱智儿子的。这位做父亲的身上所体现的母性与母爱的仁慈，也很令我感动。我的父亲已于十年前去世了。不久前母亲也去世了。我想，我应将哥哥从医院接出来，使他过上正常人的生活。我一直认为他能过正常人的生活。只不过这想法是从前父母和我都办不到的。想一想，一个精神病症根本不算严重的人，一个当年大学里的学生会主席，居然因为从前家里没有他的"一床之地"，就从二十四岁起，不得不将精神病院当成了家，一住就是三十余年……是很残酷的一件事啊！

是的，我一定要让哥哥过上正常人的生活，要让他有属于他自己的房子，要争取每隔一年陪他旅游一次，要经常接他来北京住——我要代替母亲爱他……

我们人类的母亲们身上所体现的母爱的特征，真的乃是世界上最无私无怨的一种爱啊！这特征乃是世界上从古至今唯一的。我不敢赞美它伟大，也不愿赞美它伟大。因为对于父母，一个残疾的不健全的儿女，首先是一件伤心的不幸的事。当然对那样的儿女们也是。但母爱的异乎寻常的特征，的确使我的心灵常常受到震荡式的感动。我祈祷人类的医学进一步获得大的突破性发展，能保证母亲们生下的孩子都是健美的。我祈祷我们的国家早日富强，使一切母亲的不幸的儿女，也都有处处乐园，从而使母爱的特征，不再苦涩忧郁和沉重……无私无怨无悔之事，虽感动人，却不见得都是美好之事啊！

我的父母·我的小学·我的中学

我的父母

一九四九年九月二十二日，我出生在哈尔滨市安平街一个人家众多的大院里，我的家是一间半低矮的苏式房屋。邻院是苏联侨民的教堂，经常举行各种宗教仪式，我从小听惯了教堂的钟声。

父亲目不识丁，祖父也目不识丁。原籍山东省荣成温泉寨村。上溯十八代乃至二十八代三十八代，尽是文盲，尽是穷苦农民。

父亲十几岁时，因生活所迫，随村人"闯关东"来到了哈尔滨。

他是我们家族史上的第一个工人，建筑工人。他转变了我们这一梁姓家族的成分。我在小说《父亲》中，用两万余纪实性的文字，为他这一个中国的农民出身的"工人阶级"立了一篇小传。从转折的意义讲，他是我们家族史上的一座丰碑。

父亲对我走上文学道路从未施加过任何有益的影响，不仅因为他是文盲，也因为从一九五六年起——我七岁的时候，他便离开哈尔滨市建设大西北去了。从此每隔两三年他才回家与我们团聚一次。我下乡以后，与父亲团聚一次更不易了。在我的记忆中，父亲是反对我们几个孩子看"闲书"的。见我们捧着一本什么小说看，他就生气。看"闲书"是他这位父亲无法忍受的"坏毛病"。父亲常因母亲给我们钱买"闲书"而对母亲大发其火。家里穷，父亲一个人挣钱养家糊口，也真难为他。每一分钱都是他用汗水换来的。父亲的工资仅够勉强维持一个市民家庭最低水平的生活。

母亲也是文盲。外祖父去读过几年私塾，是东北某农村新中国成立前农民称为"识文断字"的人，故而同是文盲，母亲与父亲不大一样。父亲是个崇尚力气的文盲，母亲是个崇尚文化的文盲。崇尚相左，对我们几个孩子寄托的希望也便截然对立。父亲希望我们将来都能靠力气吃饭，母亲希望我们将来都能成为靠文化自立于社会的人。父亲的教育方式是严厉的训斥和惩罚，父亲是将"过日子"的每一样大大小小的东西都看得很贵重的。母亲的教育方式堪称真正的教育，她注重人格、品德、礼貌和学习方面。值得庆幸的是，父亲常年在大西北，我们从小接受的是母亲的教育。母亲的教育至今仍对我为人处世深有影响。

母亲从外祖父那里知道许多书中的人物和故事，而且听过一些旧戏，乐于将书中或戏中的人物和故事讲给我们。母亲年轻时记忆力强，什么戏剧什么故事，只要听过一遍，就能详细记住。有些戏中的台词唱段，几乎能只字不差地复述。母亲善于讲故事，讲时带有很浓的个人感情色彩。我从五六岁开始，就从母亲口中听到过"包公传""济公传""杨家将""岳家将""侠女十三妹"的故事。母亲是个很善良的女人，善良的女人大多喜欢悲剧。母亲尤其愿意尤其善于讲悲剧故事"秦香莲""风波亭""杨业碰碑""赵氏孤儿""陈州放粮""王宝钏困守寒窑""三勘蝴蝶梦""钓金龟""牛郎织女""天仙配""水漫金山寺""劈山救母""杜十娘怒沉百宝箱"……母亲边讲边落泪，我们边听边落泪。

我于今在创作中追求悲剧情节、悲剧色彩，不能自已地在字里行间流溢浓重的主观感情色彩，可能正是小时候听母亲带着她浓重的主观感情色彩讲了许多悲剧故事的结果。我认为，文学对于一个作家儿童时代的心灵所形成的直接或间接的影响，对一个作家在某一时期或某一阶段的创作风格起着"先天"的、潜意识的作用。

母亲在我们小时候给我们讲故事，当然绝非想要把我们都培养成为作家；而仅靠听故事一个儿童也不可能直接走上文学道路。

我们所住的那个大院，人家多，孩子也多。我们穷，因为穷而在那个大院中受着种种歧视。父亲远在大西北，因为家中没有一个男人而受着种种欺辱。我们是那个市民大院中的人下人。母亲用故事将我们吸引在而不是囚禁在家中，免得我们在大院里受欺辱或惹是生非，同时用故事排遣她自己内心深处的种种愁苦。

这样的情形至今仍常常浮现在我眼前：电灯垂得很低，母亲一边在灯下给我们缝补衣服，一边用凄婉的语调讲着她那些凄婉的故事。我们几个孩子，趴在被窝里，露出脑袋，瞪大眼睛凝神谛听，讲到可悲处，母亲与我们唏嘘一片。

如果谁认为一个人没有导师就不可能走上文学道路的话，那么我的回答是——我的第一位导师，是母亲。我始终认为这是我的幸运。

如果我认为我的母亲是我文学上的第一位导师不过分，那么也可以说我的这位小学语文老师是我文学上的第二位导师。假若在我的生活中没有过她们，我今天也许不会成为作家。

我的小学

我永远忘不了这样一件事：某年冬天，市里要来一个卫生检查团到我们学校检查卫生，班主任老师吩咐两名同学把守在教室门外，个人卫生不合格的学生，不准进入教室。我是不许进入教室的几个学生之一。我和两名把守在教室门外的学生吵了起来，结果他们从教员室请来了班主任老师。

班主任老师上下打量着我，冷起脸问："你为什么今天还要穿这么脏的衣服来上学？"

我说："我的衣服昨天刚刚洗过。"

"洗过了还这么脏？"老师指点着我衣襟上的污迹。

我说："那是油点子，洗不掉的。"

老师生气了："回家去换一件衣服。"

我说："我就这一件上学的衣服。"

我说的是实话。

老师认为我顶撞了她，更加生气了，又看我的双手，说："回家叫你妈把你两手的皴用砖头蹭干净了再来上学！"接着像扒乱草堆一样乱扒我的头发，"瞧你这满头虮子，像撒了一脑袋大米！叫人恶心！回家去吧！这几天别来上学了，检查过后再来上学！"

我的双手，上学前用肥皂反复洗过，用砖头蹭也未必能蹭干净。而手的生皴，不是我所愿意的。我每天要洗菜，淘米，刷锅，刷碗。家里的破屋子四处透风，连水缸在屋内都结冰，我的手上怎么不生皴？不卫生是很羞耻的，这我也懂，但卫生需要起码的"为了活着"的条件，这一点我的班主任老师便不懂了。阴暗的，夏天潮湿冬天寒冷的，像地窖一样的一间小屋，破炕上每晚拥挤着大小五口人，四壁和天棚每天起码要掉下三斤土，炉子每天起码要向狭窄的空间飞扬四两灰尘……母亲每天早起晚归去干临时工，根本没有精力照料我们几个孩子，如果我的衣服居然还干干净净，手上没皴头上没有虮子，那倒真是咄咄怪事了！我当时没看过《西行漫记》，否则一定会顶撞一句："毛主席当年在延安住窑洞时还当着斯诺的面捉虱子呢！"

我认为，对于身为教师者，最不应该的，便是以贫富来区别对待学生。我的班主任老师嫌贫爱富。我的同学中的区长、公社书记、工厂厂长、医院院长们的儿女，他们都并非品学兼优的好学生，有的甚至经常上课吃零食、打架，班主任老师却从未严厉地批评过他们一次。

对班主任老师尖酸刻薄的训斥，我只有含侮忍辱而已。

我两眼涌出泪水，转身就走。

这一幕却被语文老师看到了。

她说:"梁绍生,你别走,跟我来。"扯住我的一只手,将我带到教员室。她让我放下书包,坐在一把椅子上,又说:"你的头发也够长了,该理一理了,我给你理吧!"说着就离开了办公室。学校后勤科有一套理发工具,是专为男教师们互相理发用的。我知道她准是取那套理发工具去了。

可是我心里却不想再继续上学了。因为穷,太穷,我在学校里感到一点尊严也没有。而一个孩子需要尊严,正像需要母爱一样。我是全班唯一的一个免费生。免费对一个小学生来说是精神上的压力和心理上的负担。"你是免费生,你对得起党吗?"哪怕无意识地犯了算不得什么错误的错误,我也会遭到班主任老师这一类冷言冷语的训斥。我早听够了!

语文老师走出教员室,我便拿起书包逃离了学校。我一直跑出校园,跑着回家。"梁绍生,你别跑,别跑呀!小心被汽车撞了呀!"我听到了语文老师的呼喊。她追出了校园,在人行道上跑着追我。我还是跑,她紧追。"梁绍生,你别跑了,你要把老师累坏呀!"我终于不忍心地站住了。她跑到我跟前,已气喘吁吁。她说:"你不想上学啦?"我说:"是的。"她说:"你才小学四年级,学这点文化将来够干什么用?"我说:"我宁肯和我爸爸一样将来靠力气吃饭,也不在学校里忍受委屈了!"她说:"你这种想法是错误的。小学四年级的文化,将来也当不了一个好工人!"我说:"那我就当一个不好的工人!"她说:"那你将来就会恨你的母校,恨母校所有的老师,尤其会恨我。因为我没能规劝你继续上学!"我说:"我不会恨您的。"她说:"那我自己也不会原谅我自己!"我满心间自卑、委屈、羞耻和不平,哇的一声哭了。她抚摸着我的头,低声说:"别哭,跟老师回学校吧,啊?我知道你们家里生活很穷困,这不是你的过错,没有什么值得自卑和羞耻的。你要使同学们看得起你,每一位老师都喜爱你,今后就得努力学习才是啊!"

我只好顺从地跟她回到了学校。

如今想起这件事,我仍觉后怕。没有我这位小学语文老师,依着我从父亲的秉性中继承下来的那种九头牛拉不动的倔犟劲儿,很可能连我母亲也奈何不得我,当真从小学四年级就弃学了。那么今天我既不可能成为作家,也必然像我的那位小学语文老师说的那样——当不了一个好工人。

一位会讲故事的母亲和从小的穷困生活,是造成我这样一个作家的先决因素。狄更斯说过——穷困对于一般人是种不幸,但对于作家也许是种幸运。的确,对我来说,穷困并不仅仅意味着童年生活的不遂人愿。它促使我早熟,促使我从童年起就开始怀疑生活,思考生活,认识生活,介入生活。虽然我曾千百次地诅咒过穷困,因穷困感到过极大的自卑和羞耻。

我发现自己也具有讲故事的"才能",是在小学二年级。认识字了,语文课本成了我最早阅读的书籍,新课本发下来未过多久,我就先自通读一遍了。当时课文中的生字,标有拼音,读起来并不难。

一天,我坐在教室外的楼梯台阶上正聚精会神地看语文课本,教语文课的女老师走上楼,好奇地问:"你在看什么书?"我立刻站起,规规矩矩地回答:"语文课本。"老师又问:"哪一课?"我说:"下堂您要讲的新课——《小山羊看家》。""这篇课文你觉得有意思吗?""有意思。""看过几遍了?""两遍。""能讲下来吗?"我犹豫了一下,回答:"能。"上课后,老师把我叫起,对同学们说:"这一堂讲第六课——《小山羊看家》。下面请梁绍生同学先把这一篇课文讲述给我们听。"

我的名字本叫梁绍生,梁晓声是我在"文革"中自己改的名字。"文革"中兴起过一阵改名的时髦风,我在一张辞去班级"勤务员"职务的声明中首次署了现在的名字——梁晓声。

我被老师叫起后,开始有些发慌,半天不敢开口。老师鼓励我:"别紧张,能讲述到哪里,就讲述到哪里。"我在老师的鼓励下,终于开口讲了:"山羊妈妈有四个孩子,一天,山羊的妈妈要离开家……"

当我讲完后,老师说:"你讲得很好,坐下吧!"看得出,老师心里很高兴。

全班同学都很惊异,对我十分羡慕。

一个穷困人家的孩子,他没有任何值得自我炫耀的地方,当他的某一方面"才能"当众得以显示,并且被羡慕,并且受到夸奖,他心里自然充满骄傲。

以后,语文老师每讲新课,总是提前几天告诉我,嘱我认真阅读,到讲那一堂新课时,照例先把我叫起,让我首先讲述给同学们听。

我们的语文老师，是一位主张教学方法灵活的老师。她需要我这样一名学生，喜爱我这样一名学生。因为我的存在，使她在我们这个班讲的语文课生动活泼了许多。而我也同样需要这样一位老师，因为是她给予了我在全班同学面前显示自己讲故事"才能"的机会。而这样的机会当时对我是重要的，使我幼小的意识中也有一种骄傲存在着，满足着我匮乏的虚荣心。后来，老师的这一语文教学方法，在全校推广了开来，引起区和市教育局领导同志的兴趣，先后到我们班听过课。从小学二年级至小学六年级，我和我的语文老师一直配合得很默契。她喜爱我，我尊敬她。小学毕业后，我还回母校看望过她几次。"文革"开始，她因是市的教育标兵，受到了批斗。记得有一次我回母校去看她，她刚刚被批斗完，握着扫帚扫校园，剃了"鬼头"，脸上的墨迹也不许她洗去。

我见她那样子，很难过，流泪了。

她问："梁绍生，你还认为我是一个好老师吗？"

我回答："是的，您在我心中永远是一位好老师。"

她惨然地苦笑了，说："有你这样一个学生，有你这样一句话，我挨批挨斗也心甘情愿了！走吧，以后别再来看老师了，记住老师曾多么喜爱你就行！"

那是我最后一次见到她。

不久，她跳楼自杀了。

她不但是我的小学语文老师，还是我小学母校的少先队辅导员老师。她在同学们中组织起了全市小学校的第一个"故事小组"和第一个"小记者委员会"。我小学时不是个好学生，经常逃学，不参加校外学习小组，除了语文成绩较好，算术、音乐、体育都仅是个"中等"生，直到五年级才入队。还是在我这位语文老师的多次力争下有幸戴上了红领巾，也是在我这位语文老师的力争下才成为"故事小组"和"小记者委员会"的成员。对此我的班主任老师很有意见，认为她所偏爱的是一个坏学生。我逃学并非因为我不爱学习。那时母亲天不亮就上班去了，哥哥已上中学，是校团委副书记兼学生会主席，也跟母亲一样，早晨离家，晚上才归，全日制，就苦了我。家里还有两个弟弟一个妹妹，我得给他们做饭吃，收拾屋子和担水，他们还常常哭着哀求我在家陪他们。将六岁、四岁、二岁的小弟小妹撇在家里，我常常于心不忍，便逃学，不参加校外学习小组。班主任老师从来也没有到我家进行过家访，因而不体谅我也就情有可原，认为我是一个坏学生更理所当然。班主任老师不喜欢我，还因为穿在我身上的衣服一向很不体面，不是过于肥大就是过于短小，不仅破，而且脏，衣襟几乎天天带着锅底灰和做饭时弄上的油污。在小学没有一个和我要好的同学。

语文老师是我小学时期在学校里的唯一的一个朋友。我至今不忘她，永远都难忘。不仅因为她是我小学时期唯一关心过我喜爱过我的一位老师，不仅因为她给予了我唯一的竖立起自豪感的机会和方式，还因她将我向文学的道路上推进了一步——由听故事到讲故事。语文老师牵着我的手，重新把我带回了学校，重新带到教员室，让我重新坐在那把椅子上，开始给我理发。语文教员室里的几位老师百思不得其解地望着她。一位男老师对她说："你何苦呢？你又不是他的班主任。曲老师因为这个学生都对你有意见了，你一点不知道？"她笑笑，什么也未回答。她一会儿用剪刀剪，一会儿用推子推，将我的头发剪剪推推摆弄了半天，总算"大功告成"。她歉意地说："老师没理过发，手太笨，使不好推子也使不好剪刀，大冬天的给你理了个小平头，你可别生老师的气呀！"

教员室没面镜子。我用手一摸，平倒是很平，头发却短得不能再短了。哪里是"小平头"，分明是被剃了一个不彻底的秃头。虮子肯定不存在了，我的自尊心也被剪掉剃平。

我并未生她的气。

随后她又拿起她的脸盆，领我到锅炉房，接了半盆冷水再接半盆热水，兑成一盆温水，给我洗头，洗了三遍。只有母亲才如此认真地给我洗过头。我的眼泪一滴滴落在脸盆里。她给我洗好头，再次把我领回教员室，脱下自己的毛坎肩，套在我身上，遮住了我衣服前襟那片无法洗掉的污迹。她身材娇小，毛坎肩是绿色的，套在我身上尽管不伦不类，却并不显得肥大。教员室里的另外几位老师，瞅着我和她，一个个摇头不止，忍俊不禁。她说："走吧，现在我可以送你回到你们班级去了！"她带我走进我们班级的教室后，同学们顿时哄笑起来。大冬天的，我竟剃了个秃头，棉衣外还罩了件绿坎肩，模样肯定是太古怪太滑稽了！

她生气了，严厉地喝问我的同学们："你们笑什么？有什么可笑的？哄笑一个同学迫不得已的做法是可耻的行为！如果我是你们的班主任，谁再敢哄笑我就把谁赶出教室！"

这话她一定是随口而出的，绝不会有任何针对我的班主任老师的意思。我看到班主任老师的脸一下子拉长。班主任老师也对同学们呵斥："不许笑！这又不是耍猴！"班主任老师的话，更加使我感到被当众侮辱，而且我听出来了，班主任老师的话中，分明包含着针对语文老师的不满成分。语文老师听没听出来，我无法知道。我未看出她脸上的表情有什么变化。她对班主任老师说："曲老师，就让梁绍生上课吧！"班主任老师拖长语调回答："你对他这么尽心尽意，我还有什么话可说？"市教育局卫生检查团到我们班检查卫生时，没因为我们班有我这样一个剃了秃头，棉袄外套件绿色毛坎肩的学生而贴在我们教室门上一面黄旗或黑旗。他们只是觉得我滑稽古怪，惹他们发笑而已……

从那时起直至我小学毕业，我们班主任老师和语文老师的关系一直不融洽。我知道这一点，我们班级的所有同学也都知道这一点，而这一点似乎完全是由于我这个学生导致的。几年来，我在一位关心我的老师和一位讨厌我的老师之间，处处谨小慎微，循规蹈矩，力不胜任地扮演一架天平上的小砝码的角色。扮演这种角色，对于一个小学生的心理，无异于扭曲，对我以后的性格形成不良影响，使我如今不可救药地成了一个忧郁型的人。

我心中暗暗铭记语文老师对我的教诲，学习努力起来，成绩渐好。

班主任老师却不知为什么对我愈发冷漠无情了。

四年级上学期期末考试,我的语文和算术破天荒地拿了"双百",而且《中国少年报》选登了我的一篇作文,市广播电台"红领巾"节目也广播了我的一篇作文,还有一篇作文用油墨抄写在儿童电影院的宣传栏上。同学对我刮目相待了,许多老师也对我和蔼可亲了。

校长在全校师生大会上表扬了我的语文老师,充分肯定了在我这个一度被视为坏学生的转变和进步过程中,她所付出的种种心血,号召全校老师向她那样对每一个学生树立起高度的责任感。

受到表扬有时对一个人不是好事。

在她没有受到校长的表扬之前,许多师生都公认,我的"转变和进步",与她对我的教育是分不开的。而在她受到校长的表扬之后,某些老师竟认为她是一个"机会主义者"了。"文革"期间,有一张攻击她的大字报,赫赫醒目的标题即是——"看机会主义者××是怎样在教育战线进行投机和沽名钓誉的!"

而我们班的几乎所有同学,都不知掌握了什么证据,断定我那三篇给自己带来荣誉的作文,是语文老师替我写的,于是流言传播,闹得全校沸沸扬扬。

  四年级二班的梁绍生,
  是个逃学精,
  老师替他写作文,
  《少年报》上登,
  真该用屁崩!……

一些男同学，还编了这样的顺口溜，在我上学和放学的路上，包围着我讥骂。班主任老师亲眼目睹过我被凌辱的情形，没制止。

班主任老师对我冷漠无情到视而不见的地步。她教算术。在她讲课时，连扫也不扫我一眼了。她提问或者叫同学在黑板上解答算术题时，无论我将手举得多高，都无法引起她的注意。

一天，在她的课堂上，同学们做题，她坐在讲课桌前批改作业本。教室里静悄悄的。"梁绍生！"她突然大声叫我的名字。我吓了一跳，立刻怯怯地站了起来。全体同学都停了笔。"到前边来！"班主任老师的语调中隐含着一股火气。我惴惴不安地走到讲桌前。"作业为什么没写完？""写完了。""当面撒谎！你明明没写完！""我写完了，中间空了一页。"我的作业本中夹着印废了的一页，破了许多小洞，我写作业时随手翻过去了，写完作业后却忘了扯下来。我低声下气地向她承认是我的过错。她不说什么，翻过那一页，下一页竟仍是空页。我万没想到我写作业时翻得匆忙，会连空两页。她拍了一下桌子："撒谎！撒谎！当面撒谎！你明明是没有完成作业！"我默默地翻过了第二页空页，作业本上展现出了我接着做完了的作业。她的脸倏地红了："你为什么连空两页？！想要捉弄我一下是不是？！"

我垂下头，讷讷地回答："不是。"

她又拍了一下桌子："不是？！我看你就是这个用意！你别以为你现在是个出了名的学生了，还有一位在学校里红得发紫的老师护着你，托着你，拼命往高处抬举你，我就不敢批评你了！我是你的班主任，你的小学鉴定还得我写呢！"

我被彻底激怒了！我不能容忍任何人在我面前侮辱我的语文老师！我爱她！她是全校唯一使我感到亲近的人！我觉得她像我的母亲一样，我内心里是视她为我的第二个母亲的！

我突然抓起了讲台桌上的红墨水瓶。班主任以为我要打在她脸上，吃惊地远远躲开我，喝道："梁绍生，你要干什么？！"我并不想将墨水瓶打在她脸上，我只是想让她知道，我是一个人，在忍无可忍的情况下我是会愤怒的！我将墨水瓶使劲摔到墙上。墨水瓶粉碎了，雪白的教室墙壁上出现了一片"血"迹！我接着又将粉笔盒摔到了地上。一盒粉笔尽断，四处滚去。教室里长久的一阵鸦雀无声，直至下课铃响。

那天放学后，我在学校大门外守候着语文老师回家。她走出学校时，我叫了她一声。她奇怪地问："你怎么不回家？在这里干什么？"我垂下头去，低声说："我要跟您走一段路。"她沉思地瞧了我片刻，一笑，说："好吧，我们一块儿走。"我们便默默地向前走。她忽然问："你有什么事要告诉我吧？"我说："老师，我想转学。"她站住，看着我，又问："为什么？"我说："我不喜欢我们班级！在我们班级我没有朋友，曲老师讨厌我！要不请求您把我调到您当班主任的四班吧！"我说着想哭。"那怎么行？不行！"她语气非常坚决，"以后你再也不许提这样的请求！"我也非常坚决地说："那我就只有转学了！"眼泪涌出了眼眶。

她说："我不许你转学。"我觉得她不理解我，心中很委屈，想跑掉。

她一把扯住我,说:"别跑。你感到孤独是不是?老师也常常感到孤独啊!你的孤独是穷困带来的,老师的孤独……是另外的原因带来的。你转到其他学校也许照样会感到孤独的。我们一个孤独的老师和一个孤独的学生不是更应该在一所学校里吗?转学后你肯定会想念老师,老师也肯定会想念你的。孤独对一个人不见得是坏事……这一点你以后会明白的。再说你如果想有朋友,你就应该主动去接近同学们,而不应该对所有的同学都充满敌意,怀疑所有的同学心里都想欺负你……"

我的小学语文老师她已成泉下之人近二十年了。我只有在这篇纪实性的文字中,表达我对她虔诚的怀念。

教育的社会使命之一,就是应首先在学校中扫除嫌贫谄富媚权的心态!

而嫌贫谄富,在我们这个国家,在我们这个国家的小学、中学乃至大学,在二十一世纪的今天,依然不乏其例。

因为我小学毕业后,接着进入了中学,而后又进入过大学,所以我有理由这么认为。

我诅咒这种现象!鄙视这种现象!

我的中学

我的中学时代是我真正开始接受文学作品熏陶的时代。比较起来，我中学以后所读的文学作品，还抵不上我从一九六三年至一九六八年下乡前这五年内所读过的文学作品多。

在小学五六年级，我已读过了许多长篇小说。我读的第一本中国长篇小说是《战斗的青春》；读的第一本外国长篇小说是《钢铁是怎样炼成的》。

而在中学我开始知道了托尔斯泰、巴尔扎克、雨果、车尔尼雪夫斯基、陀思妥耶夫斯基、高尔基等外国伟大作家的名字，并开始喜爱上了他们的作品。

我在我的短篇小说《这是一片神奇的土地》中有几处引用了希腊传说中的典故，某些评论家们颇有异议，认为超出了一个中学生的阅读范围。我承认我在引用时,有自我炫耀的心理作怪。但说"超出"了一个中学生的阅读范围，证明这样的评论家根本不了解中学生，起码不了解六十年代的中学生。

我的中学母校是哈尔滨市第二十九中学，一所普通的中学。在我的同学中，读长篇小说根本不是什么新鲜事。不分男女同学，大多数都开始喜欢读长篇小说了。古今中外，凡是能弄到手的都读。一个同学借到或者买到一本好小说，首先会在几个亲密的同学之间传看。传看的圈子往往无法限制，有时扩大到几乎全班。

外国一位著名的作家和一位著名的评论家之间曾经有过下面的有趣而明智的谈话：

作家：最近我结识了一位很有天才的评论家。

评论家：最近我结识了一位很有天才的作家。

作家：他叫什么名字？

评论家：青年。你结识的那位有天才的评论家叫什么名字？

作家：他的名字也叫青年。

青年永远是文学的最真挚的朋友，中学时代正是人的崭新的青年时代。他们通过拥抱文学拥抱生活，他们是最容易被文学作品感动的最广大的读者群。今天我们如果进行一次有意义的社会调查，结果肯定也是如此。

我在中学时代能够读到不少真正的文学作品，还应当感激我的母亲。母亲那时已从铁路上被解雇下来，又在一个加工棉胶鞋鞋帮的条件低劣的小工厂参加工作，每月可挣三十几元钱贴补家庭生活。

我们渴望读书。只要是为了买书，母亲给我们钱时从未犹豫过。母亲没有钱，就向邻居借。

家中没有书架，也没有摆书架的地方。母亲为我们腾出一只旧木箱，我们买的书，包上书皮儿，看过后存放在箱子里。

最先获得买书特权的，是我的哥哥。

哥哥也酷爱文学。我对文学的兴趣，一方面是母亲以讲故事的方式不自觉地培养的结果，另一方面是受哥哥的熏染。

我之所以走上文学道路，哥哥起的作用，不亚于母亲和我的小学语文老师的作用。

六十年代的教学，比今天更体现对学生素养的普遍重视。哥哥高中读的已不是"语文"课本，而是"文学"课本。

哥哥的"文学"课本，便成了我常常阅读的"文学"书籍。有一次哥哥上"文学"课竟找不到课本了，因为我头一天晚上从哥哥的书包里翻出来看没有放回去。

一册高中生的"文学"课本，其文学内容之丰富，绝不比目前的一本什么文学刊物差，甚至要比目前的某些文学刊物的内容更丰富，水平更优秀。收入高中"文学"课本中的，大抵是古今中外优秀文学作品的章节。古今中外的诗歌、散文、小说、杂文，无所偏废。

"岳飞枪挑小梁王""鲁提辖拳打镇关西""杜十娘怒沉百宝箱"，鲁迅、郁达夫、茅盾、叶圣陶的小说，郭沫若的词，闻一多、拜伦、雪莱、裴多菲的诗，马克·吐温的小说，欧·亨利的小说，高尔基的小说……货真价实的一册综合性文学刊物。

那时的高中"文学"课多么好！

我相信，六十年代的高中生可能有不愿上代数课的，有不愿上物理课、化学课、政治课的，但如果谁不愿上"文学"课则太难理解了！

我到北大荒后，曾当过小学老师和中学老师，教过"语文"。七十年代的中小学"语文"课本，让我这样的老师根本不愿拿起来，远不如"扫盲运动"中的工农课本。

当年，哥哥读过的"文学"课本，我都一册册保存起来，成了我的首批"文学"藏书。哥哥还很舍不得将它们给予我呢！

哥哥无形中取代了母亲家庭"故事员"的角色。每天晚上，他做完功课，便捧起"文学"课本，为我朗读，我们理解不了的，他就用心启发我们。

一个高中生朗读的"文学"，比一位没有文化的母亲讲的故事当然更是文学的"享受"。某些我曾听母亲讲过的故事，如"牛郎织女""天仙配""白蛇传"，由哥哥照着课本一句句朗读给我们听，产生的感受也大不相同。从母亲口中，我是听不到哥哥从高中"文学"课本读出来的那些文学词句的。我从母亲那里获得的是"口头文学"的熏陶，我从哥哥那里获得的才是真正的文学的熏陶。

感激六十年代的高中"文学"课本的编者们！

哥哥还经常从他的高中同学们手中将一些书借回家里来看。他和他的几名要好的男女同学还组成了一个"阅读小组"。哥哥的高中母校是哈尔滨一中，是重点学校。在他们这些重点学校的喜爱文学的高中生之间，阅读外国名著蔚然成风。他们那个"阅读小组"还有一张大家公用的哈尔滨图书馆的借书证。

哥哥每次借的书，我都请求他看完后迟还几天，让我也看完。哥哥一向满足我的愿望。

可以说我是从大量阅读外国作品开始真正接触文学的。我受哥哥的影响，非常崇拜苏俄文学，至今认为苏俄文学是世界上伟大的文学。当代苏联文学不但继承了俄罗斯文学传统，在借鉴西方现代派文学方面，也比我们捷足先登。当代苏联文学可以明显地看到现实主义和现代派文学的有机结合。苏联电影在这方面进行了更为成功的实践。

回顾我所走过的道路，连自己也能看出某些受苏俄文学的潜移默化的影响，而在文字上则接近翻译体小说。后来才在创作实践中渐渐意识到自己中国民族文学语言的基本功很弱，才开始注重对中国小说的阅读，才开始在实践中补习中国传统小说这一课。

我除了看自己借到的书，看哥哥借到的书，小人书铺是中学时代的"极乐园"。

那时我们家已从安平街搬到光仁街住了。像一般的家庭主妇们新搬到一地，首先关心附近有几家商店一样，我首先寻找的是附近有没有小人书铺。令我感到庆幸的是，那一带的小人书铺真不少。

从我们家搬到光仁街后到我下乡前，我几乎将那一带小人书铺中我认为好的小人书看遍了。

我看小人书，怀着这样的心理：自己阅读长篇小说时头脑中想象出来的人物是否和小人书上画出来的人物形象一致。二者接近，我便高兴。二者相差甚远，我则重新细读某部长篇小说，想要弄明白个所以然。有些长篇小说，就是在这样的情况下读过两遍的。

谈到读长篇，我想到了《红旗谱》，我认为它是新中国成立以来中国最优秀的长篇小说。由《红旗谱》我又想起两件事。

我买《红旗谱》，只有向母亲要钱。为了要钱才去母亲做活的那个条件低劣的街道小工厂找母亲。

那个街道小工厂，二百多平方米的四壁颓败的大屋子，低矮、阴暗、天棚倾斜，仿佛随时会塌下来。五六十个家庭妇女，一人坐在一台破旧的缝纫机旁，一双接一双不停歇地加工棉胶鞋鞋帮，到处堆着毡团。空间毡绒弥漫，所有女人都戴口罩。几扇窗子一半陷在地里，无法打开，空气不流通，闷得使人头晕。耳畔脚踏缝纫机的声音响成一片，女工们彼此说话，不得不摘下口罩，扯开嗓子。话一说完，就赶快将口罩戴上。她们一个个紧张得不直腰，不抬头，热得汗流浃背。

有几个身体肥胖的女人，竟只穿着件男人的背心。我站在门口，用目光四处寻找母亲，却认不出在这些女人中，哪一个是我的母亲。

负责给女工们递送毡团的老头问我找谁，我向他说出了母亲的名字。

我这才发现，最里边的角落，有一个瘦小的身躯，背对着我，像八百度的近视眼写字一样，头低垂向缝纫机，正做活。

我走过去，轻轻叫了一声："妈……"

母亲没听见。

我又叫了一声。

母亲仍未听见。

"妈！"我喊起来。

母亲终于抬起了头。

母亲瘦削而憔悴的脸，被口罩遮住三分之二。口罩已湿了，一层毡绒附着上面，使它变成了毛茸茸的褐色。母亲的头发上衣服上也落满了毡绒，母亲整个人都变成了毛茸茸的褐色。这个角落更缺少光线，更暗。一只可能是一百度的灯泡，悬吊在缝纫机上方，向室闷的空间继续散热，一股蒸蒸的热气顿时包围了我。缝纫机板上水淋淋的，是母亲滴落的汗。母亲的眼病常年不愈，红红的眼睑夹着黑白混浊的眼睛，目光呆滞地望着我，问："你到这里来干什么？找妈有事？"

"妈，给我两元钱……"我本不想再开口要钱。亲眼看到母亲是这样挣钱的，我心里难受极了。可不想说的话，说了，我追悔莫及。

"买什么？"

"买书……"

母亲不再多问，手伸入衣兜，掏出一卷毛票，默默点数，点够了两元钱递给我。

我犹豫地伸手接过。

离母亲最近的一个女人，停止做活，看着我问："买什么书啊？这么贵！"

我说："买一本长篇。"

"什么长篇短篇的！你瞧你妈一个月挣三十几元钱容易吗？你开口两元，你妈这两天的活白做了！"那女人将脸转向母亲，又说，"大姐你别给他钱！你是当妈的，又不是奴隶！供他穿，供他吃，供他上学，还供他花钱买闲书看吗？你也太顺他意了！他还能出息成个写书的人咋的？"

母亲淡然苦笑，说："我哪敢指望他能出息成个写书的人呢！我可不就是为了几个孩子才做活的么！这孩子和他哥一样，不想穿好的，不想吃好的，就爱看书！反正多看书对孩子总是有些教育的，算我这两天白做了呗！"说着，俯下身继续蹬缝纫机。

107

那女人独自叹道:"唉,这老婆子,哪一天非为了儿女们累死缝纫机旁!……"

我心里内疚极了,一转身跑出去。

我没有用母亲给我那两元钱买《红旗谱》。

几天前母亲生了一场病,什么都不愿吃,只想吃山楂罐头,却没舍得花钱给自己买。

我就用那两元钱,几乎跑遍了道里区的大小食品商店,终于买到了一听山楂罐头,剩下的钱,一分也没花。母亲下班后,发现了放在桌上的山楂罐头,沉下脸问:"谁买的?"我说:"妈,我买的。用你给我那两元钱为你买的。"说着将剩下的钱从兜里掏出来也放在桌上。"谁叫你这么做的?"母亲生气了。我讷讷地说:"谁也没叫我这么做,是我自己……妈,我今后再也不向你要钱买书了!……""你向妈要钱买书妈不给过你吗?""那你为什么还说这种话?一听罐头,妈吃不吃又能怎么样呢?还不如你买本书,将来也能保存给你弟弟们看……""我……妈,你别去做活了吧!……"我扑在母亲怀里,哭了。母亲变得格外慈爱。她抚摸着我的头发,许久又说:"妈妈不去做活,靠你爸每月寄回家那点钱,日子没法过啊……"《红旗谱》这本书没买,我心里总觉得是一个很大的愿望没实现。那时我已有了六七十本小人书,我便想到了出租小人书。我的同学中就有出租过小人书的。一天少可得两三毛钱,多可得四五毛钱,再买新书,以此法渐渐增多自己的小人书。

一个星期天,我将自己的全部小人书背着母亲用块旧塑料布包上，带着偷偷溜出家门，来到火车站。在站前广场，苏联红军烈士纪念碑下，铺开塑料布，摆好小人书。坐一旁期待。

火车站是租小人书的好地方。我的书摊前渐渐围了一圈人，大多是候车或转车的外地人。我不像我的那几个租过小人书的同学，先收钱。我不按小人书的页数决定收几分钱，厚薄一律二分。我预想周到，带了一截粉笔，画线为"界"。要求看书者们必须在"界"内，我自己在"界"外。这既有利于他们，也方便于我。他们可以坐在纪念碑台阶上，我盘腿坐在他们对面，精力集中地注意他们，防止谁贪小便宜将我的书揣入衣兜。看完了的，才许跨出"界"外，一手还书，一手交钱。我"管理"有方，"生意"竟很"兴隆"，心中无比喜悦。

"喂，起来，起来！"背后一个声音忽然对我吃喝，一只皮鞋同时踢我屁股。我站起来，转身一看，是位治安警察。"你们，把书都放下！"戴着白手套的手，朝那些看书的人指。人们纷纷站起，将书扔在塑料布上，扫兴离去。治安警察命令："把书包起来。"我情知不妙，一声不敢吭，赶紧用塑料布将书包起来，抱在怀里。那治安警察将它一把从我怀中夺过去，迈步就走。我扯住他的袖子嚷："你干什么呀你？""干什么？"他一甩胳膊挣脱我的手，"没收了！""你凭什么没收我的书呀？""凭什么？"他指指写有"治安"二字的袖标，"就凭这个！这里不许出租小人书你知道不知道？""我……我不知道，我今后再也不到这儿来出租小人书了！……"我央求他，快急哭了。"那么说你今后还要到别的地方去出租啦？""不，我不是那个意思，我今后哪儿也不去出租了，你还给我，还给我吧！……""一本不还！"那个治安警察真是冷酷，说罢大步朝站前派出所走去。我哇的一声哭了，我追上他，哭哭啼啼，由央求而哀求。他被我纠缠火了，厉声喝道："再跟着我，连你也扯到派出所去！"我害怕了，不敢继续哀求，眼睁睁看着他扬长而去……我失魂落魄地往家走。那种绝望的心情，犹如破了产的大富翁。

经过霓虹桥时，真想从桥上跳下去。

回到家里，我越想越伤心，又大哭了一场，哭得弟弟妹妹们莫名其妙。母亲为了多挣几元钱，星期日也不休息。哥哥问我为什么哭，我不说。哥哥以为我不过受了点别人的欺负，未理睬我，到学校参加什么活动去了。

母亲那天下班挺晚。母亲回到家里，见我躺在炕上，坐到炕边问我怎么了。

我因为我那六七十本小人书全部被没收一下子急病了。我失去了一个"世界"呀！我的心是已经迷上了这个"世界"的呀！我流着泪，用嘶哑的声音告诉母亲，我的小人书是怎样在火车站被一个治安警察没收的。母亲缓缓站起，无言地离开了我。我迷迷糊糊睡着了，梦中从那个治安警察手中夺回了我全部的小人书。我迷迷糊糊睡了两个多小时，由于嗓子焦灼才醒过来。窗外，天黑了，屋里拉亮了灯。

我一睁开眼睛，首先发现的，竟是我包小人书的那个塑料布包！

我惊喜地爬起，匆匆忙忙地打开塑料布，内中包的果然是我的那些小人书！

外屋，传来嘭、嘭、嘭的响声，是母亲在用铁丝拍子拍打带回家里的毡团。母亲每天都必得带回家十几斤毡团，拍打松软了，以备第二天絮鞋帮用。

"妈！……"我用沙哑的声音叫母亲。母亲闻声走进屋里。我不禁喜笑颜开，问："妈，是你要回来的吧？"母亲"嗯"了一声，说："记着，今后不许你出租小人书！"说完，又到外屋去拍打毡团。我心中一时间对母亲充满了感激。母亲是连晚饭也没顾上吃一口便赶到火车站去的。母亲对那个治安警察说了多少好话，是否交了罚款，我没问过母亲，也永远地不知道了……三天后的中午，哥哥从外面回来，一进门就告诉我，要送我一样礼物，并叫我猜是什么。那一天是我的生日，生活穷困，无论母亲还是我们几个孩子，是从不过生日的。我以为哥哥骗我，不猜。哥哥神秘地从书包取出一本书："你看！《红旗谱》！"

对我来说，再也没有比它更使我高兴的生日礼物了！哥哥又从书包取出了两本书："还有呢！"我激动地夺过一看——《播火记》！《红旗谱》的两本下部！我当时还不知道《红旗谱》的下部已经出版。我放下这本，拿起那本，爱不释手。哥哥说："是妈叫我给你买的。妈给了我一张五元的钱，我手一松，就连同两本下部也给你买回来了。"我说："妈叫你给我买一本，你却给我买了三本，妈会责备你吧？"哥哥说："不会的。"我放下书，心情复杂地走出家门，走到胡同口母亲做活的条件低劣的街道小工厂。

我趴在低矮的窗上向里面张望,在那个角落,又看到了母亲瘦小的身影,背朝着我,俯在缝纫机前。缝纫机左边,是一大垛轧好的棉胶鞋鞋帮;右边,是一大堆拍打过的毡团。母亲整个人变成了毛茸茸的褐色。

我心里对母亲说:"妈,我一定爱惜买的每一本书……"却没有想到只有将来当一位作家才算对得起母亲。至今我仍保持着格外爱惜书的习惯。小时候想买一本书需鼓足勇气才能够开口向母亲要钱,现在见了好书就非买不可。平日没时间逛书店,出差到外地,则将逛书店当成逛街市的主要内容。往往出差归来,外地的什么特产都没带回,带回一捆书,而大部分又是在北京的书店不难买到的。

买书其实莫如借书。借的书,要尽量挤时间早读完归还。买的书,却并不急于阅读了。虽然如此,依旧见了好书就非买不可。

由于我迷上了文学作品,学习成绩大受影响。我在中学时代,是个中等生。对物理、化学、地理、政治一点兴趣也提不起来,每次考试勉强对付及格。俄语初一上学期考试得过一次最高分——九十五,以后再没及格过。我喜欢上的是语文、历史、代数、几何课。代数、几何所以也能引起我的学习兴趣,因为像旋转魔方。公式定理是死的,解题却需要灵活性。我觉得解代数或几何题也如同写小说。一篇同样内容的小说,要达到内容和形式的高度完美统一,必定也有一种最佳的创作选择。一般的多种多样,最佳的可能仅仅只有一种。重审我自己的作品,平庸的,恰是创作之前没有进行认真选择角度的。所谓粗制滥造，原因概出于此。

初二下学期，我的学习成绩令母亲和哥哥替我忧郁了，不得不开始限制我读小说。我也唯恐考不上高中，遭人耻笑，就暂时中断了我与文学的"恋爱"。

"文革"风起云涌后，同一天内，我家附近那四个小人书铺，遭到"红卫兵"的彻底"扫荡"。

我记得很清楚，那一天我到通达街杂货店买咸菜，见杂货店隔壁的小人书铺前，一堆焚书余烬，冒着袅袅青烟。窗子碎了。租小人书的老人，泥胎似的呆坐屋里。我常去看小人书，他对我很熟悉。我们隔窗相望一眼，彼此无话可说。我心中对他充满同情。

"文革"对全社会也是一场"焚书"运动，却给我个人带来了占有更多读书的机会。我们那条小街住的大多是"下里巴人"，竟有四户收破烂的。院内一户，隔街对院一户，街头两户。

"文革"初期，他们每天都一手推车一手推车地载回来成捆成捆的书刊。我们院子里那户收破烂的户前屋内书刊铺地。收破烂的姓卢，我称他"卢叔"。他每天一推回书刊来，我是第一个拆捆挑拣的人。书在那场"文革"中成了起祸的根源。不知有多少人，忍痛将他们的藏书当废纸卖掉了。而我成了一个地地道道的"发国难财"的人。《怎么办》《猎人笔记》《白痴》《美国悲剧》《妇女乐园》《堂吉诃德》……一些我原先连书名也没听说过的，或在书店里看到了想买而买不起的书，都是从"卢叔"收回来的书堆里寻找到的。寻找到一两本时，我打声招呼，就拿走了。寻找到五六本时，不好意思白拿走，象征性地交给"卢叔"一两毛钱，就算买下来。学校停课，我极少到学校去，在家里读那些读也读不完的书，同时担起了"家庭主妇"的种种责任。

最使我感到愉快的时刻，是冬天里，母亲下班前，我将"大楂子"淘下饭锅的时刻。那时刻，家中很安静，弟弟妹妹们各自趴在里屋炕上看小人书。我则可以手捧一本自己喜爱的文学作品，坐在小板凳上，守在炉前看锅。"楂子"粥起码两个小时才能熬熟，两个小时内可以认认真真地读几十页书。有时书中人物的命运引起我的沉思和联想，凝视着火光闪耀的炉口，不免出神入化。

一九六八年我下乡前，已经有满满的一木箱书，我下乡那一天，将那一木箱整理了一番，底下铺纸，上面盖纸，落了锁。

我把钥匙交给母亲替我保管，对母亲说："妈，别让任何人开我的书箱啊！这些书可能以后在中国再也不会出版了！"

母亲理解地回答："放心吧，就是家里失了火，我也叫你弟弟妹妹先把你的书箱搬出去！"

对较多数已经是作家的人来说，通往文学目标的道路用写满字迹的稿纸铺垫。这条道路不是百米赛跑，是漫长的"马拉松"，是必须一步步进行的竞走。这也是一条时时充满了自然淘汰现象的道路。缺少耐力，缺少信心，缺少不断进取精神的人，缺少在某一时期内自甘寂寞的勇气的人，即使"一举成名"，声誉鹊起，也可能"昙花一现"。始终"竞走"在文学道路上的大抵是些"苦行僧"。

父亲的演员生涯

父亲去世已经一个月了。

我仍为我的父亲戴着黑纱。

有几次出门前,我将黑纱摘了下来,但倏忽间,内心里涌起一种怅然若失的情感。戚戚地,我便又戴上了。我不可能永不摘下。我想。这是一种纯粹的个人情感。尽管这一种个人情感在我有不可殚言的虔意。我必得从伤绪之中解脱。也是无须别人劝慰我自己明白的。然而怀念是一种相会的形式。我们人人的情感都曾一度依赖于它……

这一个月里,又有电影或电视剧制片人员,到我家来请父亲去当群众演员。他们走后,我就独自静坐,回想起父亲当群众演员的一些事……

一九八四年至一九八六年,父亲栖居北京的两年,曾在五六部电影和电视剧中当过群众演员。在北影院内,甚至范围缩小到我当年居住的十九号楼内,这乃是司空见惯的事。

父亲被选去当群众演员,毫无疑问地最初是由于他那十分惹人注目的胡子。父亲的胡子留得很长,长及上衣第二颗纽扣,总体银白,须梢金黄。谁见了谁都对我说:梁晓声,你老父亲的一把大胡子真帅!

父亲生前极爱惜他的胡子,兜里常揣着一柄木质小梳。闲来无事,就梳理。

记得有一次,我的儿子梁爽,天真发问:"爷爷,你睡觉的时候,胡子是在被窝里,还是在被窝外呀?"

父亲一时答不上来。

那天晚上,父亲竟至于因为他的胡子而几乎彻夜失眠。竟至于捅醒我的母亲,问自己一向睡觉的时候,胡子究竟是在被窝里还是在被窝外。无论他将胡子放在被窝里还是放在被窝外,总觉得不那么对劲……

父亲第一次当群众演员,在《泥人张传奇》剧组。导演是李文化。副导演先找了父亲。父亲说得征求我的意见。父亲大概将当群众演员这回事看得太重,以为便等于投身了艺术,所以希望我替他做主,判断他到底能不能胜任。父亲从来不做自己胜任不了之事。他一生不喜欢那种滥竽充数的人。

我替父亲拒绝了。那时群众演员的酬金才两元。我之所以拒绝不是因为酬金低,而是因为我不愿我的老父亲在摄影机前被人呼来唤去的。

李文化亲自来找我——说他这部影片的群众演员中,少了一位长胡子老头儿。

"放心,我吩咐对老人家要格外尊重,要像尊重老演员们一样还不行么?"——他这么保证。无奈我只好违心同意。

从此,父亲便开始了他的"演员生涯"——更准确地说,是"群众演员"生涯——在他七十四岁的时候……

父亲演的尽是迎着镜头走过来或背着镜头走过去的"角色"。说那也算"角色",是太夸大其词了。不同的服装,使我的老父亲在镜头前成为老绅士、老乞丐、摆烟摊的或挑菜行卖的……

不久,便常有人对我说:"哎呀晓声,你父亲真好。演戏认真极了!"

父亲做什么事都认真极了。

但那也算"演戏"么?

我每每的一笑罢之,然而听到别人夸奖自己的父亲,内心里总是高兴的。

一次,我从办公室回家,经过北影一条街——就是那条旧北京假影街,见父亲端端地坐在台阶上。而导演们在摄影机前指手划脚地议论什么,不像再有群众场面要拍的样子。

时已中午,我走到父亲跟前,说:"爸爸,你还坐在这儿干什么呀?回家吃饭!"

父亲说:"不行。我不能离开。"

我问:"为什么?"

父亲回答:"我们导演说了——别的群众演员没事儿了,可以打发走了。但这位老人不能走,我还用得着他!"

父亲的语调中,很有一种自豪感似的。

父亲坐得很特别。那是一种正襟危坐。他身上的演员服,是一件褐色绸质长袍。他将长袍的后摆,掀起来搭在背上。而将长袍的前摆,卷起来放在膝上。他不倚墙,也不靠什么。就那样子端端地坐着,也不知已经坐了多久。分明的,他唯恐使那长袍沾了灰土或弄褶皱了……

父亲不肯离开,我只好去问导演。导演却已经把我的老父亲忘在脑后了,一个劲儿地向我道歉……中国之电影电视剧,群众演员的问题,对任何一位导演,都是很沮丧的事。往往地,需要十个群众演员,预先得组织十五六个,真开拍了,剩下一半就算不错。有些群众演员,钱一到手,人也便脚底板抹油——溜了。群众演员,在这一点上,倒可谓相当出色地演着我们现实中的些个"群众"、些个中国人。难得有父亲这样的群众演员。我细思忖,都愿请我的老父亲当群众演员,当然并不完全因为他的胡子。那两年内,父亲睡在我的办公室。有时我因写作到深夜,常和父亲一块儿睡在办公室。有一天夜里,下起了大雨。我被雷声惊醒,翻了个身,黑暗中,恍恍地,发现父亲披着衣服坐在折叠床上吸烟。我好生奇怪,不安地询问:"爸,你怎了?为什么夜里不睡吸烟?爸你是不是有什么心事啊?"黑暗之中,但闻父亲叹了口气。许久,才听他说:"唉,我为我们导演发愁哇!他就怕这几天下雨……"

父亲不论在哪一个剧组当群众演员,都一概地称导演为"我们导演"。从这种称谓中我听得出来，他是把他自己——个迎着镜头走过来或背着镜头走过去的群众演员，与一位导演之间联得太紧密了。或者反过来说，他是把一位导演，与一个迎着镜头走过来或背着镜头走过去的群众演员联得太紧密了。

而我认为这是荒唐的。而我认为这实实在在是很犯不上的。我嘟哝地说："爸，你替他操这份心干吗？下雨不下雨的，与你有什么关系？睡吧睡吧！""有你这么说话的吗？"父亲教训我道，"全厂两千来人，等着这一部电影早拍完，才好发工资，发奖金！你不明白？你一点不关心？"

我佯装没听到，不吭声。

父亲刚来时，对于北影的事，常以"你们厂"如何如何而发议论，而发感慨。不知从什么时候开始，他不说"你们厂"了，只说"厂里"了。倒好像，他就是北影的一员。甚至倒好像，他就是北影的厂长……

天亮后，我起来，见父亲站在窗前发怔。我也不说什么。怕一说，使他觉得听了逆耳，惹他不高兴。后来父亲东找西找的。我问找什么。他说找雨具。他说要亲自到拍摄现场去，看看今天究竟是能拍还是不能拍。他自言自语："雨小多了嘛！万一能拍呢？万一能拍，我们导演找不到我，我们导演岂不是要发急么？……"听他那口气，仿佛他是主角。我说："爸，我替你打个电话，向你们剧组问问不就行了吗？"父亲不语，算是默许了。于是我就到走廊去打电话。其实是给我自己打电话。回到办公室，我对父亲说："电话打过了。你们组里今天不拍戏。"——我明知今天准拍不成。父亲火了，冲我吼："你怎么骗我？！你明明不是给我剧组打电话！我听得清清楚楚。你当我耳聋么？"父亲他怒赳赳地就走出去了。我站在办公室窗口，见父亲在雨中大步疾行，不免羞愧。对于这样一位太认真的老父亲，我一筹莫展……父亲还在朝鲜人民共和国选景于中国的一个什么影片中担当过群众演员。当父亲穿上一身朝鲜民族服装后，别提多么的像一位朝鲜老人了。那位朝鲜导演也一直把他视为一位朝鲜老人。后来得知他不是，表示了很大的惊讶，也对父亲表示了很大的谢意。并单独同父亲合影留念。

那一天父亲特别高兴，对我说："我们中国的古人，主张干什么事都认真。要当群众演员，咱们就认认真真地当群众演员。咱们这样的中国人，外国人能不看重你么？"

记得有天晚上，是一个星期六的晚上。我和妻子和老父母一块儿包饺子。父亲擀皮儿。忽然父亲长叹一声，喃喃地说："唉，人啊，活着活着，就老了……"

一句话，使我、妻、母亲面面相觑。母亲说："人，谁没老的时候？老了就老了呗！"父亲说："你不懂。"妻煮饺子时，小声对我说："爸今天是怎么了？你问问他。一句话说得全家怪纳闷怪伤感的……"吃过晚饭，我和父亲一同去办公室休息。睡前，我试探地问："爸，你今天又不高兴了么？"父亲说："高兴啊。有什么不高兴的！"我说："那么包饺子的时候叹气，还自言自语老了老了的？"父亲笑了，说："昨天，我们导演指示——给这老爷子一句台词！连台词都让我说了，那不真算是演员了么？我那么说你听着可以么?……"我恍然大悟——原来父亲是在背台词。我就说:"爸,我的话,也许你又不爱听。其实你愿怎么说都行!反正到时候,不会让你自己配音,得找个人替你再说一遍这句话。……"父亲果然又不高兴了。父亲又以教训的口吻说:"要是都像你这种态度,那电影,能拍好么?老百姓当然不愿意看!一句台词,光是说说的事么?脸上的模样要是不对劲,不就成了嘴里说阴,脸上作晴了么?"父亲的一番话,倒使我哑口无言。惭愧的是,我连父亲不但在其中当群众演员,而且说过一句台词的这部电影,究竟是哪个厂拍的,片名是什么,至今一无所知。我说得出片名的,仅仅三部电影——《泥人张传奇》《四世同堂》《白龙剑》。前几天,电视里重播电影《白龙剑》,妻忽然指着屏幕说:"梁爽你看你爷爷!"我正在看书,目光立刻从书上移开,投向屏幕——哪里有父亲的影子……我急问:"在哪儿在哪儿?"妻说:"走过去了。"

是啊,父亲所"演",不过就是些迎着镜头走过来或背着镜头走过去的群众角色。走得时间最长的,也不过就十几秒钟。然而父亲的确是一位极认真极投入的群众演员——与父亲"合作"过的导演们都这么说……

在我写这篇文字时,又有人打来电话——

"梁晓声?……"

"是我。"

"我们想请你父亲演个群众角色啊!……"

"这……我父亲已经去世了……"

"去世了？……对不起……"

对方的失望大大多于歉意。

如今之中国人，认真做事认真做人的，实在不是太多了。如今之中国人，仿佛对一切事都没了责任感。连当着官的人，都不大肯愿意认真地当官了。

有些事，在我，也渐渐地开始不很认真了。似乎认真首先是自己很吃亏的事。

父亲一生认真做人、认真做事。连当群众演员，也认真到可爱的程度。这大概首先与他愿意是分不开的。一个退了休的老建筑工人，忽然在摄影机前走来走去，肯定地是他的一份儿愉悦。人对自己极反感之事，想要认真也是认真不起来的。这样解释，是完全解释得通的。但是我——他的儿子，如果仅仅得出这样的解释，则证明我对自己的父亲太缺乏了解了！

我想——"认真"二字，之所以成为父亲性格的主要特点，也许更因为他是一位建筑工人。几乎一辈子都是一位建筑工人。而且是一位优秀的获得过无数次奖状的建筑工人。

一种几乎终生的行业，必然铸成一个人明显的性格特点。建筑师们，是不会将他们设计的蓝图给予建筑工人——也即那些砖瓦灰泥匠们过目的。然而哪一座伟大的宏伟建筑，不是建筑工人们一砖一瓦盖起来的呢？正是那每一砖每一瓦，日复一日，月复一月，年复一年地、十几年、几十年地，培养成了一种认认真真的责任感。一种对未来之大厦矗立的高度的可敬的责任感。他们虽然明知，他们所参与的，不过一砖一瓦之劳，却甘愿通过他们的一砖一瓦之劳，促成别人的冠环之功。

他们的认真乃因为这正是他们的愉悦！

愿我们的生活中，对他人之事的认真，并能从中油然引出自己之愉悦的品格，发扬光大起来吧！

父亲是一个普通得不能再普通的人。父亲曾是一个认真的群众演员。或者说，父亲是一个"本色"的群众演员。

以我的父亲为镜，我常不免地问我自己——在生活这大舞台上，我也是演员么？我是一个什么样的演员呢？就表演艺术而言，我崇敬性格演员。就现实中人而言，恰恰相反，我崇敬每一个"本色"的人，而十分警惕"性格演员"……

父亲的遗物

心里总想着应向母亲认错，可直至母亲也去世了，认错的话竟没机会对母亲说过……

我站在椅上打开吊柜寻找东西，蓦地看见角落里那一只手拎包。它是黑色的，革的，很旧的，拉锁已经拉不严了，有的地方已经破了。虽然在吊柜里，竟也还是落了一层灰尘。

我呆呆站在椅上看着它，像一条走失了多日又终于嗅着熟悉的气味儿回到了家里的小狗看着主人……

那是父亲生前用的手拎包啊！

父亲病故十余年了，手拎包在吊柜的那一个角落也放了十余年了。有时我会想到它在那儿。如同一个读书人有时会想到对自己影响特别大的某一部书在书架的第几排。更多的日子里更多的时候，我会忘记它在那儿。忘记自己曾经是儿子的种种体会……

十余年中，我不止一次地打开过吊柜，也不止一次地看见过父亲的手拎包，但是却从没把它取下过。事实上我怕被它引起思父的感伤。从少年时期至青年时期至现在，我几乎一向处在多愁善感的心态中。我觉得我这个人被那一种心态实在缠绕得太久了。我怕陷入不可名状的亲情的回忆。我承认我每有逃避的企图……

然而这一次我的手却不禁地向父亲的遗物伸了过去。近年来我内心里常涌起一种越来越强烈的倾诉愿望，但是我却不愿被任何人看出我其实也有此愿。这一种封闭在内心里的愿望，那一时刻使我对父亲的遗物倍觉亲切。尽管我知道那即使不是父亲的遗物而是父亲本人仍活着，我也断不会向父亲倾诉我人生的疲惫感。

我的手伸出又缩回，几经犹豫，最终还是把手拎包取了下来……

我并没打开它。

我认真仔细地把灰尘擦尽，转而腾出衣橱的一格，将它放入衣橱里了。我那么做时心情很内疚。因为那手拎包作为父亲的遗物，早就该放在一处更适当的地方。而十余年中，它却一直被放在吊柜的一角。那绝不是该放一位父亲的遗物的地方。一个对自己父亲感情很深的儿子，也是不该让自己父亲的遗物落满了灰尘的啊！

我不必打开它，也知里面装的什么一把刮胡刀。在我很小的时候，就见过父亲用那一把刮胡刀刮胡子。父亲的络腮胡子很重，刮时发出刺啦刺啦的响声。父亲死前，刮胡刀的刀刃已被用窄了，大约只有原先的一半那么宽了。因为父亲的胡子硬，每用一次，必磨一次。父亲的胡子又长得快，一个月刮五六次，磨五六次，四十几年的岁月里，刀刃自然耗损明显。如今，连一些理发店里，也用起安全刀片来了。父亲那一把刮胡刀，接近于文物了……手拎包里还有一个小小的牛皮套，其内是父亲的印章。父亲一辈子只刻过那么一枚印章。木质的，比我用的钢笔的笔身粗不到哪儿去。父亲一生离不开那印章。是工人时每月领工资要用，退休后每三个月寄来一次退休金，每月六十余元，一年仅用数次……

一对玉石健身球，是我花五十元为父亲买的。父亲听我说是玉石的，虽然我强调我只花了五十元，父亲还是觉得那一对健身球特别宝贵似的。他只偶尔转在手里，之后立刻归放盒中。其中一只被他孙子小时候非要去玩，结果掉在阳台的冰泥地上摔裂了一条纹……

父亲当时心疼得直跺脚，连说："哎呀，哎呀，你呀，你呀！真败家，这是玉石的你知道不知道哇！……"

再有，就是父亲身份证的影印件了。原件在办理死亡证明时被收缴注销了。我预先影印了，留作纪念。手拎包的里面，还有一层。那道拉锁是好的。影印件就在夹层里。

除了以上东西，父亲这一位中国第一代建筑工人，再就没留下什么遗物了。仅有的这几件遗物中，健身球还是他的儿子给他买的。

手拎包的拉锁，父亲生前曾打算换过。但那要花三元多钱。花钱方面仔细了一辈子的父亲舍不得花三元多钱。父亲曾试图自己换，结果发现皮革已有些糟了，"咬"不住线了，自己没换成。我曾给过父亲一只开什么会发的真皮的手拎包。父亲却将那真皮的手拎包收起来了，舍不得用。他生前竟没往那真皮的手拎包里装过任何东西……

他那只旧拎包夹层的拉锁既然仍是好的，父亲就格外在意地保养它，方法是经常为它打蜡。父亲还往拉锁上安了一个纽扣那么大的小锁。因为那夹层里放过对父亲来说极重要的东西——有六千元整的存折。那是父亲一生的积蓄。他常说是为他的孙子我的儿子积攒的……

父亲逝前一个月，我为父亲买了六七盒"蛋白注射液"，大约用了近三千元钱。我明知那绝不能治愈父亲的癌症，仅为我自己获得一点儿做儿子的心理安慰罢了。父亲那一天状态很好，目光特别温柔地望着我笑了。

可母亲走到了父亲的病床边，满脸忧愁地说："你有多少钱啊？买这种药能报销吗？你想把你那点儿稿费都花光呀？你们一家三口以后不过了呀？……"

当时，已为父亲花了一万多元，父亲的单位效益不好，还一分钱也没给报销。母亲是知道这一点的。在已无药可医的丈夫和她的儿子之间，尤其当母亲看出我这个儿子似乎要不惜一切代价地延缓父亲的生命时，她的一种很大的忧虑便开始转向我这一方面了……

当我捧着药给父亲看，告诉父亲那药对治好父亲的病疗效多么显著时，却听母亲从旁说出那种话，我的心情可想而知……仰躺着已瘦得虚脱了的父亲低声说："如果我得的是治不好的病，就听你妈的话，别浪费钱了……"沉默片刻，又说："儿子，我不怕死。"再听了父亲的话，我心凄然。那药是我求人写了条子，骑自行车到很远的医院去买回来的呀！进门后脸上的汗还没来得及擦一下呀……结果我在父亲的病床边向母亲大声嚷嚷了起来……"妈妈，你再说这种话，最好回哈尔滨算了！……"我甚至对母亲说出了如此伤她老人家心的冷言冷语……

母亲是那么地忍辱负重。她默默地听我大声嚷嚷，一言不发。而我却觉得自己的孝心被破坏了，还哭了……母亲听我宣泄够了，离开了家，直至半夜十一点多才回家。如今想来，母亲也肯定是在外边的什么地方默默哭过的……哦，上帝，上帝，我真该死啊！当时我为什么不能以感动的心情去理解老母亲的话呢？我伤母亲的心竟怎么那么地近于冷酷呀？！一个月后，父亲去世了；母亲回哈尔滨了……心里总想着应向母亲认错，可直至母亲也去世了，认错的话竟没机会对母亲说过……

母亲留下的遗物就更少了。我选了一条围脖和一个半导体收音机。围脖当年的冬季我一直围着，企图借以重温母子亲情。半导体收音机是我为母亲买的，现在给哥哥带到北京的精神病院去了。他也不听。我想哪次我去看他，要带回来，保存着。

我写字的房间里，挂着父亲的遗像——一位面容慈祥的美须老人；书架上摆着父亲和我们兄弟四人一个妹妹青少年时期的合影，都穿着棉衣。我们一家竟没有一张"全家福"。在哈尔滨市的四弟家里，有我们年龄更小时与母亲的合影。那是夏季的合影。那时母亲才四十来岁，看上去还挺年轻……父亲在世时，常对我儿子说："你呀，你呀，几辈子人的福，全让你一个人享着了！"现在上高三了的儿子，却从不认为他幸福。面临高考竞争的心理压力，也使儿子过早地体会了人生的疲惫……现在，我自己竟每每想到"死"这个字了。我也不怕死。只是觉得，还有些亲情责任未尽周全。我是根本不相信另一个世界之存在的，但有时也孩子气地想：倘若有冥间，那么岂不就省了投胎转世的麻烦，直接地又可以去做父母的儿子了吗？那么我将再也不会伤父母的心了。在我们这个阳世没尽到的孝，我就有机会在阴间弥补遗憾了。阴间一定有些早夭的孩子，那么我愿在阴间做他们的老师。阴间一定没有升学竞争吧？那么孩子们和我双方的教与学一定是轻松快乐的。我希望父亲做一名老校工。我相信父亲一定会做得非常敬业。我希望母亲为那阴间的学校养群鸡。母亲爱养鸡。我希望阴间的孩子们天天都有鸡蛋吃。这想法其实并不使我悲观。恰恰相反，常使我感觉到某种乐观的呼唤。故我又每每孩子气地在心里说：爸爸，妈妈，耐心等我……

关于《慈母情深》

对于父母，每一个大人的心里都会保留有这样或者那样的记忆。

以上一句话中有一个问题——按说，记忆是脑的功能，为什么大人常用"记在心里"或"铭记在心里"来表述对人和事的难忘呢？

这是因为，有些事是知识性的，而有些事是情感性的。有些人和我们的关系是社会性的关系、一般性的关系，而有些人和我们的关系却是极为亲密的，它超出了一般性的社会关系。

古代的人认为，心是主导情感的。

所以，如果某些人或某些事给我们留下的是很深的情感印象，我们就习惯地说是"记在心里"或"铭记在心里"。"铭记"的意思，那就是形容像刀刻下的痕迹一样。

人和父母的情感，是世界上最真实的情感。尤其从父母对于小儿女这一方面来讲，又是最无私的情感。不爱自己小儿女的父母确乎是有的，但那是世界上很个别的不良现象。

当我们是孩子的时候，我们受到父母的种种关怀和爱护；如果我们的愿望是对于我们的成长有益的，哪怕仅仅是会带给我们快乐的，父母都会尽量地满足我们的愿望。即使因为家庭生活水平的限制，实现我们的愿望对父母来说不是一件轻而易举的事，父母也往往会无怨无悔地尽力去做。但由于我们还是孩子，在我们的愿望实现了以后，我们往往只体会到那快乐，却很少想到父母为了满足我们的愿望，自己曾克服了多少困难。

父母总是这样——将为难留给自己，将快乐给予自己的孩子们。

可以这么说，一个人从儿童时期到少年时期到青年时期，他或她的大多数愿望，全都是父母帮着实现的。比如，在《慈母情深》这篇课文中，《青年近卫军》这一部长篇小说的价格，等于母亲两天的工资。而且，当年的母亲，又是在那么糟糕的条件下辛劳工作着的。一个孩子开始体恤父母了，那就意味着他或她开始长大成人了。

《慈母情深》这一篇课文，大约节选于我的小说《母亲》。

作为作家，我为自己的父亲写出一篇小说《父亲》，它获得一九八四年的全国优秀短篇小说奖；其后我又为自己的母亲写出了一篇小说《母亲》，它获得一九八六年的《中篇小说选刊》的优秀中篇奖。

情况可能是这样，某少年报刊向我约稿，希望我为小学生们写一篇童年往事之类的短文，于是我就从《母亲》中截取了一小段寄给对方了。而题目，则肯定是编者们加的。

为什么约我写一篇"童年往事"，我却寄了一篇关于母亲的回忆性文字呢？我童年时期有趣的事情太少了吗？比起现在的孩子，肯定是少的。但那时也还是有一些的。比如，走很远的路去郊区的野地里，一心为弟弟妹妹逮到最大的蜻蜓和最美的蝴蝶……但比起别的事情来，这一篇课文中所记述的事情在我内心里留下的记忆最深。我就是从那一天开始体恤自己的母亲的。我也认为，我就是从那一天开始长大的。我的小学时代，中国处于连续的自然灾害年头。无论农村还是城市，大多数人家的生活都很困难。我自己的母亲是怎样的含辛茹苦，我的同学们的母亲们，甚至我这一代人的母亲们，几乎也全都是那样的。我想要用文字，为自己的，也是我这一代大多数人的母亲画一幅像。我想，我们常说的一个人的"爱心"，它一定是从对自己父母的体恤开始形成的。世界上有爱心的人多了，世界就更加美好了。一切自然界为人类造成的苦难，人类也就都能通过彼此关怀的爱心来减轻它了……

母亲养蜗牛

母亲是住惯了大杂院的。

大杂院自有大杂院的温馨。邻里处得好,仿佛一个大家庭。故母亲初住在北京我这里时,被寂寞所围的情形简直令我感到凄楚。单位只有一幢宿舍楼,大部分职工是中青年,当然不是母亲聊天的对象。由于年龄、经历、所关注事物之不同,除了工作方面的话题,甚至也不是我的聊天对象。我是早已习惯了寂寞的人,视清静为一天的好运气,一种特殊享受。而且我也早已习惯了自己和自己诉说,习惯了心灵的独白。那最佳方式便是写作。稿债多多,默默地落笔自语,成了我无法改变的生活定律了。

我们住的这幢楼,大多数日子,几乎是一幢空楼。白天是,晚上仿佛也是。人们在更多的时候不属于家,而属于摄制组。于是母亲几乎便是一位被"软禁"的老人了……

为了排遣母亲的寂寞,我向北影借了一只鹦鹉。就是电影《红楼梦》中黛玉养在"潇湘馆"的那一只。一个时期内,它成了母亲的友伴，常与母亲对望着，听母亲诉说不休。偶尔发一声叫，或嘎唔一阵，似乎就是"对话"了。但它有"工作"，是"明星"，不久又被"请"去拍电影了，母亲便又陷入寂寞和孤独的苦闷之中……

幸而住在我们楼上的人家"雪中送炭"，赠予母亲几只小蜗牛。并传授饲养方法，交代注意事项。那几个小东西，只有小指甲的一半儿那么大，呈粉红色，半透明，隐约可见内中居住着不轻易外出的胎儿似的小生命。其壳看上去极薄极脆，似乎不小心用指头一碰，便会碎了。

母亲非常喜欢它们，视若宝贝，将它们安置在一个漂亮的装过茶叶的铁盒儿里，还预先垫了潮湿的细沙。有了那么几个小生命，母亲似乎又有了需精心照料和养育的儿女了。七十多岁的老太太，仿佛又变成一位责任感很强的年轻的母亲。她要经常将那小铁盒儿放在窗台上，盒盖儿敞开一半，使那些小东西能够晒晒太阳。并且，要很久很久地守着，看着，怕它们爬到盒子外边，爬丢了。就好比一位母亲守在床边儿，看着婴儿在床上爬，满面洋溢母爱，一步不敢离开，唯恐一转身之际，婴儿会摔在地下似的。连雨天，母亲担心那些小生命着凉，就将茶叶盒儿放在温水中，使沙子能被温水焐暖些。它们爱吃的是白菜心儿、苦瓜、冬瓜之类，母亲便将这些蔬菜最好的部分，细细剁了，撒在盒儿内。一次不能撒多。多了，它们吃不完，腐烂在盒儿内，则必会影响"环境卫生"，有损它们健康。它们是些很胆怯的小生命，盒子微微一动，立即缩回壳里。它们又是些天生的"居士"，更多的时候，足不出"户"，深钻在沙子里，如同专执一念打算成仙得道之人，早已将红尘看破，排除一切凡间滋扰，"猫"在深山古洞内苦苦修行。它们又是那么的羞涩，宛如大门不出二门不迈的名门闺秀。正应了那句话，真人不露相，露相不真人。偶尔潜出"闺阁"，总是缓移"莲步"，像提防好色之徒，攀墙缘树偷窥芳容玉貌似的。觉得安全，则便与它们的"总角之好"在小小的"后花园"比肩而行。或一对对，隐于一隅，用细微微的触角互相爱抚、表达亲昵……

母亲日渐一日地对它们有了特殊的感情。那种感情，是与小生命的一种无言的心灵之倾诉和心灵之交流。而那些甘于寂寞、与世无争、与同类无争的小生命，也向母亲奉献了愉悦的观赏的乐趣。有时，我为了讨母亲的欢心，常停止写作，与母亲共同观赏……

八岁的儿子也对它们产生了浓厚的兴趣，也开始经常捧着那漂亮的小蜗牛们的"城堡"观赏。那一种观赏的眼神儿，闪烁着希望之光。都是希望之光，但与母亲观赏时的眼神儿，有着质的区别……

"奶奶，它们怎么还不长大啊？"

"快了，不是已经长大一些了么？"

"奶奶，它们能长多大呀？"

"能长到你的拳头那么大呢！"

"奶奶，你吃过蜗牛么？"

"吃？……"

"我们同学就吃过，说可好吃了！"

"哦……兴许吧……"

"奶奶,我也要吃蜗牛!我要吃辣味儿蜗牛!我还要喝蜗牛汤!我同学的妈妈说,可有营养了!小孩儿常喝蜗牛汤聪明……""这……""奶奶,你答应我嘛!""它们现在还小哇……""我有耐心等它们长大了再吃它们。不,我要等它们生出小蜗牛以后再吃它们。这样我不就永远可以吃下去了么?奶奶你说是不是?……"母亲愕然。我阻止他:"不许你存这份念头!不许你再跟奶奶说这种话!难道缺你肉吃了么?馋鬼,你是一头食肉动物哇?"儿子眨巴眨巴眼睛,受了天大委屈似的,一副要哭的模样。母亲便哄:"好,好,等它们长大了,奶奶一定做了给你吃。"我说:"不能什么事儿都依他!由我替奶奶保护它们,看谁敢再提要吃它们!"儿子理直气壮地说:"吃猪肉、羊肉、牛肉可以,吃鸡肉可以,吃烤鸭可以,为什么吃蜗牛就不行?"我晓之以理:"我们吃的是肉……"儿子说:"我想吃的也是蜗牛肉呀,我说吃它们的壳了么?"我说:"你得明白,人自己养的东西,是舍不得弄死了吃的。这个道理,是尊重生命的道理……"

儿子顶撞我:"你骗小孩儿!你尊重生命了么?上次别人送给你的蚕蛹儿,活着的,还在动呢,你就给用油炸了!奶奶不吃,妈妈不吃,我也不吃,全被你一个人吃了!我看你吃得可香呢!……"

我无言以对。从此,儿子似乎更认为,首先在理论上,有极其充分的、天经地义的、无可辩驳的吃蜗牛的根据了……从此,母亲观看那些小生命的时候,儿子肯定也凑过去观看……先是,儿子问它们为什么还没长大,而母亲肯定地回答——它们分明已经长大了……后来是，儿子确定地说，它们分明已经长大了。不是长大了些，而是长大了许多，而母亲总是摇头——根本就没长……

然而，不管母亲怎么想、怎么说，也不管儿子怎么想、怎么说，那些小小的生命，的的确确是天天长大着。在母亲的精心饲养下，长得很迅速。壳儿开始变黑了，变硬了，不再是些仿佛不经意地用指头轻轻一碰就易破碎的小东西了，它们的头和它们的柔软的身躯，从它们背着的"房屋"内探出时，也有形有状了，憨态可掬，很有妙趣了。它们的触角，也变粗变长了，俩俩一对儿，在盒之一隅卿卿我我，"耳鬓厮磨"之际，更显得情意缱绻，斯文百种了……

那漂亮的茶叶盒儿，对它们来说未免显得小了。

于是母亲将它们移入另一个盒子里，一个装过饼干的更漂亮的盒子。

"奶奶，它们就是长大了吧？"

"嗯，就是长大了呢……"

"奶奶，它们再长大一倍，就该吃它们了吧？"

"不行。得长到和你拳头一般儿大。你不是说要等它们生出小蜗牛之后再吃它们么？""奶奶，我不想等到那时候，我只吃一次，尝尝什么味儿就行了……"母亲默不作答。我认为有必要和儿子进行一次更郑重更严肃些的谈话。一天，趁母亲不在家，我将儿子扯至跟前，言衷词切，对他讲奶奶抚养爸爸、叔叔和姑姑成人，一生含辛茹苦，忍辱负重，是多么的不容易。自爷爷去世后，奶奶的一半，其实也已随着爷爷而去了。爸爸的活法又是写作，有心挤出更多的时间陪奶奶，也往往心肯而做不到。爸爸的时间，常被某些不相干的人不相干的事侵占了去，这是爸爸对奶奶十分内疚而无奈的。奶奶内心的孤独和寂寞，是爸爸虽理解也难以帮助排遣的，为此爸爸曾买过花，买过鱼。可养花养鱼，需要些专门的常识，奶奶养不好。花死了，鱼也死了。那些小小的蜗牛，奶奶倒是养得不错，而你还天天盼着吃了它们，你对么？……

儿子低下头说："爸爸。我明白了……"我问："你明白什么了？"儿子说："如果我吃了蜗牛，便是吃了奶奶的那一点儿欢悦……"

我说："既然你明白了，以后再也不许对奶奶说吃不吃蜗牛的话了！"儿子一副信誓旦旦的模样，诺诺连声。果然再不盼着吃辣味儿蜗牛、喝蜗牛汤了。甚至，再不关注那更漂亮的蜗牛们的新居了……

一天，我下班回到了家里，母亲已做好晚饭，一一摆上桌子。母亲最后端的是一盆儿汤，对儿子说："你不是要喝蜗牛汤么？我给你做了，可够喝吧！"

我愕然。儿子也愕然。我狠狠瞪儿子。儿子辩白："不是我让奶奶做的！……"母亲也说："是我自己想做给我孙子喝的……"母亲说着，朝我使眼色……我困惑，首先拿起小勺，舀了一勺，慢呷一口，鲜极了！但我品出，那绝不是什么蜗牛汤，而是蛤蜊汤。我对儿子说："奶奶是为你做的，你就喝喝吧！"儿子迟疑地拿起小勺，喝了起来。我问："好喝么？"儿子说："好喝。"又问："奶奶对你好不好？"儿子说："好……奶奶，等我长大了，能挣钱了，挣的钱都给你花！……"八岁的儿子动了小孩儿的感情，眼泪吧嗒吧嗒落入汤里，母亲欣慰地笑了……其实母亲将那些长大了的，她认为完全能够独立生活了的蜗牛放了，放于楼下花园里的一棵老树下。那儿土质松软，潮湿，很适于它们生存。而且，老树还有一个深深的树洞，大概是可供它们避寒的……母亲依然每日将蜗牛们爱吃的菜蔬之最鲜嫩的部分，细细剁碎，撒于那棵树下……一天，母亲喜笑颜开地对我说："我又看到它们了！"我问："谁们呀？"

母亲说："那些蜗牛呗。都好像认识我似的，往我手上爬……"我望着母亲，见母亲满面异彩。那一时刻，我觉得老人们心灵深处情感交流的渴望，真真地令我肃然，令我震撼，令我沉思……

而长大成人的儿子们和女儿们，做了父母的儿子们和女儿们，四十多岁五十多岁的儿子们和女儿们，我们还能够细致地经常洞察到这一点么？

冬天来了。

树叶落光了。

大地冻硬了。

母亲孑然一身地走了。我给母亲的信中写道："妈，来年春天，我会像您一样，天天剁了细碎的蔬菜，去撒在那一棵老树下……"那些甘于寂寞的，惯于离群索居的，羞涩的，斯文的，与世无争与同类无争的蜗牛们啊，谁知它们是否会挨过寒冷的冬天呢？谁知它们明年春天是否会出现在那一棵老树之下呢？它们真的会认识饲养过它们的我的老母亲么？居然也会认识那样一位老母亲的儿子么？……愿上帝保佑它们！

母亲播种过什么？

预感竟是真的有过的。似乎父亲和母亲逝世前，总是会传达给我一些心灵的讯息。

十月中旬，我和毕淑敏见过一面。她告诉我她在师大进修心理学，我便向她请教——我说今年以来，无论白天还是夜晚，无论睡着还是醒着，我眼前常有这样一幅画面移动着——在冬季，在北方小村外的雪路上，一只羊拉着一架爬犁，谨慎又从容地向村里走着。爬犁上是一桶井水，不时微少地荡出，在桶外和爬犁上结了一层晶莹的冰。爬犁后同样步态谨慎而又从容地跟随着一位少女，扎红头巾，脸蛋儿亦冻得通红，袖着双手，而漫天飘着清冽的小雪花儿……

并且，我向毕淑敏强调，此电影似的画面，绝非我从任何一本书中读到过的情节，也绝非我头脑中产生的构思片段。事实上一年多以来，尽管此画面一次比一次清晰地向我浮现，但我却从未打算将这画面用文字写出来……

毕淑敏沉吟片刻，答出一句话令我暗讶不已。

她说："你不妨问问你母亲。"

我母亲属羊。母亲的母亲也属羊。而这都是毕淑敏所不知道的。

而母亲于昏迷中入院的第二天，哈尔滨降下了入冬的第一场雪……

我的思想是相当唯物的。但受情感的左右，难免也会变得有点儿唯心起来——莫非母亲的母亲，注定了要在这一年的冬季，将她的女儿领走？我没见过外祖母，但知外祖母去世时，母亲尚是少女……

那么那一桶清澈的井水意味些什么呢？

在医院里，在母亲的病床前，以及在母亲出殡的过程中，我见到了母亲的一些干儿女。

我早知母亲有些干儿女，究竟有多少，并不很清楚。凡三十余年间，有的见过几面，有的竟不曾见过。但我清楚，在漫长的三十余年间，他们对母亲怀着很深很深的感情。

他们当年皆是我弟弟那一辈的小青年。

话说当年，指的是"上山下乡"运动开始以后。许多家庭的长子长女和次子次女，和我以及我的三弟一样，都恋恋不舍地告别了家庭和城市。城市中留下的大抵是各个家庭的小儿女，年龄在十六七岁和十八九岁之间。那个年代，这些平民家庭的小儿女啊，似些孤独的羔羊，面对今天这样明天那样的政治风云，彷徨、迷惘、无奈、亲情失落不知所依。他们中，有人当年便是丧父或失母的小儿女。

既都是平民家的小儿女，所分配的工作也就注定了不能与愿望相符。或做街头小食杂店的售货员，或做挖管道沟的临时工，或在生产环境破败的什么小厂里学徒……

某一年夏天，是知青的我回哈探家，曾去酱油厂看过我四弟劳动的情形。斯时他们几名小工友，刚刚挥板锹出完几吨酱渣，一个个只着短裤，通体大汗淋漓，坐在车间的窗台上，任穿堂凉风阵阵扑吹，唱印度电影《流浪者》中的《拉兹之歌》——我和任何人都没来往，命运啊，我的星辰，你把我引向何方，引向何方……

他们心中的苦闷种种，是不愿对自己的家庭成员吐诉的。但是这些城市中的小儿女，又是多么需要一个耐心倾听他们吐诉的人啊！那倾听者，不仅应有耐心，还应有充满心间的爱心。还应在他们渴望安慰和体恤之时，善于安慰，善于劝解，并且，由衷地予以体恤……

于是，他们后来都非常信赖也不无庆幸地选择了我母亲。

于是，母亲也就以她母性的本能，义不容辞地将他们庇护在自己身边。像一只母鸡展开翅膀，不管自家的小鸡抑或别人家的小鸡，只要投奔过来，便一概地遮拢翅下……

那些城市中的小儿女啊，当年他们并没有什么可回报母亲的。只不过在年节或母亲生病时，拎上一包寻常点心或两瓶廉价罐头聚于贫寒的我家看望母亲。再就是，改叫"大娘"为叫"妈"了。有时混着叫，刚叫过"大娘"，紧接着又叫"妈"。与点心和罐头相比，一声"妈"，倒显得格外的凝重了。

既被叫"妈"，母亲自然便于母性的本能而外，心生出一份油然的责任感。母亲关心他们的许多方面——在单位和领导和工友的关系；在家中是否与亲人温馨相处；怎样珍惜友情，如何处理爱情；须恪守什么样的做人原则，交友应防哪些失误；不借政治运动之机伤害他人报复他人；不可歧视那些被政治打入另册的人……

母亲以她一名普通家庭妇女善良宽厚的本色，经常像叮咛自己的亲儿女一样，叮咛她的干儿女们不学坏人做坏事，要学好人做好事。

此世间亲情，竟延续了三十年之久。我曾很不以为然过，但母亲对我的不以为然也同样不以为然。她不与我争辩，以一种心理非常满足的、默默的矜持，表明她所一贯主张的做人态度。直至她去世前三天，还希望能为她的一个干女儿和一个干儿子做成一次大媒……

而他们，一个帮着四弟将母亲送入医院，一个一小时后便闻讯匆匆赶到医院，三十几个小时不曾回家，不曾离开过医院！母亲逝后，她的干儿女们都纷纷来到了弟弟家。我说——不必在家中设灵位了吧！他们说——要设。我说——不必非轮守四十八小时灵了吧！他们说——要守。这些三十年前的城市平民家庭的小儿女啊，三十年前是小徒工们，如今仍是工人们。只不过，有的"下岗"了；只不过，都做了父母了。他们都是些沉默寡言之人。我离开哈市时，仍分不清他们中几个人的名字。他们不与我多说什么，甚至根本就不主动与我说话。他们完完全全是冲他们与母亲之间那一种三十年之久的亲情，而为母亲守灵，为母亲烧纸，为母亲送丧的。三十年间，我下乡七年，上大学三年，居京二十年，我曾给予母亲的愉快时日，比他们给予的少得多。回到北京，我常默想——从今后，我定当以胞弟胞妹视待他们和她们啊！至于我自己的几名中学挚友与母亲之间的亲情，比三十年更长久，从我初一时就开始着了。那是世间另一种亲情，心感受之，欲说还休欲说还休。每独坐呆想，似乎有了一种答案——那时时浮现过我眼前的画面中那一桶清澈的井水,是否便意味着是人世间的一种温馨亲情呢?母亲的母亲,给予在母亲心里了。而母亲只不过从内心里荡出了一些,便获得了多么长久又多么足以感到欣慰的回报啊!这么想很唯心,但请不要责怪儿子的痴思。

愿此亲情在我们中国老百姓间代代相传。

没了它,意味着是我们普通人的人生多么大的损失啊!

母亲我爱您。

母亲安息吧……

献给父母的花儿

《父亲》和《母亲》这两篇,确有我童年和少年时期的影子。也确有我"而立之年"后的轮廓和生活片段。我之所以将它们作"小说"发表,乃基于这样的想法——留在我自己头脑中的童年和少年时期的记忆,何尝不是如今已做了父母的,当年中国最底层百姓们的儿女们共同的记忆?我的父母身上,又何尝没有他们的父母的影子?似乎只有"小说"这一种体裁,才更能使那诸方面的共同点超越出个别,具有普遍的共同的意义。我希望经由我写我的父母的方式,为我们的父母立下平实温馨的小传。

今天是你的生日,
我亲爱的妈妈。
我没有礼物,
送你一朵鲜花。
这鲜花开放在

高高的山上……

我写时,耳畔常萦绕着这首外国民歌。我愿我能代表我们,将我的小说,作为献给我们的父母的花儿。倘果而在有限的程度上达到了我这一种初衷,那是我倍觉安慰的事……

这鲜花开放在我们对父母深怀敬爱和感恩的心上……

第一支钢笔

它是黑色的,笔身粗大,外观笨拙。全裸的笔尖、旋拧的笔帽。胶皮笔囊内没有夹管,吸墨水时,捏一下,缓慢鼓起。墨水吸得太足,写字常常"呕吐",弄脏纸和手。我使用它,已经二十多年了。笔尖劈过、断过,被我磨齐了,也磨短了。笔道很粗,写一个笔画多的字,大稿纸的两个格子也容不下。已不能再用它写作,只能写便笺或信封。

它是我使用的第一支钢笔,母亲给我买的。那一年,我升入小学五年级。学校规定,每星期有两堂钢笔字课。某些作业,要求学生必须用钢笔完成。全班每一个同学,都有了一支崭新的钢笔。有的同学甚至有两支。我却没有钢笔可用,连支旧的也没有。我只有蘸水钢笔,每次完成钢笔作业,右手总被墨水染蓝。染蓝了的手又将作业本弄脏。我常因此而感到委屈,做梦都想得到一支崭新的钢笔。

一天,我终于哭闹起来,折断了那支蘸水笔,逼着母亲非立刻给买一支吸水笔不可。

母亲对我说："孩子，妈妈不是答应过你，等你爸爸寄回钱来，一定给你买支吸水笔吗？"

我不停地哭闹，喊叫："不，不，我今天就要。你去给我借钱买。"

母亲叹了口气，为难地说："你这孩子，真不懂事。这月买粮的钱，是向邻居借的；交房费的钱，也是向领导借的；给你妹妹看病，还是向领导借的钱。为了今天给你买一支吸水笔，你就非逼着妈妈再去向邻居借钱吗？叫妈妈怎么张得开口啊？"

我却不管母亲好不好意思再向邻居张口借钱，哭闹得更凶。母亲心烦了，打了我两巴掌。我赌气哭着跑出了家门……

那天下雨，我在雨中游荡了大半日不回家，衣服淋湿了，头脑也淋得平静了，心中不免后悔自责起来。是啊，家里生活困难，仅靠在外地工作的父亲每月寄回几十元钱过日子，母亲不得不经常向邻居开口借钱。母亲是个很顾脸面的人，每次向邻居家借钱，都需鼓起一番勇气。

我怎么能为了买一支吸水笔，就那样为难母亲呢？我觉得自己真是太对不起母亲了。

于是我产生了一个念头，要靠自己挣钱买一支钢笔。这个念头一产生，我就冒雨朝火车站走去。火车站附近有座坡度很陡的桥，一些大孩子常等在坡下，帮拉货的手推车夫们推上坡，可讨得五分钱或一角钱。

我走到那座大桥下，等待许久，不见有推车来。雨越下越大，我只好站到一棵树下躲雨。雨点噼噼啪啪地抽打着肥大的杨树叶，冲刷着马路。马路上不见一个行人的影子，只有公共汽车偶尔驶来驶去。几根电线杆子远处，就迷迷蒙蒙地看不清楚什么了。

我正感到沮丧，想离开，雨又太大；等下去，肚子又饿，忽然发现了一辆手推车，装载着几层高高的木箱子，遮盖着雨布。拉车人在大雨中缓慢地、一步步地朝这里拉来。看得出，那人拉得非常吃力，腰弯得很低，上身几乎俯得与地面平行了，两条裤腿都挽到膝盖以上，双臂拼力压住车把，每迈一步，似乎都使出了浑身的劲儿。那人没穿雨衣，头上戴顶草帽。由于他上身俯得太低，无法看见他的脸，也不知他是个老头儿，还是个小伙儿。

他刚将车拉到大桥坡下，我便从树下一跃而出，大声问："要帮一把吗？"

他应了一声。我没听清他应的是什么，明白是正需要我"帮一把"的意思，就赶快绕到车后，一点也不隐藏力气地推起来。车上不知拉的何物，非常沉重。还未推到半坡，我便一点力气也没有了，双腿发软，气喘吁吁。那时我才知道，对于有些人来说，钱并非容易挣到的。即使一角钱，也是并非容易挣到的。我还空着肚子呢。又推了几步，实在推不动了，产生了"偷劲"的念头。反正拉车人是看不见我的。我刚刚松懈了一点力气，就觉得车轮顺坡倒转。不行，不容我"偷劲"。那拉车人，也肯定是凭着最后一点力气在坚持，在顽强地向坡上拉。我不忍心"偷劲"了。我咬紧牙关，憋足一股力气，发出一个孩子用力时的哼唧声，一步接一步，机械地向前迈动步子。

车轮忽然转动得迅速起来。我这才知道，已经将车推上了坡，开始下坡了。手推车飞快朝坡下冲，那拉车人身子太轻，压不住车把，反被车把将身子悬起来，腿离了地面，控制不住车的方向。幸亏车的方向并未偏往马路中间，始终贴着人行道边，一直滑到坡底才缓缓停下。

我一直跟在车后跑，车停了，我也站住了。那拉车人刚转过身，我便向他伸出一只手，大声说："给钱。"那拉车人呆呆地望着我，一动不动，也不掏钱，也不说话。我仰起脸看他，不由得愣住了。"他"……原来是母亲。雨水，混合着汗水，从母亲憔悴的脸上直往下淌。母亲的衣服完全淋透了，像从水里捞出来的一样，湿漉漉地贴在身上，显出了她那瘦削的两肩的轮廓。她胸口剧烈地起伏着，脸色苍白，大口大口地喘着气。

我望着母亲，母亲望着我，我们母子完全怔住了。就在那一天，我得到了那支钢笔，梦寐以求的钢笔。母亲将它放在我手中时，满怀期望地说："孩子，你要用功读书啊。你要是不用功读书，就太对不起妈妈了……"在我的学生时代，我一刻都没有忘记过母亲满怀期望对我说的这番话。如今，二十多年过去了，我已经是个成年人了，母亲变成老太婆了。那支笔，也可以说早已完成它的历史使命了。但我，却要永远保存它，永远珍视它，永远不抛弃它。

第 二 辑

我教育出怎样一个人交给社会,那不仅是我对儿子的责任,也是我对社会的责任。

我与儿子

我曾以为自己是缺少父爱情感的男人。

结婚后,我很怕过早负起父亲的责任,因为我太贪恋安静了。一想到我那十二平方米的家中,响起孩子的哭声,有个三四岁的男孩儿或女孩儿满地爬,我就觉得简直等于受折磨,有点儿毛骨悚然。

妻子初孕,我坚决主张"人流"。为此她倍感委屈,大哭一场——那时我刚开始热衷于写作。哭归哭,她妥协了。妻子第二次怀孕,我郑重地声明:三十五岁之前绝不做父亲,她不但委屈而且愤怒了,我们大吵一架——结果是我妥协了。

儿子还没出生,我早说了无穷无尽的抱怨话。倘他在母腹中就知道,说不定会不想出生了。妻临产的那些日子,我们都惴惴不安,日夜紧张。

那时,妻总在半夜三更觉得要生了。已记不清我们度过了几个不眠之夜,也记不清半夜三更,我搀扶着她去了几次医院。马路上不见人影,从北影到积水潭医院,一往一返慢慢地小心地走,大约三小时。

每次医生都说:"来早了,回家等着吧!"妻子哭,我急,一块儿哀求。哀求也没用。始终是那么一句话——"回家等着,没床位。"有一夜,妻看上去很痛苦,但她咬紧牙关,一声不吭。她大概因为自己老没个准儿,觉得一次次折腾我,有点儿对不住我。可我看出的确是"刻不容缓"了——妻已不能走。我用自行车将她推到医院。医生又训斥我:"怎么这时候才来?你以为这是出门旅行,提前五分钟登上火车就行呀!"反正我要当父亲了,当然是没理可讲的事了。总算妻子生产顺利,一个胖墩墩的儿子出世了。而我半点喜悦也没有,只感到舒了口气,卸下了一种重负。好比一个人被按在水盆里的头,连呛几口之后,终于抬了起来……

儿子一回家,便被移交给一位老阿姨了。我和妻住办公室。一转眼就是两年。两年中我没怎么照看过儿子。待他会叫"爸爸"后,我也发自内心地喜爱过他,时时逗他玩一阵,但那从所谓潜意识来讲是很自私的——为着解闷儿。但心里总是有种积怨,因为他的出生,使我有家不能归,不得不栖息在办公室。

夏天,我们住的那幢筒子楼,周围环境肮脏。一到晚上,蚊子多得不得了。点蚊香,喷药,也是起不了多大作用的。蚊子似乎对蚊香和蚊药有了很强的抵抗力。

有一天早晨我回家吃早饭,老阿姨说:"几次叫你买蚊帐,你总拖,你看孩子被叮成什么样了?你真就那么忙?"

我俯身看儿子,见儿子遍身被叮起至少三四十个包,脸肿着。

可他还冲我笑，叫"爸……"我正赶写一篇小说，突然我认识到自己太自私了。我抱起儿子落泪了……

当天我去买了一顶五十多元的尼龙蚊帐。上海文艺出版社的编辑修晓林初次到我家，没找到我。又到了办公室，才见着我。我挺兴奋地和他谈起我正在构思的一篇小说，他打断我说："你放下笔，先回家看看你儿子吧，他发高烧呢！"

我一愣，这才想起——我已在办公室废寝忘食地写了两天。两天内吃妻子送来的饭，没回过家门。

从这些方面讲，我真不是一位好父亲。人们都说儿子是个好儿子，许多人非常喜欢他。我的生活中，已不能没有他了。我欠儿子的责任和义务太多，至今我觉得对儿子很内疚。我觉得我太自私。但正是在那一二年内，我艰难地一步步地向文坛迈进。对儿子的责任和自己的责任，于我，当年确是难以两全之事。

儿子爱画画，我从未指导过他。尽管我也曾爱画画，指导一个十几岁的孩子，那点儿基础还是够用的。

儿子爱下象棋。我给他买了一副象棋，却难得认真陪他"杀一盘"。他常常哀求："爸爸，和我杀一盘行不行啊？"结果他养成了自己和自己下象棋的习惯。

记得我有一次到幼儿园去接儿子，阿姨对我说："你还是作家呢，你儿子连'一'都写不直，回家好好儿下功夫辅导他吧！"

从那以后，我总算对儿子的作业较为关心，但要辅导他每天写完幼儿园的两页作业，差不多也得占去晚上的两个小时。而我尤视晚上的时间更为宝贵——白天难得安静，读书写作，全指望晚上的时间。

儿子曾有段时间不愿去幼儿园。每天早晨撒娇撒赖，哭哭啼啼，想留在家里。我终于弄明白，原来他不敢在幼儿园做早操。他太自卑，太难为情，以为他的动作，定是极古怪的，定会引起哄笑。

我便答应他，做早操时，到幼儿园去看他。我说话算话。他在院内做操，我在院外做操。有了我的奉陪，他的胆量壮了。

事后我问他："如果你连当众伸伸胳膊踢踢腿都不敢，将来你还敢干什么？比如看见一个小偷在公共汽车上扒人家腰包，你敢抓住他的手腕吗？"

他沉吟许久，很严肃地回答："要是小偷没带刀，我就敢。"

我笑了，先有这点胆量也行。

我又对他说："只要你认为你是对的，谁也别怕。什么也别怕！"

我希望我的儿子在这一点上将来像我一样。谁知道呢？

总而言之，我不是位尽职的父亲。儿子天天在长大，我深知我对他的责任将更大了。我要学会做一位好父亲，去掉些自私，少写几篇作品，多在他身上花些精力。归根到底，我的作品，也许都微不足道。但我教育出怎样一个人交给社会，那不仅是我对儿子的责任，也是我对社会的责任。

我不希望他多么有出息——这超出我的努力及我的愿望。

我开始告诉儿子……

儿子九岁。明年上四年级。

我想,我有责任告诉他一些事情。

其实我早已这样做了。

儿子爱画,于是有朋友送来各种纸。儿子若自认为画得不好,哪怕仅仅画一笔,一张纸便作废了。这使我想起童年时的许多往事。有一天我命他坐在对面,郑重地严肃地告诉他——爸爸读小学三年级的时候,从来没见过一张这么好的纸。爸爸小时候也爱画。但所用的纸,是到商店去捡回来的,包装过东西的,皱巴巴的纸,裁了,自己订了。便是那样的纸,也舍不得画一笔就作废的,因为并不容易捡到。那一种纸是很黑很粗糙的。铅笔道画上看不清。因为那叫"马粪纸"……

"怎么叫'马粪纸'呢?"

于是我给他讲那是一个怎样的年代。在那样的一个年代,几乎整整一代共和国的孩子们,都用"马粪纸"。一流大学里的教授们的讲义，也是印在"马粪纸"上的。还有书包，还有文具盒，还有彩色笔……哪一位像我这种年龄的父母，当年不得书包补了又补，文具盒一用几年乃至十几年呢？

……

"爸爸，我拿几毛钱好吗？"

"干什么？"

"想买一支雪糕吃。"

我同意了。几毛钱就是七毛钱，因为一支雪糕七毛钱。

于是儿子接连每天吃一支雪糕。

有一天我又命他坐在对面，郑重地严肃地告诉他——七毛钱等于爸爸或妈妈每天工资的一半。爸爸从小学一年级到六年级，总共吃了还不到三四十支——当然并非雪糕，而是"冰棍"。且是三分钱一支的。舍不得吃五分一支的。更不敢奢望一毛一支的。只能在春游或开运动会时，才认为自己有理由向妈妈要三分钱或六分钱……

我对儿子进行类似的教育，被友人们碰到过几次。当着我儿子的面，友人们自然是不好说什么的，但背过儿子，皆对我大不以为然。觉得我这样做父亲，未免的煞有介事。甚至挖苦我是借用"忆苦思甜"的方法。

友人们的"批判"，我是极认真地想过的。然而那很过时的，可能被认为相当迂腐的方法，却至今仍在我家里沿用着，也许要一直沿用到儿子长大成人，打算在他干脆将我的话当耳旁风的时候打住。

所幸现今我告诉了他的，竟对他起到了一定的影响。一次，儿子把作业本拿给我看，虔诚地问："爸爸，这一页我没撕掉。我贴得好吗？"那是跟我学的方法——从旧作业本上剪下一条格子，贴在了写错字的一页上。我是从来舍不得浪费一页稿纸的，尽管是从公家领的。那一刻我内心里竟十分地激动，情不自禁地抱住他亲了一下。"爸爸，你为什么哭呀？"儿子困惑了。我说："儿子啊，你学会这样，你不知爸爸多高兴呢！"我常常想，我们这一代人中的绝大多数，都是拉扯着我们父母的破衣襟，跟着共和国趔趄的步子走过来的。怎么，我们的下一代消费起任何东西时的那种似乎理所当然和毫不吝惜的损弃之风，竟比西方富有之国富有之家的孩子们要甚得多呢？仿佛我们是他们的富有得不得了的爸爸妈妈似的。难道我们自己也荒诞到这么认为了吗？如果不，我们为什么不告诉他们一些他们应该知道的事呢？

我的儿子当然可以用上等的复印纸习画，可以有许多彩色笔，可以不必背补过的书包，可以想吃"紫雪糕"时就吃一支……但他必须明白，这一切的确便是所谓"幸福"之一种了！我可不希望培养出一个从小似乎什么也不缺少，长大了却认为这世界什么什么都没为他准备齐全，因而只会抱怨乃至憎恶的人。无忧无虑和基本上无所不缺，既可向将来的社会提供一个起码身心健康的人，也可"造就"成一批"少爷"。而这个国家这个民族，是再也养不起那么多"少爷"的。现有的已经够多的了！难道不是吗？"少爷小姐型"的一代，是对任何一个国家一个民族最大的报应。而对一个穷国一个正在觉醒的民族，则简直无异于是报复。

体恤儿子

现在，儿子是一点儿良好的自我感觉也没有了，稍微的一点儿也没有了。起码我这个父亲是这么看他的。

由小学生到中学生，他已算颇经历了一些事，或直白曰一些挫折。在学业竞争中呛了几次水，品咂了几次苦涩。

儿子自小就受到邻居的喜爱。"干妈"不少。"干妈"们认他这个"干儿子"，绝非冲着我认的。一个写作者的儿子没有什么稀罕的，在人际关系中对谁都不可能有实际的帮助，犯不着走"干儿子"路线，迂回巴结。当然也绝非冲着他亲妈认的。他亲妈、我的"内人"乃工人阶级之一员，更是谁都犯不着讨好的。别人们喜爱他，纯粹是因为他自己有招人喜爱之处。长得招人喜爱，虎头虎脑，一副憨样儿。性情招人喜爱，不顽不闹，循规蹈矩，胆子还有些小，内向又文静。

在小学六年里，他由"一道杠"而"两道杠"，由小组长而班委，连续三年是"三好生"。这方面那方面，奖状获了不少。而优于我的一点是，"群众关系"极佳。同学们都乐于跟他交朋友。小学中的儿子，是班里的一个小"首领"，不是靠了争强好胜，而是靠了随和亲善。

六年级下学期，他顶在乎的一件事，便是能否评上"三好生"了。评上了，据他自己讲，就可以被"保送"了。然而儿子小学的最后一次考试，亦即毕业考试，却并没有考好。在我印象中，似乎数学九十六分，语文八十五分，平均九十点五分。结果可想而知，他在全班的名次排到了第二十几名。儿子终于意识到，"保送"是绝无希望了！

"但是我们老师说，123中也不错！以后可能升格为区重点中学呢！"

他这么安慰他自己，也希望他的父亲能从这番话中获得安慰。

我当然有些沮丧，但主要是替他感到的。

我说："儿子，好学生不只出在重点中学里。你能自己往开了想，这一点爸爸赞成。"

在我印象中，123中是我们那一市区普通得不能再普通的一所中学。然而儿子连这一所中学也没去成。两天后他回到家里，表情从来没有过的那么抑郁。他说："爸，老师说去123中的同学，名次必须在二十名以前。"我说："那，你如果连123中也去不成的话，能去哪一所中学呢？"

"老师悄悄告诉我，推荐我去北医大附中。"听来倒好像老师们格外眷顾着他似的。而北医大附中，据我想来，已属"最后的退却"了。

我问："你们老师不是说，考卷要发给家长们看看的么？"——

我这么问，是因为我凭着大人的社会经验，开始起了些疑心的。"又不发了。""为什么？""不知道。""你自己怎么想？""我……怎么想也没用了……"我说："儿子，听着。如果你希望进一所较好的中学，爸爸是可以试着办一办的，只不过太违反爸爸的性格。但爸爸从来没给你开过一次家长会，觉得很愧疚，也是肯在你感到需要时……""爸你别说了！我不怪你。我去北医大附中就是了。"看得出，儿子是不愿使我这个"老爸"做什么违心求人之事的。然而儿子连北医大附中也没去成。第二天他接到同学打来的一个电话后，伤心地哭了。他被分到了一所仿佛是全市最差的中学。我说："别哭，也许是不一定的事儿呢！"发榜那一天，结果却正是那么一回事儿。只不过他拿回了小学的最后一份"三好学生"证书。于是该轮到我安慰他了。我说："哪怕最差的中学，只要学生自己努力，也是有可能考上最好的高中的。你难道没有信心做一名这样的中学生？"

他流着泪说："有的……"

于是开学那一天，我亲自送他去报到……

但是他的"干妈"们，和一直关心着他升学去向的我的朋友们，获知消息后，一个个都感到十分意外了，纷纷登门了——有的严厉地批评我对子女之不负责任，有的"见义勇为"地向儿子保证着什么……

在正式开学的第三天，儿子转入了一所重点中学——这是我根本没有能力扭转，也不知究竟该怎么去办的事，全靠别人们的热心……

163

如今，上了重点中学的儿子，仅仅一年，性情彻底变了，也成了家中最没有"业余时间"的成员——早晨我还在梦乡之中，他就已经离开家骑着自行车去上学了。晚上，妻子都已经下班了，儿子往往还没回到家里。一回到家里，就一头扎入他自己的小房间，将门关起来。吃过晚饭，搁下饭碗就又回到他的小房间……

有次我问他："在同学中有新朋友了？"

他摇头。摇过头说："都只顾学习。谁跟谁都没时间建立友谊。"

倒是他小学的同学们，星期天还常一伙一伙地来找他玩儿。瞧着些小学的学友们在一起那股子亲密劲儿，我真从内心里替孩子们感到忧伤——缺乏友谊，缺少愉悦的时光，整天满脑子是分数、名次和来自于家长及学校双方的压力。这样的少年阶段，将来怕是连点儿值得回忆的内容都没了吧？几分之差，往往便意味着名次排列上前后的悬殊。所以为了几分乃至一分半分，他们彼此间的竞争态势，绝不比商人们在商场上的竞争性缓和……

由我的儿子，我也很是体恤中国当代的所有上了中学的孩子们。他们小小年纪，也许是活得最累的一部分中国人了……

当爸的感觉

尽管我的儿子早已不是儿童，而是初二的学生了。尽管我已经纯粹为了自己得以从稿债中解脱，根本不睬他的抗议，拿他做过两次文章了。我常想我若有五个六个儿子就好了，便可轮番地写来。甚至可以在几个儿子之间采取小小的"重点政策"，使儿子们相互嫉妒，认为当老子的写了谁，乃是谁的殊荣。那我不是就变被动为主动了么？无奈我只有这么一个儿子。无奈他对我的容忍度，已然放宽到连自己都十分难为情的地步了……

儿子刚刚背着行李，参加军训去了，临走前见我铺开稿纸，煞有介事地思考，犹犹豫豫地写下题目，凑过来瞟了一眼，嘲讽地说："爸，你真天才。从我这么一个平庸的儿子身上，你竟能发现那么多可写的素材！"

我说："儿子，向你保证，这是最后一次！"

儿子说："别保证。用不着保证。你发誓我都不会相信！说相声的常拿自己的'二大爷'逗哏儿，你跟相声演员们犯的是同一种职业病。我充分理解!"

我说:"好儿子,谢谢。"

他说:"不用谢。因为我也开始写你了,而且已经公开发表了一篇。"

我一惊,忙问:"发在哪儿了?"

儿子说发在班级的墙报上了。

我这才稍稍心定,又严肃地问:"都写了我些什么?为什么不先让我过过目?"

儿子说:"你写我,也没先征得我的同意啊!咱俩彼此彼此。"

我一时很窘,无话可说……

半夜解题

儿子中考前的一天,刚吃过晚饭就写作业。写到十点半,还有一道几何题没解出来。我几次主动"请缨",说儿子你要不要我和你一块儿攻下这道难题啊?几次都遭到儿子颇不耐烦的拒绝。最后我不顾他的拒绝,粗暴参与。结果正如他所料,既干扰了他的思路,也浪费了他的时间,以己昏昏,使儿子昏昏。那时快十二点了。妻说你还让不让儿子睡觉了?他明天还得上一天课呀!不像你,可以在家里睡懒觉!于是我强行收起他的作业,以不容争辩的命令的口吻,催促他洗漱了躺到床上去。儿子也真是困到了极点,头一挨枕便酣然入眠。而我却不再睡得着。用冷水冲了头,强打精神,继续替儿子钻研那道几何难题。半个小时后,我对陪在一旁织毛衣的妻说——老爸出马,一个顶俩,我解出来了!

博得了妻对我羡佩的一笑。

第二天儿子刚起床,我便从自己枕下摸出作业卷,大言不惭地对儿子说:"这么简单的题你都不开窍?这有何难的?站到床边儿来，听老爸给你讲讲——这两个直角三角形，有两个角相等，还都有一个角是直角。三角相等，故两个三角形全等。而三角形 A 又等于三角形 B，而三角形 B 又等于……"

儿子脸上便呈现出冷笑。

我生气了，说儿子你冷笑什么？你的态度怎么这样不谦虚？

儿子说："两个锐角相等的直角三角形就全等啊！直角三角形哪儿有这么一条定理？"——于是画图使我明白，它们也有可能仅仅是相似……

我愣了半天，纳纳地说："难道……是我想象出了这么一条定理？"

儿子说："反正书上没有，老师也没教过这么一条全等直角三角形的定理。"

我羞惭难当，无地自容，躺在床上挥挥手，"大赦"了儿子……

我明白——我再也辅导不了儿子数理化了。从那一天起，直至永远。当年我初三下乡。当年的初三数理化教材，比如今的初二教材只低不高。我太不自量太无自知之明了……

自己承认了这一点，使我内心里涌起一种难言的悲哀。以后，不管他写作业到多么晚，不管他看上去多么需要一个头脑聪明的人的指点和帮助，我是再也不往他跟前凑了……

给儿子写信

按照学校的要求,我得给儿子写一封信,而且此事不让学生知道,更不能让学生看到信。在某次活动中,信将由老师分发给每一名学生,希望以这种方式,在他们十四周岁以后,带给他们每个人一份儿意外的欣喜。

于是我生平第一次给我的儿子写信。

我竟不知在这一封信里该写些什么。我不愿在信中流露出我对他的体恤。因为几乎每一个城市里的初二的儿女都如他一样的似箭在弦,他不应格外地得到体恤。我也不愿用信的方式鞭策他。因为他自己早已深知每次在分数竞争中失利,对自己都意味着一种严峻。我不愿在信中写入对他所寄的希望。我不望子成龙。事实上只祈祝他能有幸受到高等教育,而仅仅这一点已使他过早地成熟了。他的日渐成熟正是我倍感欣慰的,同时又是倍感悲哀的。刚刚十四岁就开始思考人生和忧患自己未来的命运,这太令我这个当父亲的替他感到沮丧了。我自己的少年时代就是从忧患之中度过来的。我真不愿他和当年的我一样。当年的我是因为家境的贫寒,如今的他是因为变成了中国的高考制度的奴仆。我极端憎恶这一种现代八股式的高考制度,但我又十分冷静地明白——此一点最是我丝毫也不能流露在字里行间的……

"爸爸,你怎么想了这么久还不写?"

儿子忽然在我背后发问。显然,他站在我背后多时了。我赶紧用一只手捂住稿纸上端——捂住"给儿子的信"一行字。

良久,我听到坐在沙发上的他说:"爸,对不起,给你添麻烦了……"顿时地,我眼眶有些潮了……

儿子"采访"我

儿子上个星期的一项作业是——采访父母。妻上个星期几乎每天加班，不加班便上夜校，只得由我来接受"采访"，否则儿子就完不成作业。于是我和儿子之间，有了如下一次较为特别的谈话：

"你是哪一年下乡的？""这还用问？""不问我怎么清楚？""六八年。""哪一年上大学的？""七四年。""哪一年毕业的？""七七年。""你经历过坎坷么？""经历过。""说说。""这还用说？""你不说我怎么会知道。"……

我凝视着儿子，觉得他是那样的陌生。或者反过来说，他怎么对我一无所知似的？他要了解他问的那一切，是多么的简单！书架上陈列的，几乎每一部书脊上印着我名字的书，都有我的简历。从我的许多篇小说中，都能看到他的老爸的身世。而他从来没有触摸过我的任何一部书一下。那些书对他仿佛根本就不存在。他从来也不曾扫视过那一格书架一眼。他甚至远不及别人家的，比如朋友或邻人的初二的儿女们对我的大致经历有所了解。

有一次我无意中偷听到他和他的几名男同学背地里如此谈论我的书：

"你爸爸可真写了不少书。"

"你别翻他的书！"

"你自己喜欢看么？"

"我为什么要喜欢看他写的书？"

"借我一本看行么？"

"不行！"

听来他似乎生起气来了。

"你干吗这样牛气呀？他这些书迟早会过时的！"

"他这些书已经过时了！以后我也不看他的书。世界上那么多经典还看不过来呢！"没想到，我以近二十年的精力和心血所获得的创作成果，在他眼里似乎皆是些没有什么意义的，仿佛一文不值的东西。"你对你至今的人生满意么？"——儿子继续"采访"我。我回答："谈不上满意不满意。我的人生已经这样了。我习惯了。""假如有一件最使你高兴的事，目前而言那可能是一件什么事？"我几乎是恶狠狠地回答："你的学习成绩又前进了五名！"儿子目不转睛地看了我一阵，淡淡地说："我的采访结束了，就到这儿吧！"

我意识到，我深深刺伤了儿子的自尊心。正如儿子也深深刺伤过我的自尊心一样。于是我联想到了王朔的小说《我是你爸爸》。进而又想，有一个多少具有点儿精神叛逆色彩的儿子，也好。这样的一个儿子，时刻提醒我明白，我只不过是一个初二男生的父亲。

除此之外，也许再什么都不是，更没有任何可得意的资本。儿子在家里教我夹起尾巴做人。

读者，如果你的儿子已经初二了，如果你是一位父亲，我想你一定会同意我的看法——和你初二的儿子交朋友并非一件容易的事。有时他似乎将你当作朋友了，其实在他内心里，你仍然只不过是他的父亲。当爸的感觉在现代是越来越变得粗糙而暧昧了啊！

给儿子的留言

儿子：

你今天放学，爸爸已回哈市了。在你期末考试前，不知能否回来。因为四叔昨天夜里突然从哈市打电话告诉奶奶病了，正于医院抢救中……当时你睡了，爸爸没告诉你。

你无法完全理解爸爸对奶奶的亲情。这亲情中包含着太多太多儿子对母亲的内疚。等我从哈市回来再讲给你听——爸爸有一种极不祥的预感，可能爸爸此一去，将永远失去爸爸的妈妈了。写到这儿，眼泪在爸爸眼里转……

但爸爸给你留言，主要是关于你对考试的态度嘱咐你几句——当了爸爸妈妈的中年男人女人几乎都这样，一颗心分几瓣儿。主要的两瓣儿给儿女，给自己的爸妈，所谓"上有老，下有小"。你将来也会人到中年，那时你也会有深切的体会……

我认为——你已经努力学习了。这爸爸看到了，妈妈也看到了。所以，无论你此次考得多么差，爸爸妈妈都不会埋怨你的。因为你已经尽到了自己是学生的义务，已经表现出了自己对自己的责任心。爸爸妈妈因某一次考试的失利而埋怨你这样一个儿子是错误的，对儿子也是极不公平的。

考试——能否正常发挥自己的学习水平很重要。所谓正常，其实就是尽量做到凡自己会的，能答对的，不丢太多的分，甚至不丢分。

当然，要做到这一点也不容易。因为考场是一种氛围特殊的"场"。在规定时间内，面对那么多考卷，难免心里紧张。一紧张，每每会的，也似乎不会了。一道难题卡住，纠缠过久，时间不允许；干脆放弃，丢分又太多。以为对于别的同学根本不算难题，自己觉得难，乃因自己太笨。于考场的氛围中这么一想，先自气馁，于是自信崩溃……

以上种种，皆考场紧张的心理原因。一半源自于外界，比如以前没考好，爸爸妈妈曾给脸色看；一半源自于内心，怕在同学中太失面子。

爸爸妈妈以前确因你没考好曾给你脸色看过。但那时的你太贪玩，学习缺乏上进心。现在你不是改变了吗？你既改变了，爸爸妈妈对你考试成绩的态度，不是也改变了吗？

好固可喜，差亦欣然——这就是爸爸妈妈的态度。我保证，首先绝对是爸爸对你考试成绩的真实不相欺的态度。

丘吉尔也曾是中学的成绩差生。

巴尔扎克还是中学的厌学生。

中国的教育体制有问题，这是你们这几代学生所面对的现实；

你们必须顺应这有问题的教育体制，这是你们这几代学生所面对的另一现实。

两种现实加起来，严重影响你们的人生。但再严重，也仅仅是影响而已。断不会是裁定。目前中国求知识的途径正多起来。别的途径也是可以成才，并进而推动人生的。

这么一想，一次考试成绩不理想又怎么样？高考落榜又怎么样？——是遗憾，但绝非人生的深渊。

总之我是在指出——爸爸妈妈能正确对待，你自己反而不太能正确对待了似的。否则你为什么临考前总失眠呢？为什么仅仅一科失利，就阴云满面呢？

想想那些参加奥运会的各国运动员们吧！四年一赛，有人苦练四年，只为一搏。也有人一搏失利，由于年龄原因，以后再无搏的时机。那他们不活了吗？

要学他们面对挫折的心理承受力。

除了心理要调整，"战术"上也要调整。

爸爸给你的建议是——不在难题上纠缠太久。看了两遍还没找到解题的良好感觉，干脆绕过。将会的题易的题全解完，回过头来再"攻克"。倘已没时间，拉倒。总之，一味只管做下去，遇难题就绕行。先将有把握的分数拿下再说。

高考前的一切考试，不过是"热身"式的考试。意义在于经验的积累和教训的总结。

考数学前一天，不必再苦苦钻研。干脆放松，连书也不翻。倒是应该静下心来，回想一下——自己以往所遇难题，有几种类型？解题和思路有什么规律性？其题可变异为另外的哪几种类型？如何看出特征，识别其变异？

考语文前一天仍需看看书。还有外语。两门是须强记的学科。多记一点儿，便有多获几分的可能。作文勿跑题。不求事例新，但求事例准，较严格地符合题意。

倘或"出师不利"——第一天没考好，哪怕两门都没考好，也不要沮丧。只不过是高二第一学期，说明不了什么根本问题。临行匆匆，留言仓促，倘不认为是多此一举，则父望记。儿子，请在内心里替奶奶祈祷几次！

爸爸

"克隆"一个我

结婚以后，对于做父亲，我心理上一直是挺恓惶的，说穿了是怕承担起那一份儿责任。因为此前做哥哥，做弟弟，做儿子的责任，早已使我忧患多多。由于我的坚决，妻忍痛割爱，"舍弃"了我们的第一个孩子。妻深知我极愿有一个女儿，如今每每口出谶言："那头胎必是女儿无疑。"

起初只当玩笑，不以为然，后来渐渐地竟有了罪过感。甚至，数次梦见我那"女儿"——一岁多的一个小裸孩儿，亦灵亦拙地朝我爬过来，其声甜甜怨怨地叫我"爸……"

妻知我陷于认真后，劝我："想开点儿。如果对得起那女儿了，眼前这个大儿子不就不存在了吗？"

话倒是有理，可心内从此平添了一份惆怅。我的罪过感源于这样一种心理——那已然是一个小生命了啊！竟由于我的坚决，我的意志，便没有了出生的权利！我是谁？我是上帝吗？上帝即使真的存在，他漠视生命权利的做法也是该诅咒的啊！那小生命倘若出生，该在这世界上演绎怎样的人生故事呢？我的意志,对于"她"是"不可抗力"。一个凡夫俗子以仿佛上帝般的"不可抗力",一语即出便灭绝了一个一旦出生就可以编织童年、少年、青年、老年四篇漫长故事的小生命,难道还不是罪过吗？姑且不论那故事精彩或平庸。事实上,在我看来,人的出生本身即奇迹。我破坏了一个奇迹。它永不能再次发生。我极其憎恶我曾经"上帝"过一次……

但这并不意味着我对儿子的爱深受影响。事实上我做了父亲以后,一直视父亲的责任为我人生最主要的责任之一。

我关心他的心脏是否健康。

也关心他的心灵是否健康。

我希望他将来成为这样一个男人——为人处事有原则、善良、富有同情心、不沾染任何纨绔的习气。

有时电视里播映某部打动人心的专题片,我必将他唤来,命他坐我身旁一道看。当然地,他往往并不情愿,但不敢违抗。他早已领教我此时是相当严厉的。

我欣慰的是,他的老师们都这么评价他:"这孩子特实诚。"我做人有恪守的原则。我当然只能按照我以为好的原则要求我的儿子。我希望他在做人的某些方面像我。我惭愧的是——自从他升入初二以后,我在学习方面一点儿也辅导不了他了。

高一期末考试前,我郑重地对他说:"爸爸已经看到你刻苦用功的状态了,那么分数就顺其自然吧。如果你面对某一科的试卷头脑发蒙,全做不上来,我主张你干脆交白卷。谁也没理由责备自己刻苦用功了的儿子。因为这种责备是可恶的。"

考试前一天儿子睡得极酣。

我也是。

当然，他发挥得也还正常……

"过年"的断想

我曾问儿子:"是不是经常盼着自己快快长大?"

他摇头断然地回答:"不!"

我也曾郑重地问过他的小朋友们同样的话,他们都摇头断然地回答并不盼着自己快快长大,说长大了多没意思哇。现在才是小学生,每天上学就够累了,长大了每天上班岂不更累了?连过年过节都会变成一件累事儿。多没劲啊!瞧你们大人,年节前忙忙碌碌的。年节还没过完往往就开始抱怨——仿佛是为别人忙碌为别人过的……

是的,生活在无忧无虑环境之中的孩子是不会盼着自己快快长大的。他们本能地推迟对任何一种责任感的承担。而一个穷人家庭里的孩子,却会像盼着穿上一件新衣服似的,盼着自己早一天长大。他们或她们,本能地企望能早一天为家庭承担起某种责任。《红灯记》里的李玉和,不是曾这么夸奖过女儿么——提篮小卖拾煤渣,担水劈柴也靠她,里里外外一把手,穷人的孩子早当家。

我从童年起，就是一个早当家的穷人的孩子。有时我瞧着自己的儿子，在心里默默地问我自己——我十二岁的时候，真的每天要和比我小两岁的弟弟到很远的地方去抬水么？真的每天要做两顿饭么？真的每个月要拉着小板车买一次煤和烧柴么？那加在一起可是五六百斤啊！在做饭时，真的能将北方熬粥的直径两尺的大铁锅端起来么？在买了粮后，真的能扛着二三十斤重的粮袋子，走一站多路回到家里么？……

　　连我自己也不敢相信，残存在记忆之中的童年和少年时期的生活情形都是真的。而又当然是真的，不是梦……

　　由于家里穷，我小时候顶不愿过年过节。因为年节一定要过，总得有过年过节的一份儿钱。不管多少，不比平时的月份多点儿钱，那年那节可怎么个过法呢？但远在万里之外的四川工作的父亲，每个月寄回家里的钱，仅够维持最贫寒的生活。我从很小的时候就懂得体恤父亲。他是一名建筑工人。他这位父亲活得太累太累，一个人挣钱，要养活包括他自己在内一大家子七口人。他何尝不愿每年都让我们——他的子女，过年过节时都穿上新衣裳，吃上年节的饭菜呢？我们的身体年年长，他的工资却并不年年涨。他总不能将自己的肉割下来，血灌起来，逢年过节寄回家呵。如果他是可以那样的，我想他一定会那样。而实际上，我们也等于是靠他的血汗哺养着……

　　穷孩子们的母亲，逢年过节时是尤其令人怜悯的。这时候，人与鸟兽相比，便显出了人的无奈。鸟兽的生活是无年节之分的，故它们的母亲也就无须在某些日子将来临时，惶惶不安地日夜想着自己格外应尽什么义务似的。

我讨厌过年过节完全是因为看不得母亲不得不向邻居借钱时必须鼓起勇气又实在鼓不起多大勇气的样子。那时母亲的样子最使我心里暗暗难过。我们的邻居也都是些穷人家。穷人家向穷人家借钱，尤其逢年过节，大概是最不情愿的事之一。但年节客观地横现在日子里，不借钱则打发不过去。当然，不将年节当成年节，也是可以的。但那样一来，母亲又会觉得太对不起她的儿女们。借钱之前也是愁，借钱之后仍是愁，借了总得还的。总不能等我们都长大了，都挣钱了再还。母亲不敢多借。即或是过春节，一般总借二十元。有时邻居们会善良地问够不够，母亲总说："够！够……"许多年的春节，我们家都是靠母亲借的二十元过的。二十元过春节，在今天看来仿佛是不可思议之事。当年也真难为了母亲……

记得有一年过春节，大约是我上初中一年级十四岁那一年，我坚决地对母亲说："妈，今年春节，你不要再向邻居们借钱了！"

母亲叹口气说："不借可怎么过呢？"

我说："像平常日子一样过呗！"

母亲说："那怎么行？你想得开，还有你弟弟妹妹们呢！"

我将家中环视一遍，又说："那就把咱家这对破箱子卖了吧！"

那是母亲和父亲结婚时买的一对箱子。

见母亲犹豫，我又补充了一句："等我长大了，能挣钱了，买更新的，更好的！"

母亲同意了。

第二天，母亲帮我将那一对破箱子捆在一只小爬犁上，拉到街市去卖。从下午等到天黑，没人买。我浑身冻透了，双脚冻僵了。后来终于冻哭了，哭着喊："谁买这一对儿箱子啊……"

我将两只没人买的破箱子又拖回了家。一进家门，我扑入母亲怀中，失声大哭……

母亲也落泪了。母亲安慰我："没人买更好，妈还舍不得卖呢……"

母亲告诉我——她估计我卖不掉，已借了十元钱。不过不是向同院的邻居借的，而是从城市这一端走到那一端，向从前的老邻居借的，向我出生以前的一家老邻居借的……

如今，我真想哪一年的春节，和父母弟弟妹妹聚在一起，过一次春节，而父亲已经去世了。母亲牙全掉光了，什么好吃的东西也嚼不动了，只有看着的份儿。弟弟妹妹们已都成家了，做了父母了。往往针对我的想法说——"哥你又何必分什么年节呢！你什么时候高兴团聚，什么时候便当是咱们的年节呗！"

是啊，毕竟，生活都好过些，年节的意义，对大人也就不那么重要了。

所以，我现在也就不太把年当年，把节当节了，正如从来不为自己过生日。便是有所准备地过年过节，多半也是为了儿女高兴……

论 温 馨

"温馨"是纯粹的汉语词。

近年常读到它,常听到它;自己也常写到它,常说到它。于是静默独处之时每想——温馨,它究竟意味着什么呢?

是某种情调吗?是某种氛围吗?是客观之境?抑或仅仅是主观的印象?它往往在我们内心里唤起怎样的感觉?我们为什么特别不能长期地缺少了它?

那夜失眠,倚床而坐,将台灯罩压得更低,吸一支烟,于万籁俱寂中细细筛我的人生,看有无温馨之蕊风干在我的记忆中。

从小学二三年级起,母亲便为全家的生活去离家很远的工地上班。每天早上天未亮便悄悄地起床走了,往往在将近晚上八点时才回到家里。若冬季,那时天已完全黑了。比我年龄更小的弟弟妹妹都因天黑而害怕,我便冒着寒冷到小胡同口去迎母亲。从那儿可以望到马路。一眼望过去很远很远,不见车辆,不见行人。终于有一个人影出现,矮小,然而"肥胖"。那是身穿了工地上发的过膝的很厚的棉坎肩所致，像矮小却穿了笨重铠甲的古代兵卒。断定那便是母亲。在幽蓝清冽的路灯光辉下，母亲那么快地走着。她知道小儿女们还饿着，等着她回家胡乱做口吃的呢！

于是我跑着迎上去，边叫："妈！妈……"

如今回想起来，那远远望见的母亲的古怪身影，当时对我即是温馨。回想之际，觉得更是了。

小学四年级暑假中的一天，跟同学们到近郊去玩，采回了一大捆狗尾草。采那么多狗尾草干什么呢？采时是并不想的。反正同学们采，自己也跟着采，还暗暗竞赛似的一定要比别的同学采得多，认为总归是收获。母亲正巧闲着，于是用那一大捆狗尾草为弟弟妹妹们编小动物。转眼编成一只狗，转眼编成一只虎，转眼编成一头牛……她的儿女们属什么，她就先编什么。之后编成了十二生肖。再之后还编了大象、狮子和仙鹤、凤凰……母亲每编成一种，我们便赞叹一阵，于是母亲一向忧愁的脸上，难得地浮现出了微笑……

如今回想起来，母亲当时的微笑，对我即是温馨。对年龄更小的弟弟妹妹们也是。那些狗尾草编的小动物，插满了我们破家的各处。到了来年，草籽干硬脱落，才不得不丢弃。

我小学五年级时，母亲仍上着班。但那时我已学会了做饭。从前的年代，百姓家的一顿饭极为简单，无非贴饼子和煮粥。晚饭通常只是粥。用高粱米或苞谷楂子煮粥，很费心费时的。怎么也得两个小时后才能煮软。我每坐在炉前，借炉口映出的一小片火光，一边提防着粥别煮糊了一边看小人书。即使厨房很黑了也不开灯，为了省几度电钱……

如今回想起来，当时炉口映出的一小片火光，对我即是温馨。回想之际，觉得更是了。

由小人书联想到了小人儿书铺。我是那儿的熟客，尤其冬日去。倘积攒了五六分钱，坐在靠近小铁炉的条凳上，从容翻阅；且可闻炉上水壶嗞嗞作响，脸被水气润得舒服极了，鞋子被炉壁烘得暖和极了；忘了时间，忘了地点；偶一抬头，见破椅上的老大爷低头打盹儿，而外边，雪花在土窗台上积了半尺高……

如今想来，那样的夜晚，那样的时候，那样的地方，相对是少年的我便是一个温馨的所在。回想之际，觉得更是了。

上了中学的我，于一个穷困的家庭而言，几乎已是全才了。抹墙、修火炕、砌炉子，样样活儿都拿得起，干得很是在行。几乎每一年春节前，都要将个破家里里外外粉刷一遍。今年墙上滚这一种图案，明年一定换一种图案，年年不重样。冬天粉刷屋子别提有多麻烦，再怎么注意，也还是会滴得哪哪都是粉浆点子。母亲和弟弟妹妹们撑不住就打盹儿，东倒西歪全睡了。只有我一个人还在细细地擦、擦、擦……连地板都擦出清晰的木纹了。第二天一早，母亲和弟弟妹妹们醒来，看看这儿，瞅瞅那儿，一切干干净净有条不紊，看得目瞪口呆……

如今想来，温馨在母亲和弟弟妹妹眼里，在我心里。他们眼里有种感动，我心里有种快乐。仿佛，感动是火苗，快乐是劈柴，于是家里温馨重重。尽管那时还没生火，屋子挺冷……

下乡了，每次探家，总是在深夜敲门。灯下，母亲的白发是一年比一年多了。从怀里掏出积攒了三十几个月的钱无言地塞在母亲瘦小而粗糙的手里，或二百，或三百。三百的时候，当然是向知青战友们借了些的。那年月，二三百元，多大一笔钱啊！母亲将头一扭，眼泪就下来了……

如今想来，当时对于我，温馨在母亲的泪花里。为了让母亲过上不必借钱花的日子，再远的地方我都心甘情愿地去，什么苦都算不上是苦。母亲用她的泪花告诉我，她完全明白她这一个儿子的想法。我心使母亲的心温馨，母亲的泪花使我心温馨……

参加工作了，将老父亲从哈尔滨接到了北京。十四年来的一间筒子楼宿舍，里里外外被老父亲收拾得一尘不染。经常地，傍晚，我在家里写作，老父亲将儿子从托儿所接回来了。听父亲用浓重的山东口音教儿子数楼阶："一、二、三……"所有在走廊里做饭的邻居听了都笑，我在屋里也不由得停笔一笑。那是老父亲在替我对儿子进行学前智力开发，全部成果是使儿子能从一数到了十。

父亲常慈爱地望着自己的孙子说："几辈人的福都让他一个人享了啊！"

其实呢，我的儿子，只不过出生在筒子楼，渐渐长大在筒子楼。

有天下午我从办公室回家取一本书，见我的父亲和我的儿子相依相偎睡在床上，我儿子的一只小手紧紧揪住我父亲的胡子（那时我父亲的胡子蓄得蛮长）——他怕自己睡着了，爷爷离开他不知到哪儿去了……

那情形给我留下极为温馨的印象；还有我老父亲教我儿子数楼阶的语调，以及他关于"福"的那一句话。

后来父亲患了癌症，而我又不能不为厂里修改一部剧本，我将一张小小的桌子从阳台搬到了父亲床边，目光稍一转移，就能看到父亲仰躺着的苍白的脸。而父亲微微一睁眼，就能看到我，和他对面养了十几条美丽金鱼的大鱼缸。在父亲不能起床后我为父亲买的。十月的阳光照耀着我，照耀着父亲。他已知自己将不久于世，然只要我在身旁，他脸上必呈现着淡对生死的镇定和对儿子的信赖。一天下午一点多我突觉心慌极了，放下笔说："爸，我得陪您躺一会儿。"尽管旁边有备我躺的钢丝床，我却紧挨着老父亲躺了下去。并且，本能地握住了父亲的一只手。五六分钟后，我几乎睡着了，而父亲悄然而逝……

如今想来，当年那五六分钟，乃是我一生体会到的最大的温馨。感谢上苍，它启示我那么亲密地与老父亲躺在一起，并且握着父亲的手。我一再地回忆，不记得此前也曾和父亲那么亲密地躺在一起过；更不记得此前曾在五六分钟内轻轻握着父亲的手不放过。真的感谢上苍啊，它使我们父子的诀别成了我内心里刻骨铭心的温馨……

后来我又一次将母亲接到了北京，而母亲也病着了。邻居告诉我，每天我去上班，母亲必站在阳台上，脸贴着玻璃望我，直到无法望见为止。我不信，有天在外边抬头一看，老母亲果然在那样地望我。母亲弥留之际，我企图嘴对着嘴，将她喉间的痰吸出来。母亲忽然苏醒了，以为她的儿子在吻别她。母亲的双手，一下子紧紧搂住了我的头，搂得那么紧那么紧。于是我将脸乖乖地偎向母亲的脸，闭上眼睛，任泪水默默地流。

如今想来，当时我的心悲伤得都快要碎了。之所以并没有碎，是由于有温馨粘住了啊！在我的人生中，只记得母亲那么亲爱过我一次，在她的儿子快五十岁的时候。

现在，我的儿子也已大三了。有次我在家里，无意中听到了他与他的同学的交谈：

"你老爸对你好吗？"

"好啊。"

"怎么好法？"

"我小时候他总给我讲故事。"

其实，儿子小时候，我并未"总给"他讲故事，只给他讲过几次，而且一向是同一个自编的没结尾的故事。也一向是同一种讲法——该睡时，关了灯，将他搂在身旁，用被子连我自己的头一起罩住，口出异声："呜……荒郊野外，好大的雪，好大的风，好黑的夜啊！冷呀！呱嗒、呱嗒……爪子落在冰上的声音……大怪兽来了，它嗅到我们的气味了，它要来吃我们了……"

儿子那时就屏息敛气，缩在我怀里一动也不敢动。幼儿园老师觉得儿子太胆小，一问方知缘故，曾郑重又严肃地批评我："你一位著名作家，原来专给儿子讲那种故事啊！"

孰料，竟在儿子那儿，变成了我对他"好"的一种记忆。于是不禁地想，再过若干年，我彻底老了，儿子成年了，也会是一种关于父亲的温馨的回忆吗？尽管我给他的父爱委实太少，但却同一切似我的父亲们一样抱有一种奢望，那就是——将来我的儿子回忆起我时，或可叫作"温馨"的情愫多于"呜……呱嗒、呱嗒"。

某人家乔迁，新居四壁涂暖色漆料，贺者曰："温馨。"

年轻夫妻终于拥有了自己的小家，他们最在乎的定是卧室的装修和布置，从床、沙发的样式到窗帘的花色，无不精心挑选，乃为使小小的私密环境呈现温馨。

少女终于在家庭中分配到了属于自己的房间，也许很小很小，才七八平米，摆入了她的小床和写字桌再无回旋之地；然而几天以后你看吧，它将变得每一个角落都充满了温馨。

新房大抵总是温馨的。倘一对新人恩爱无限，别人会感到连床边的两双拖鞋都含情脉脉的；吸一下鼻子，仿佛连空气中都飘浮着温馨。反之，若同床异梦，貌合神离，那么新房的此处或彼处，总之必有一处地方的一样什么东西向他人暗示，其实反映在人眼里的温馨是假的。

在商业时代，温馨是广告语中频频出现的词汇之一。我曾见过如下广告：

"饮××酒吧，它能使你的人生顿变温馨。"

我想，那大约只能是对斯文的醉君子而言，若是酒鬼又醉了，顿时感到的一定是他的人生的另一种滋味。

最令我讶然的是一则妇女卫生巾广告：

"用××卫生巾，带给你难忘的温馨。"

余也愚钝，百思不得其解。

酒吧总是刻意营造温馨的。

我虽一向拒沾酒气，却也被朋友邀至过酒吧几次。朋友问："够温馨吧？"

烛光相映，人面绰约，靡音萦绕；有情人或耳鬓厮磨，或呢哝低语。

我说："温馨。"

然内心里却半点儿体会到温馨的真感觉也没有。

我想，温馨肯定是多种多样的。除了那两条广告其意太深我无法理解，以上种种皆是温馨，也不该成为什么问题。

我想，温馨一定是有共性前提的。首先它只能存在于较小的空间。世界上的任何宫殿都不可能是温馨的，但宫殿的某一房间却会是温馨的。最天才的设计大师也不能将某展览馆搞成一处温馨的所在；而最普通的女人，仅用旧报纸、窗花和一条床单几个相框，就足以将一间草顶泥屋收拾得温馨慰人；在一辆"奔驰"车内放一排布娃娃给人的印象是怪怪的，而有次我看见一辆"奥拓"车内那样，却使我联想到了少女的房间。其次温馨它一定是同暖色调相关的一种环境。一切冷色调都会彻底改变它，而一切艳颜丽色也将使温馨不再。那时它或者转化为浪漫，或者转化为它的反面，变成了浮媚和庸俗。温馨也当然的是与光线相关的一种环境。黑暗中没有温馨，亮亮堂堂的地方也与"温馨"二字无缘。所以几乎可以断言，盲人难解温馨何境。而温馨所需要的那一种光，是半明半暗的，是亦遮亦显的，是总该有晕的。温馨并不直接呈现在光里，而呈现在光的晕里。故刻意追求温馨的人，就现代的人而言，对灯的形状、瓦数和灯罩，都是有极讲究的要求的。

这样看来，离不开空间大小、色彩种类、光线明暗的温馨，往往是务须加以营造的效果了。人在那样的环境里，男的还要流露多情，女的还要尽显妩媚，似乎才能圆满了温馨。若无真心那样，作秀既是难免的，也简直是必要的。否则呢，岂不枉对于那不大不小的空间，那沉醉眼球的色彩，那幽晕迷人的灯光，那使人神经为之松弛的气氛了吗？

是的是的，我承认以上种种都是温馨，承认人性对它的需要就像我们的肉体需要性和维生素一样。

但我觉得，定有另类的一种温馨，它不是设计与布置的结果，不是刻意营造出来的。它储存在寻常人们所过的寻常的日子里，偶一闪现，转瞬即逝，溶解在寻常日子的交替中。它也许是老父亲某一时刻的目光；它也许曾浮现于老母亲变形了的嘴角；它也许是我们内心的一丝欣慰；甚至，可能与人们所追求的温馨恰恰相反，体现为某种忧郁、感伤和惆怅。

它虽溶解在日子里，却并没有消亡，而是在光阴和岁月中渐渐沉淀，等待我们不经意间又想起了它。

而当我们想起了它的时候，我们往往会对自己说——温馨吗？我知道那是什么！并且，顿感其他一概的温馨，似乎都显得没有多少意味了……

玻璃匠和他的儿子

二十世纪八十年代以前，城市里每能见到一类游走匠人——他们背着一个简陋的木架走街串巷；架子上分格装着些尺寸不等、厚薄不同的玻璃。他们一边走一边招徕生意："镶——窗户！……镶——镜框！……镶——相框！……"

他们被叫作"玻璃匠"。

有时，人们甚至直接这么叫他们："哎，镶玻璃的！"

他们一旦被叫住，他们就有点儿钱可挣了。或一角，或几角。总之，除了成本，也就是一块玻璃的原价。他们一次所挣的钱，绝不会超过几角去。一次能挣五角钱的活，那就是"大活儿"了。他们一个月遇不上几次大活儿的。一年四季，他们风里来雨里去，冒酷暑，顶严寒，为的是一家人的生活。他们大抵是些由于这样或那样的原因而被拒在"国营"体制以外的人。按今天的说法，是些当年"自谋生路"的人。有"玻璃匠"的年代，城市百姓的日子都过得很拮据，也特别仔细。不论窗玻璃裂碎了，还是相框玻璃或镜子裂碎了；那大块儿的，是舍不得扔的，专等玻璃匠来了，给切割一番，拼对一番。要知道，那是连破了一只瓷盆都舍不得扔，专等锔匠来了给锔上的穷困年代啊！……

玻璃匠开始切割玻璃时，每每吸引不少好奇的孩子围观。孩子们的好奇心，主要是由"玻璃匠"那一把玻璃刀引起的。玻璃刀本身当然不是玻璃的。玻璃刀看上去都是样子差不了哪儿去的刃具，像临帖的毛笔。刀头一般长方而扁，其上固定着极小极小的一粒钻石。玻璃刀之所以能切割玻璃，完全靠那一粒钻石。没有了那一粒小之又小的钻石，一把玻璃刀便一钱不值了。玻璃匠也就只得改行，除非他再买一把玻璃刀。而从前一把玻璃刀一百几十元，相当于一辆新自行车的价格，对于靠镶玻璃养家糊口的人，谈何容易！并且，也极难买到。因为在从前，在中国，钻石本身太稀缺了。所以，从前中国的玻璃匠们，用的几乎全是从前的从前也即新中国成立前的玻璃刀，大抵是外国货。新中国成立前的中国还造不出玻璃刀来。将一粒小之又小的钻石固定在铜或钢的刀头上，是一种特殊的工艺。可想而知，玻璃匠们是多么爱惜他们的玻璃刀！与侠客对自己们的兵器的爱惜程度相比，也是不算夸张的。每一位玻璃匠都一定为他们的玻璃刀做了套子，像从前的中学女生每为自己心爱的钢笔织一个笔套。有的玻璃匠，甚至为他们的玻璃刀做了双层的套子。一层保护刀头，另一层连刀身都套进去，再用一条链子系在内衣兜里，像系着一块宝贵的怀表似的。当他们从套中抽出玻璃刀，好奇的孩子们就将一双双眼睛瞪大了。玻璃刀贴着尺在玻璃上轻轻一划，随之出现一道纹,再经玻璃匠的双手有把握地一掰,玻璃就沿纹齐整地分开了,在孩子们看来那是不可思议的……

我的一位中年朋友的父亲,便是从前年代的一名玻璃匠。他的父亲有一把德国造的玻璃刀。那把玻璃刀上的钻石,比许多玻璃刀上的钻石都大,约半个芝麻粒儿那么大。它对于他的父亲和他一家,意味着什么不必细说。

有次,我这一位朋友在我家里望着我父亲的遗像,聊起了自己曾是玻璃匠的父亲,聊起了他父亲那一把视如宝物的玻璃刀。我听他娓娓道来,心中感慨万千:

他说他父亲一向身体不好,脾气也不好。他十岁那一年,他母亲去世了,从此他父亲的脾气就更不好了。而他是长子,下边有一个弟弟一个妹妹。父亲一发脾气,他就首先成了出气筒。年纪小小的他,和父亲的关系越来越紧张,也越来越冷漠。他认为他的父亲一点儿也不关爱他和弟弟妹妹。他暗想,自己因而也有理由不爱父亲。他承认,少年时的他,心里竟有点儿恨自己的父亲……

有一年夏季,父亲回老家去办理祖父的丧事。父亲临走,指着一个小木匣严厉地说:"谁也不许动那里边的东西!"——他知道父亲的话主要是说给他听的,同时猜到,父亲的玻璃刀放在那个小木匣里了。但他毕竟是个孩子啊!别的孩子感兴趣的东西,他也免不了会对之发生好奇心的呀!何况那东西是自己家里的,就放在一个没有锁的,普普通通的小木匣里!于是父亲走后的第二天他打开了那小木匣,父亲的玻璃刀果然在内。但他只不过将玻璃刀从双层的绒布的套子里抽出来欣赏一番，比画几下而已。他以为他的好奇心会就此满足。却没有。第三天他又将玻璃刀拿在手中，好奇心更大了。找到块碎玻璃试着在上边划了一下，一掰，碎玻璃分为两半，他就觉得更好玩了。以后的几天里，他也成了一名小玻璃匠，用东捡西拾的碎玻璃，为同学们切割出了一些玻璃的直尺和三角尺，大受欢迎。然而最后一次，那把玻璃刀没能从玻璃上划出纹来，仔细一看，刀头上的钻石不见了！他这一惊非同小可，心里毛了，手也被玻璃割破了。他怎么也没想到，使用不得法，刀头上那粒小之又小的钻石，是会被弄掉的。他完全搞不清楚是什么时候掉的，可能掉在哪儿了？就算清楚，又哪里会找得到呢？就算找到了，凭他，又如何安到刀头上去呢？他对我说，那是他人生中所面临的第一次重大事件。甚至，是唯一的一次重大事件。以后他所面临过的某些烦恼之事的性质，都不及当年那一件事严峻。他当时可以说是吓傻了……由于恐惧，那一天夜里，他想出了一个卑劣的方法——第二天他向同学借了一把小镊子，将一小块碎玻璃在石块上仔仔细细捣得粉碎，夹起半个芝麻粒儿那么小的一个玻璃碴儿，用胶水粘在玻璃刀的刀头上了。那一年是一九七二年，他十四岁……

　　三十余年后，在我家里，想到他的父亲时，他一边回忆一边对我说："当年，我并不觉得我的办法卑劣。甚至，还觉得挺高明。我希望父亲发现玻璃刀上的钻石粒儿掉了时，以为是他自己使用不慎弄掉的。那么小的东西，一旦掉了，满地哪儿去找呢？即使找不到，哪怕怀疑是我搞坏的，也没有什么根据，只能是怀疑啊！……"

他的父亲回到家里后,吃饭时见他手上缠着布条,问他手指怎么了?他搪塞地回答,生火时不小心被烫了一下。父亲没再多问他什么。

翌日,父亲一早背着玻璃箱出门挣钱去,才一个多小时后就回来了,脸上阴云密布。他和他的弟弟妹妹吓得大气儿都不敢出一口。然而父亲并没问玻璃刀的事,只不过仰躺在床上,闷声不响地接连吸烟……

下午,父亲将他和弟弟妹妹叫到跟前,依然阴沉着脸但却语调平静地说:"镶玻璃这种营生是越来越不好干了。哪儿哪儿都停产,连玻璃厂都不生产玻璃了。玻璃匠买不到玻璃,给别人家镶什么呢?我要把那玻璃箱连同剩下的几块玻璃都卖了。我以后不做玻璃匠了,我得另找一种活儿挣钱养活你们……"

他的父亲说完,真的背起玻璃箱出门卖去了……

以后,他的父亲就不再是一个靠手艺挣钱的男人了,而是一个靠力气挣钱养活自己儿女的男人了。他说,以后他的父亲做过临时搬运工,做过临时仓库看守员,还做过公共浴堂的临时搓澡人;居然还放弃一个中年男人的自尊,正正式式地拜师为徒,在公共浴堂里学过修脚……

而且,他父亲的暴脾气,不知为什么竟一天天变好了,不管在外边受了多大委屈和欺辱,再也没回到家里冲他和弟弟妹妹宣泄过。那当父亲的,对于自己的儿女们,也很懂得问饥问寒地关爱着了。这一点一直是他和弟弟妹妹们心中的一个谜,虽然都不免奇怪,却并没有哪一个当面问过他们的父亲。

到了我的朋友三十四岁那一年,也就是九十年代初,他的父亲因积劳成疾,才六十多岁就患了绝症。在医院里,在曾做过玻璃匠的父亲的生命之烛快燃尽的日子里,我的朋友对他的父亲孝敬倍增。那时,他们父子的关系已变得非常深厚了。一天,趁父亲精神还可以,儿子终于向父亲承认,二十几年前,父亲那一把宝贵的玻璃刀是自己弄坏的,也坦白了自己当时那一种卑劣的想法……

不料他父亲说:"当年我就断定是你小子弄坏的!"

儿子惊讶了:"为什么?难道你从地上找到了……那么小那么小的东西啊,怎么可能呢?"

他的老父亲微微一笑,语调幽默地说:"你以为你那种法子高明啊?你以为你爸就那么容易受骗呀?你又哪里会知道,我每次给人家割玻璃时,总是习惯用大拇指抹抹刀头。那天,我一抹,你粘在刀头上的玻璃碴子,扎进我大拇指肚里去了。我只得把揣进自己兜里的五角钱又掏出来退给人家了。我当时那种难堪的样子就别提了,好些个大人孩子围着我看呢!儿子你就不想想,你那么做,不是等于要成心当众出你爸爸的洋相么?……"

儿子愣了愣,低声又问:"那你,当年怎么没暴打我一顿?"

他那老父亲注视着他,目光一时变得极为温柔,语调缓慢地说:"当年,我是那么想来着。恨不得几步就走回家里,见着你,掀翻就打。可走着走着,似乎有谁在我耳边对我说,你这个当爸的男人啊,你怪谁呢?你的儿子弄坏了你的东西不敢对你说,还不是因为

199

你平日对他太凶么？你如果平日使他感到你对于他是最可亲爱的一个人，他至于那么做吗？一个十四岁的孩子，那么做成是容易的吗？换成大人也不容易啊！不信你回家试试，看你自己把玻璃捣得那么碎，再把那么小那么小的玻璃碴粘在金属上容易不容易？你儿子的做法，是怕你怕得呀！……我走着走着，我就流泪了。那一天，是我当父亲以来，第一次知道心疼孩子。以前呢，我的心都被穷日子累糙了，顾不上关怀自己的孩子们了……"

"那，爸你也不是因为镶玻璃的活儿不好干了才……""唉，儿子你这话问的！这还用问么？……"我的朋友，一个三十五六岁的儿子，伏在他老父亲身上，无声地哭了。几天后。那父亲在他的两个儿子一个女儿的守护之下，安详而逝……我的朋友对我讲述完了，我和他不约而同地吸起烟来，长久无话。那时，夕照洒进屋里，洒了一地，洒了一墙。我老父亲的遗像，沐浴着夕照，他在对我微笑。他也曾是一位脾气很大的父亲，也曾使我们当儿女的都很惧怕。可是从某一年开始，他忽然似的判若两人，变成了一位性情温良的父亲。

我望着父亲的遗像，陷入默默的回忆——在我们几个儿女和我们的老父亲之间，想必也曾发生过类似的事吧？那究竟是一件什么事呢？——可我却没有我的朋友那么幸运，至今也不知道。而且，也不可能知道了，将永远是一个谜了……

瞧，那些父亲们

有时候，父亲们对儿女们之宠爱、溺爱，竟远远超过于母亲们。将儿女们当作宠物一般来爱，是谓宠爱。将儿女们终日浸泡于这种过分的爱中，是为溺爱。宠爱也罢，溺爱也罢，都曰"惯"，民间又说成"惯孩子"。"惯孩子"惯到无以复加，难免遭侧目。民间的批评语常是"惯孩子也没见过那么个惯法的。"此言之意有二：一、既为父母嘛，谁还没惯过自己的孩子呢？二、但是超乎一般的惯法，委实是不可取的，而且肯定是对孩子有害的。故民间有句诫言是——"惯子如杀子。"结果，必然是身为父母者自食苦果，甚而恶果。

人类早就总结过这方面的许多教训。在别国，最典型的也是比较早的一例，记载于希腊神话中，体现于太阳神阿波罗身上。阿波罗是很受凡人崇拜的一位神，关于他的事迹，几乎都是正面的。他似乎具有种种之良好的神之品德，连他为数不多的一二次绯闻，凡人也当成无伤大雅的逸事来传颂，并不多么地诟病之，不像对他的父亲宙斯那么加以大不敬的一些评论。口碑极佳的太阳神最主要的缺点，便是惯孩子这一条了。

太阳神的儿子叫法厄同，有一天，他向父亲提出了一个非分的请求，要驾父亲的神马神车在天穹兜风。那神马神车是太阳神的"公务车"，除了他自己，任何人连碰也没碰过。并且，那是多么危险的事情不言而喻。但太阳神出于对儿子的"惯"，居然答应了。神权乃神圣之特权，特权宠授，结果祸事发生——神车翻于空中，引起熊熊烈火。神马挣脱缰绳跑了，法厄同却被烧成一个火球，坠落一条河中，焦头烂额地惨死了。连大地也深受天火之害，据说沙漠便是因这一场天火形成的。河神大为怜悯，埋葬了那碳化的少年之尸体。不幸到此还不算完，法厄同的姐妹们痛不欲生，哭了四天四夜，哭得众神不忍看下去听下去，将她们变成了扎根在法厄同坟旁的杨树。阿波罗不但因自己铸成的大错使人间遭殃，失去了心爱的儿子，也失去了心爱的女儿们……

另一例惯子的教训，也同样记载于希腊神话中，便是特洛伊城的灭亡了。帕里斯这个风流成性的特洛伊国小王子，本来是肩负着一国重任，率船队去往斯巴达国，商讨接回特洛伊国美女海伦的。海伦受着爱神的庇护，美貌不衰。她是在一次战役中作为"战利品"而归属于斯巴达王的，后来虽被封为王后，与斯巴达王之间却并无真爱。故帕里斯的使命，具有着刷洗特洛伊国家耻辱的重大性质。这一使命之完成，需要爱国情怀和大智大勇。但帕里斯却根本不是一个以国家使命为重的人，他趁斯巴达王并不在国内，说服对他一见倾心的海伦乘他们的船逃离了斯巴达国。而这一做法，使一次理直气壮的使命，变成了卑劣行径。他自己以及特洛伊国，于是背上了拐走别国王后的罪名。这还不算，他又没有直接将海伦带回国去，而是先命船队驶往一个岛屿，与海伦在岛上同床共寝过起夫妻生活来。直至希腊人对特洛伊城大军压境，才为了自己的安全携海伦偷偷潜回特洛伊。公平论之，海伦未尝不值得同情，但解救一个值得同情的女人的命运，须以光明正大的方式才算正义。如果说木马计证明了希腊人的狡狯，那么帕里斯的行径，毫无疑问地使全体特洛伊人大蒙蝇苟之羞。作为兄长的赫克托耳是意识到了这一点的，所以他怒斥弟弟自私而可耻。事情严峻到如此程度，化解的策略也还是有的。赔礼道歉，劝海伦为着特洛伊城众生免遭屠戮，谎辩自己实是被掠，暂且随斯巴达王回去，解救之事从长计议未尝不是明智之举。起码，可以试一试。赫克托耳便是这么主张的，但更爱弟弟帕里斯的父王，又哪里听得进长子的话呢？他为了成全帕里斯与海伦的二人之欢，以"保护女人是男人的义务"作口号，激励全城军民众志成城，与希腊人决一死战。口号一径由国王提出，不是统一的意志也只能而且必须是统一之意志了。结果是人们都知道的，双方尸横遍野，美丽富裕的特洛伊城灰飞烟灭。希腊人攻入城内之后，大开杀戒，屠城报复，特洛伊城幸免此劫者寡。《希腊神话》中写着，特洛伊国王有包括赫克托尔和帕里斯在内的五十余个儿子，除了帕里斯携海伦逃之夭夭，其他王子皆战死沙场，特洛伊王普里阿莫斯也丧尽王的尊严，可悲地死于敌人剑下……

还有一位父亲对女儿的爱也很离谱，便是《圣经故事》中的希律王。他美丽的女儿莎乐美爱上了游走到希律国的先知圣·约翰。但是圣·约翰的心另有所属,他早将自己的爱全部奉献给了上帝,他拒绝莎乐美诱惑时的语言冰冷以至嫌恶,使莎乐美恼羞成怒怀恨在心。她在父亲的生日为父亲献舞。希律王大为开心,对爱女说无论她要什么,只要是世上有的,都将实现她的愿望。

莎乐美的愿望令人不寒而栗,她要的东西是圣·约翰的头。

希律王并非不知圣·约翰是一位伟大的先知,却为了使女儿高兴,命人砍下了先知的头,用金盘子托给了莎乐美。

巴尔扎克的名著《高老头》中的"高老头",对两个女儿的爱具有拷贝现实般的虚荣特征和强迫症特征。他曾是制粉业巨子,为了使两个女儿光荣地成为侯爵夫人,不惜以巨额财富作为她们的嫁妆,致使自己变得一无所有,不得不孑然一身住进巴黎的廉价公寓。而他的两个贪得无厌的女儿仍一再地向他索钱,并且相互猜忌,认为对方肯定从父亲那儿索要到了比自己多的钱或好东西,于是彼此憎恨。只要一见面,就仿佛变成了两只好斗的公鸡,恨不得一下子将对方的眼珠啄出来。"高老头"最后死于饥寒交迫与病痛的折磨之中,而那时,两个仇敌般的女儿一个都不愿再到他身边去……

在中国,千夫所指的父亲是《水浒传》中的高太尉。他对高衙内的宠惯,使他不惜以高官身份亲自在阴谋诡计中扮演重要角色,害得林冲家破妻亡,最终被逼上梁山……

八十年代初,即刚刚粉碎"四人帮"不久,中国枪毙了几名高衙内式的干部子弟。他们的所作所为,实在是与高衙内差不了多少的，不杀不足以平民愤。

当下中国，贪官不少，可谓"层出不穷"。他们的贪，目的各异，或为供一己挥霍享乐，或因金屋藏娇，奉养"二奶"。但确乎有一些操权握柄的父亲，其贪主要是为了儿女。

想来，既为官，他们的儿女的工作、收入、生活，怎么也不会太差。但他们的父亲们，认为他们没有别墅，没有名车，没有巨额存款，便实在是自己的心病了。没有一定得有怎么办呢？于是便只能靠自己们利用职权替儿女们去贪。这一贪，往往便是收不住手的。几千万是贪，几个亿也是贪。索性，替儿女们，将儿女们的儿女们未来的那份儿，也由自己在位时一总地贪足了。这才是，"惯孩子也没有那么个惯法的！"

这样一些父亲，大抵是不知以上希腊神话故事或圣经故事的；告诉他们也是白告诉，他们根本不信那种因果报应的"邪"。而事实上，"法网恢恢，疏而不漏"这种话，恐怕只验证在他们中一部分人身上了。甚而，恐怕还是少数。倘若真有人神通广大，竟搞出一份翔实的"高官儿女富豪榜"来，那肯定会令全中国全世界目瞪口呆的。连我这种从不关注所谓"黑幕"之人，也是多少知道一些的啦。

所以一般的人们，根本不要指望靠了文化的浸淫帮助他们获得救赎。据我所知，他们是极端蔑视文化的。他们一向认为，文化的教育功能，那主要是针对老百姓而言的。

然而文化终究影响过人类的大多数。在我们人类还处在童年和少年时期，便通过种种的神话故事，试图一代代劝诫和教育我们后人——怎样做人为对，怎样做人为错；包括怎样做父亲母亲，尤其怎样做有权势的父亲母亲。古人此种良苦用心，值得我们今人感恩戴德。

故我认为，贪官们不信的，我们当信。我们信起码对我们有一点保佑，那就是——将来某一天被他们所轻蔑的文化因了他们的叶公好龙而报复社会的时候，我们兴许会清醒地知道那报复的起源，因而便也能以文化的眼镜定视之，而不至于不知所措……

关于"孝"
——写给九十年代的儿女们

有位大二的文科女生，曾在写给我的信中问——"你们这一代以及上一代的许多人，为什么一谈起自己的父母就大为动容呢？为什么对于父母的去世往往那么悲痛欲绝呢？这是否和你们这一代人头脑中的'孝'字特别有关呢？难道人不应以平常心对待父母的病老天年么？过分纠缠于'孝'的情结，是否也意味着与某种封建的伦理纲常撕扯不开呢？难道非要求我们中国人，一代又一代地背负上'孝'的沉重，仿佛尽不周全就是一种罪过似的么？……"

信引起我连日来的思考。

依我想来，"孝"这个字，的的确确，可能是中国独有的字。而且，可能也是最古老的字之一。也许，日本有相应的字，韩国有相应的字。倘果有，又依我想来，大约因中国文化与日本文化和韩国文化的渗透有关吧？西文中无"孝"字。"孝"首先是中国，其次是某些亚洲国家的一脉文化现象。但这并不等于强调只有中国人敬爱父母，西方人就不敬爱父母。

毫无疑问，全人类的大多数都是敬爱父母的。

这首先是人性的现象。

其次才是文化的现象。

再其次才是伦理的现象。

再再其次纳入人类的法律条文。

只不过，当"孝"体现为人性，是人类普遍的亲情现象；体现为文化，是相当"中国特色"的现象；体现为伦理，确乎掺杂了不少封建意识的糟粕；而体现为法律条文，则便是人类对自身人性原则的捍卫了。

在中国，在印度，在希腊，在埃及，人类最早的法案中，皆记载下了对于不赡养父母，甚至虐待父母者的惩处。

西方也不是完全没有"孝"的文化传统。只不过这一文化传统，被纳入了各派宗教的大文化。成为宗教的教义要求着人们，影响着人们，导诲着人们。只不过不用"孝"这个字。"孝"这个中国字，依我想来，大约是从"老"字演化的吧？"老"这个中国字，依我想来，大约是从"者"字演化的吧？"者"为名词时，那就是一个具体的人了。一个具体的人，他或她一旦老了，便丧失了自食其力和生活自理的能力了。这时的他或她，就特别地需要照料、关怀和爱护了。当然，这种义务，这种从人性的最温馨的本能出发的义务和责任，首先最应由他或她的儿女们来完成。正如父母照料、关怀和爱护儿女一样，也是从人性的最温馨的本能出发的义务和责任。源于人性的自觉，便温馨；认为是拖累，那也就是一种无奈了。

人一旦处于需要照料、关怀和爱护的状况，人就刚强不起来了。再伟大，再杰出，再卓越的人，再一辈子刚强的人，也刚强不起来了。仅此一点而言，一切老人都是一样的。一切人都将面临这一状况。

故中国有"老小孩儿、小小孩儿"一句话。这不单指老人的心态开始像小孩儿，还道出了老人的日常生活情态。倘我们带着想象看这个"老"字，多么像一个跪姿的人呢？倘这个似乎在求助的人又进而使我们联想到了自己的老父老母，我们又怎么能不心生出大爱之情呢？那么这一种超出于一般亲情之上的大爱，依我想来，便是"孝"的人性的根了吧？

不是所有的人步入老年都会陷于人生的窘地。有些人越到老年，无论在社会上还是在家族中，越活得有权威，越活得尊严，越活得幸福活得刚强。

但普遍的人类的状况乃是——大多数人到了老年，尤其到了不能自食其力，丧失生活自理能力的人生阶段，其生活的精神和物质的起码关怀，是要依赖于他人首先是依赖于儿女给予的。否则，将连老年的自尊都会一并丧失。寻常百姓人家的老年人，依我想来，内心里对这一点肯定是相当敏感的。儿女们的一句话，一种眼神，一个举动，如果竟然包含有嫌弃的成分，那么对他们和她们的伤害是非常巨大的。

老人对这一点真是又敏感又自卑又害怕啊。

所以中国语言中有"反哺之情"一词。

无此情之人，真的连禽也不如啊！

由"者"字而"老"字而"孝"字——我们似乎能看出中国人创造文字的一种人性的和伦理的思维逻辑——一个人老了，他或她就特别需要关怀和爱护了，没有人给予关怀和爱护，就几乎只能以跪姿活着了。那么谁该给予呢？当然首先是儿子。儿子将跪姿的"老"字撑立起来了，通过"孝"。

在中国的民间，有许许多多代代相传的关于"孝"的故事。在中国的文化中，也有许许多多颂扬"孝"的诗词、歌赋、戏剧、文学作品。

我认为——这是人类人性的记录的一部分。何以这一部分记录，在世界文化中显得特别突出呢？乃因中国是一个人口众多的国家，是一个农业大国，是一个文化历史悠久的国家。

人口众多，老年现象就普遍，就格外需要有伦理的或曰"纲常"的原则维护老年人的"权益"。农业大国两代同堂三代同堂甚至四世同堂的现象就普遍，哪怕从农村迁移为城里人了，大家族相聚而居的农业传统往往保留、延续，所以"孝"与不"孝"，便历来成为中国从农村到城市的相当主要的民间时事之内容。而文化——无论民间的文化还是文人的文化，便都会关注这一现象。反映这一现象。

"孝"一旦也是文化现象了，它就难免每每被"炒作"了，被夸张了，被异化了，便渐失原本源于人性的朴素了。甚至，难免被帝王们的统治文化所利用，因而，人性的温馨就与文化"化"了的糟粕掺杂并存了。

比如"君臣""父子"关系由"纲常"确立的尊卑从属之伦理原则。

比如《二十四孝》。

它是全世界唯中国才有的关于"孝"的"典范"事例的大全。想必它其中也不全是糟粕吧？我没见过，不敢妄言。

但小时候母亲给我讲过《二十四孝》中"王小卧鱼"的故事——说有一个孩子叫王小，家贫，母亲病了，想喝鱼汤。时值寒冬，河冰坚厚。王小就脱得赤条条的一丝不挂，卧于河冰之上……

干什么呢？

企图用自己的体温将河冰融化，进而捞条鱼为母亲炖汤。我就不免地问：为什么不用斧砍个冰洞呢？母亲说他家太穷，没斧子。我又问：那用石头砸，也比靠体温去融化更是办法呀！母亲答不上来，只好说你明白这王小有多么孝就是了！而我们百思不得其解——倘河冰薄，怎么样都可以弄个洞；而坚厚，不待王小融化了河冰，自己岂不早就冻僵了，冻死了么？……"孝"的文化，摈除其糟粕，其实或可折射出一部中国劳苦大众的"父母史"。

姑且撇开一切产生于民间的关于"孝"的故事不论，举凡从古至今的卓越人物、文化人物，他们悼念和怀想自己父母的诗歌、散文，便已洋洋大观、举不胜举了。

从一部书中读到老舍先生《我的母亲》，最后一段话，令我泪如泉涌——"生命是母亲给我的。我之能长大成人，是母亲血汗灌养的。我之能成为一个不十分坏的人，是母亲感化的。我的性格，习惯，是母亲传给的。她一世未曾享过一天福，临死还吃的是粗粮。唉，还说什么呢？心痛！心痛！"

季羡林先生在《我的母亲》一文中写道——"我这永久的悔就是：不该离开故乡，离开母亲。"我相信季先生这一位文化老人此一行文字的虔诚。个中况味，除了季先生本人，谁又能深解呢？季先生的家是"鲁西北一个极端贫困的村庄"。他的家更是"贫中之贫，真可以说是贫无立锥之地"。离家八年，成为清华学子的他，突然接到母亲去世的噩耗，赶回家乡——"看到母亲的棺材，伏在土炕上，一直哭到天明。"

季先生在文章的最后写道——"古人说：'树欲静而风不止，子欲养而亲不待'，这话正应到我身上。我不忍想象母亲临终时思念爱子的情况：一想到，我就会心肝俱裂，眼泪盈眶……我真想一头撞死在棺材上，随母亲于地下。我后悔，我真后悔，我千不该万不该离开了母亲……"

年近八十（季先生的文章写于1994年）、学贯中西的老学者，写自己半个世纪前逝世的母亲，竟如此地行行悲，字字泪，让我们晚辈之人也只有"心痛！心痛！"了……

萧乾先生写母亲的文章的最后一段是这样的——"就在我领到第一个月工资那一天，妈妈含着我用自己劳动挣来的钱买的一点儿果汁，就与世长辞了。我哭天喊地，她想睁开眼皮再看我一眼，但她连那点儿力气也没有了。"

我想，摘录至此，实际上也就回答了那位九十年代的女大学生的困惑和——诘问。我想，她大约是在较为幸福甚至相当幸福的生活环境中长大的。她所感受到的人生的最初的压力，目前而言恐怕仅只是高考前的学业压力。她眼中的父母,大约也是人生较为顺达甚至相当顺达的父母吧?她的父母对她的最大的操心,恐怕就是她的健康与否和她能否考上大学考上什么样的大学吧?当然,既为父母,这操心还会延续下去,比如操心她大学毕业后的择业,是否出国?嫁什么人?洋人还是国人?……

不论时代发展多么快,变化多么巨大,有一样事是人类永远不太会变的——那就是普天下古今中外为父母者对儿女的爱心。操心即爱心的体现。哪怕被儿女认为琐细,讨嫌,依然是爱心的体现——虽然我从来也不主张父母们如此。

但是从前的许多父母的人生是悲苦的。这悲苦清晰地印在从前的中国贫穷落后的底片上。

但是从前的儿女从这底片上眼睁睁地看到了父母人生的大悲大苦。从前的儿女谁个没有靠了自己的人生努力而使父母过上几天幸福日子的愿望呢?

但是那压在父母身上的贫穷与悲苦,非是从前的儿女们所能推得开的。

所以才有老舍先生因自己的母亲"一世未曾享过一天福,临死还吃的是粗粮"之永远的内疚……

所以才有季羡林先生"不该离开故乡,不该离开母亲"之永远的悔;以及"真想一头撞死在母亲的棺木上,随母亲于地下"之大哭大恸;以及后来"一想到,就会心肝俱裂,眼泪盈眶"的哀思……

所以才有萧乾先生领到第一个月工资那一天,"妈妈含着用我自己劳动挣来的钱买的一点儿果汁,就与世长辞了"的辛酸一幕……

所以"子欲养而亲不待"这一句中国话。往往令中国的许多儿女们"此恨绵绵无绝期"。

中国的"孝"的文化,何尝不是中国的穷的历史的一类注脚呢?

中国历代许许多多,尤其近当代许许多多优秀的知识分子,文化人,是从贫穷中脱胎出来的。他们谁不曾站在"孝"与知识追求的十字路口踟蹰不前过呢?

是他们的在贫穷中愁苦无助的父母从背后推他们踏上了知识追求的路。他们的父母其实并不用"父母在,不远游"的"纲常"羁绊他们,也不要他们那么多的"孝",唯愿他们是于国于民有作为的人。否则,我们中国的近当代文化中,也就没了季先生和老舍先生们了。中国的许多穷父母,为中国拉扯了几代知识者文化者精英。这一点,乃是中国文化史以及历史的一大特色。岂是一个"孝"字所能了结的?!老舍先生《我的母亲》一文最后四个字——"心痛!心痛!"道出了他们千种的内疚,万般的悲怆,使读了的后人,除默默地愀然,真的"还能再说什么呢?"放眼今天之中国——贫穷依然在乡村在城市四处咄咄逼人地存在着。今天仍有许许多多在贫穷中坚忍地自撑自熬的父母,从背后无怨无悔地推他们一步三回头的儿女踏上求学成材之路。据统计,全国约有百万贫困大学生。他们中不少人,将成为我们民族未来的栋梁。

老舍先生的"心痛",季羡林先生"永久的悔",萧乾先生欲说还休的伤感记忆,我想,恐怕今天和以后,也还是有许多儿女们要体验的。

《生活时报》曾发表过一篇女博士悼念父亲的文章。那是经我推荐的——她的父亲病危了而嘱千万不要告诉她，因为她正在千里外的北京准备博士答辩——待她赶回家，老父已逝……

朱德《母亲的回忆》的最后一段话是——"使和母亲同样生活着（当然是贫苦的生活）的人能够过一个快乐的生活，这就是我所能做的和我一定做的。"

只有使中国富强起来，才能达此大目标。只有使中国富强起来，中国历代儿女们的孝心，才不至于泡在那么长久的悲怆和那么哀痛的眼泪里。

只有使中国富强起来，亲情才有大的前提是温馨的天伦之乐；儿女们才能更理念地面对父母的生老病死；"孝"字才不那般沉重，才会是拿得起也放得下之事啊！

而我这个所谓文人，是为那大目标做不了一丝一毫的贡献的。能做的国人，为了我们中国人以后的父母，努力呀！……

论"代沟"

相当长一个时期以来，我认为"代沟"仅仅是不同代之人对同一事物的不同看法。最近我才渐悟——不同看法，那固然也是"代沟"现象的一个方面，但却并非主要的方面，更非本质的方面；而本质的方面是——对同一事物，上一代人不管多么强调关注它的必须性，下一代人竟根本连眼角的余光都不瞥过去一下。按鲁迅先生的话讲，"此最大之轻蔑也"。

对同一事物的看法，两代人或隔代人之间还发生争论，实在是上一代人上上一代人的欣慰。这一点起码证明，那事物以及对那事物的看法，下一代人或下下一代人们有点儿在乎着。

为什么我要指出是上一代人或上上一代人的欣慰，而不说是双方的欣慰呢？乃因归根结底，下一代的"在乎着"是暂时的、表面的，注定了要朝根本不再"在乎"转化过去的。细分析之，此时两代人之间的争论，即使显得似乎白热化，其实证明上一代人对下一代人就某事物的看法毕竟还是客观发挥着一些影响力。争论表明下一代人对此种"代"作用于"代"的影响力还多少有几分"在乎着"。同时，未尝不包含着下一代人对上一代人的情绪的照顾。那是代与代之间的感情的效应。

真相往往是这样——当下一代人对社会对时代的认识还处在较初级的阶段，亦即对自己的适应能力尚无把握缺乏信心的阶段，"代"与"代"之间的偶尔争论是以上一代人的优势为特点的。简直又可以说，往往是上一代人首先发起的。此时下一代人从各方面来讲都处于劣势。无论他们仅仅是上一代人的儿女、或学生、或属下、或关系松散的社会群体。从性质上说，占尽优势的上一代人，在争论中往往表现出压迫的意味儿。谆谆教导，诲人不倦，不以为然，三令五申，反对禁止，总之是居高临下好为人师的一套罢了。哪怕此时上一代人的看法是对的，是绝对地对的；动机是好的，是绝对地好的；见解堪称经验，是百分百宝贵的经验，都不能改变争论的性质。争论是什么？口舌之战而已。占尽优势的一方，就算刻意作宽大量之状、之秀，心理上也必是强硬的。明白胜券总归操在自己手中。而下一代，此时只有虚晃一枪，随之偃旗息鼓。那是他们的权宜之计。明智从来是人们处于劣势时的上策。

当下一代对社会对时代的认识上升到了中级阶段，亦即对自己的适应能力有了些把握有了些信心的阶段，于是代与代之间的争论从家庭到单位到社会的各个层面开始频繁发生。这时候，几乎只有这时候，上一代人才恍然意识到，所谓"代沟"，在自己们和下一代人之间已经形成。人类的社会，可以凭了良好的愿望和被它所促使的能动性，防止许多结果，消除许多结果的因素于倪端——但人类永远无法避免"代沟"，更不可能靠任何方法预先消除它的成因。它如生老病死，是人类社会自然和必然的规律。在上一代人那儿，这时候"代沟"仿佛刚刚形成，是自己们所面临的一个新的"问题"。而在下一代那儿，他们显然已经觉得忍受得太久了。他们有点儿急不可待地要表达自己们的看法了，要宣布自己们的意见和主张了。总而言之，下一代要发言了。他们的这一种欲望此时特别强烈。他们的看法、意见和主张、理念和价值观，相对于上一代人所苦心构筑的社会和时代的稳定性以及伦理性秩序，往往意味着是叛逆、是挑战、是破坏、是颠覆，然而他们不准备一味妥协了。于是"代"与"代"之间的冲突无法掩盖，社会和时代的气氛，因此而令两代人甚至三代人都倍感浮躁。隔代人无论是老的一代还是小的一代，处于关系紧张的两代人之间往往不知所措：怎么样都难以摆正自己们的位置。争论通常是没有结果的。各执一词，据理力争，对错实难分清。所谓结果，往往已不由对错来决定，而由从家庭到单位到社会的各个方面，谁更强硬一些来决定。在家庭中，下一代人反而更强硬一些了。在家庭中，上一代人也开始学着明智了，开始研究妥协的艺术了，开始咀嚼不得已的退让是什么滋味了。尽管上一代人每每会装出不是退让而是迁就的"高姿态"。但双方都明白，上一代人对下一代人的长期影响，从此势微了。在单位，上一代人表面还占尽着优势，依然是能左右冲突的结局。但那已不是靠着从前的影响力和魅力在左右，而往往更是靠着身份、地位和权力了。倘不借助甚或完全倚仗那些，上一代人对于下一代人的"冒犯"，便几乎束手无策了。或换一种说法，在下一代心目中，上一代人的主导能力，已经变得越来越削弱了。通常，下一代人并非总有意识地非要"冒犯"上一代人，而确实是由于两代人之间的种种分歧日愈加剧，下一代人跃跃欲试，渴望上升为主导的一代，以自己们的理念和方式方法，充分显示自己们的能力。如此而已，仅此而已。"代"与"代"之间的冲突、摩擦、争论，于是处于"活动期"的状态，如同疾病在人的身体中处于"活动期"，这只是一个不甚恰当的比喻。"代沟"现象，无论对于社会、时代和两代人而言，如前所述，当然并不是什么疾病，也不是什么问题。

在"代沟"的"活动期"，各种社会和时代测试的指标表明，两代人共同关注的事物是多的，而不是少的。冲突、摩擦、争论，皆因"共同关注"。这是"代"与"代"之间，最后的紧密又紧张的关系，或曰"藕断丝连"的一种关系。

到了"代沟"的第三阶段，情形反过来了。共同关注的事物越来越少了，各自关注的事物越来越多了。此时的社会和时代，其实业已悄悄地完成了通常每被社会学家们所忽略的，可以称之为第三种势力的再分配。亦即除了政治和大经济（关乎国计民生的经济）之外，传统社会学词典中叫作意识形态的那一种势力的再分配。上一代人说它是意识形态，是世界观，人生观；下一代人并不那么看。在下一代人那儿，它只不过是与不同的人们的不同活法有关的一些自由选择而已。是的，下一代人正是首先在这一层面上，渐渐地，悄悄地，也是成功地突破了上一代人的种种束缚和限制。于是上一代人猛可地发觉，在自己们不经意间，下一代人早已疏远了自己们，并且在对社会和时代的适应能力、自主性两方面，令他们惊讶地成长壮大了。从前上一代人每想，下一代人离开了自己们可怎么办呢？故有时他们也是完全出于一种责任感和使命感，而一厢情愿地掌控着下一代人的活法。而此时，实际上被"抛弃"的，似乎更是上一代人，于是上一代人别提有多么失落。他们连想和下一代争论，不，不，哪怕仅仅是讨论的机会也几乎没有了。下一代人早已不愿再和上一代人讨论什么了，更不屑于争论什么了。他们在自己的势力范围内如鱼得水，自得其乐，充分享受由自己们的成长壮大而占领了的"根据地"。他们的人生状态看去也许远不如某些上一代人那么风光，那么志得意满。但他们确乎的比上一代人活得率性，活得自我。而那往往是下一代人热爱生活的第一种理由。这一点，在上一代人那儿，一向是嗤之以鼻的。

因了他们对人的活法的理解已与上一代人大相径庭，甚至背道而驰，于是社会和时代中，产生出了新的种种的可用五花八门来形容的消费观、社交观、情爱观、婚姻观、择业观、审美观、娱乐观、伦理观等等等等，不一而足。一言以蔽之，社会的许多方面都随之而改，而变。

"代沟"在这一个阶段，"成熟"了，像一季果子成熟了。它定形了。我们都知道的，成熟的果子不会再长大，却也不会再变小。而"成熟"了的"代沟"，不再冲突，也不再摩擦。因为，上一代人关注的，以为重要的事物，在下一代人那儿仿佛并不存在；而下一代人关注的，以为重要的事，上一代人已知之不多。那都是些新的事物呀！这时，几乎只有这时，"代沟"现象出现了反过来的情况——上一代人变得虚心了，不耻下问了。有时，进而会变得以媚取悦了。上一代人的头脑之中于是发生了一种前所未有的迷惘与困惑，已搞不大清楚与下一代人之间的隔阂，是否便意味着是自己们不可救药的落伍。他们开始放弃种种原本一向坚持的上一代人的原则，开始以讨好的低姿态向下一代人靠拢，并不被怎么友善地待见也不在乎了。上一代人与下一代人几乎只剩下了一个共同的话题，那就是——钱。即使对于钱，分歧也多多。在家庭里，在单位里，在社会的各方各面，"代"与"代"之间的关系，可以说已无"沟"，因为"井水河水互不犯"，就水平一片了。也可以说那"沟"已深得不能再深，连玩笑都被看不见的"沟"隔开着了，仿佛不同民族有着不同的语言。此时隔代冲突、摩擦、争论的现象已是鲜见之事，成心挑起也很难了。因为关系直接的两代人之间都不复那样了，隔代人还冲突个什么劲儿呢？

在"代沟"的"成熟"阶段，隔代人往往亲密有加起来。

我们回顾历史便会发现所谓"代沟"的另一条规律，或曰另一种真相——原来不管下一代人在上一代人心目中究竟是怎样的，社会和时代的天平最终总是要倾斜向下一代一边的。因为下一代，毕竟是一天比一天成长壮大着的一代。而他们给社会和时代注入的新内容、活力，肯定比上一代多。

"代沟"是人类社会一门永远的课程。在这一门课程中没有过一位先生，全人类一代一代皆是它的学生。谁想逃学想旷课都办不到，也没有过任何标准答案，因为人类的社会和时代沧海桑田，今昔更替，是非对错永远被不断地反思和再认识、再检验。对于"代沟"这一张考卷，只有上一代和下一代人不同之解答方式的区别。对前者们，较好的解答方式其实只不过是顺其自然，以平常心接受并尊重它的真相。同时并不"媚下"——"媚下"也不配有上一代的自尊。

从哲学的角度讲，"同一事物"原本是不存在的。上一代人必须明白的起码一点是——自己们比下一代更应该做"代沟"这一门课程的好学生，而非下一代的先生……

第 三 辑

六月的夕阳,将温暖的阳光无偿地照在我和我的老哥哥的身上。

兄　长

如果，谁面对自己的哥哥，心底油然冒出"兄长"二字的话，那么大抵，谁已老了。并且，谁的"兄长"肯定更老了。

这个"谁"，倘是女性，那时刻她眼里，几乎会漫出泪来；而若是男人，表面即使不动声色，内心里也往往百感交集。男人也罢，女人也罢，这种情况之下的他或她以及兄长，又往往早已是没了父母的人了。即使这个人曾有多位兄长，那时大概也只剩对面或身旁那唯一的一个了。于是同时觉得变成了老孤儿，便更加互生怜悯了。老人而有老孤儿的感觉，这一种忧伤最是别人难以理解和无法安慰的，儿女的孝心只能减轻它，冲淡它，却不能完全抵消它。

有哥的人的一生里，心底是不大会经常冒出"兄长"二字的。"兄长"二字太过文化了，它一旦从人的心底冒了出来，会使人觉得，所谓手足之情类似一种宗教情愫，于是几乎想要告解一番，仿佛只有那样才能驱散忧伤……

几天前，在精神病院的院子里，我面对我唯一的哥哥，心底便忽然冒出了"兄长"二字。那时我忧伤无比，如果附近有教堂，我将哥哥送回病房之后，肯定会前去祈祷一番的。我的祷词将会很简单，也很直接："主啊，请保佑我，也保佑我的兄长……"我一点儿也不会因为这样的祈求而感到羞耻。

　　我的兄长大我六岁，今年已经六十八周岁了。从二十岁起，他一大半的岁月是在精神病院里度过的。他是那么渴望精神病院以外的自由，而只有当我是一个退休之人了，他才会有自由。我祈祷他起码再活十年，不病不瘫地再活十年。我不奢望上苍赐他更长久的生命。因为照他现在的健康情况看来，那分明是不实际的乞求。我也祈祷上苍眷顾于我，使我再有十年的无病岁月。只有在这两个前提之下，他才能过上十年左右精神病院以外的较自由的生活。对于一个四十八年中大部分岁月是在精神病院中度过的，并且至今还被软禁在精神病院里的人，我认为我的乞求毫不过分。如果有上帝、佛祖或其他神明，我愿与诸神达成约定：假使我的乞求被恩准了，哪怕在我的兄长离开人世的第二天，我的生命也必结束的话，那我也宁愿，绝不后悔！

　　在我头脑中，我与兄长之间的亲情记忆就一件事：大约是我三四岁时，我大病了一场，高烧，母亲后来是这么说的。我却只记得这样的情形——某天傍晚我躺在床上，对坐在床边心疼地看着我的母亲说我想吃蛋糕。之前我在过春节时吃到过一块，觉得那是世上最好吃的东西。外边下着瓢泼大雨，母亲保证说雨一停，就让我哥去为我买两块。当年，在街头的小铺子里，点心乃至糖果也是可以论块买的。我却哭了起来,闹着说立刻就要吃。于是,当年十来岁的哥哥脱了鞋、上衣和裤子,只穿裤衩,戴上一顶破草帽,自告奋勇,表示愿意冒雨去为我买回来。母亲被我哭闹得无奈,给了哥哥一角几分钱,于心不忍地看着哥哥冒雨冲出了家门。外边又是闪电又是惊雷的,母亲表现得很不安,不时起身走到窗前往外望。我觉得似乎过了挺长的钟点哥哥才回来,他进家门时的样子特滑稽,一手将破草帽紧拢胸前,一手拽着裤衩的上边。母亲问他买到没有,他哭了,说第一家铺子没有蛋糕,只有长白糕,第二家铺子也是,跑到了第三家铺子才买到的。说着,哭着,弯了腰,使草帽与胸口分开,原来两块用纸包着的蛋糕在帽兜里。那时刻他不是像什么落汤鸡,而是像一条刚脱离了河水的娃娃鱼;那时刻他也有点儿像在变戏法,是被强迫着变出蛋糕来的。变是终归变出来了两块,却委实变得太不容易了,所以哭,大约因为觉得自己笨。

母亲说:"你可真死心眼儿,有长白糕就买长白糕嘛,何必多跑两家铺子非买到蛋糕不可呢?"

他说:"我弟要吃的是蛋糕,不是长白糕嘛!"

还说,母亲给他的钱,买三块蛋糕是不够的,买两块还剩下几分钱。他自作主张,还为我买了两块酥糖……

"妈,你别批评我没经过你同意啊,我往家跑时都摔倒了。"

其实对于我,长白糕和蛋糕是一样好吃的东西。我已几顿没吃饭了,转眼就将蛋糕狼吞虎咽地吃了下去。

而母亲却发现,哥哥的胳膊肘、膝盖破皮了,正滴着血。当母亲替哥哥用盐水擦过了伤口，对我说也给你哥吃一块糖时，我连最后一块糖也嚼在嘴里了……

是的，我头脑中只不过就保留了对这么一件事的记忆。某些时候我试图回忆起更多几件类似的事，却从没回忆起过第二件。每每我恨他时，当年他那种像娃娃鱼又像变戏法的少年的样子，就会逐渐清楚地浮现在我眼前。于是我内心里的恨意也就会逐渐地软化了，像北方人家从前的冻干粮，上锅一蒸，就暄腾了。只不过在我心里，热气是回忆产生的。

是的——此前我许多次地恨过哥哥。那一种恨，可以说是到了憎恨的程度。也有不少次，我曾这么祈祷：上帝呵，让他死吧！并且，毫无罪过感。

我虽非教徒，但由于青少年时读过较多的外国小说，大受书中人物影响，倍感郁闷、压抑了，往往也会像那些人物似的对所谓上帝发出求助的祈祷。

千真万确，我是多次憎恨过我的哥哥的。

我上小学三年级时，哥哥已经在读初三了，而我从小学四年级到六年级的三年里，正是哥哥从高一到高三的阶段。那时，我又有了两个弟弟一个妹妹。而实际上，家中似乎只有我和两个弟弟一个妹妹四个孩子。除了过年过节和星期日，我们四个平时白天是不太见得到哥哥的。即使星期日，他也不常在家里。我们能见到母亲的时候，并不比能见到哥哥的时候多一些。而是建筑工人的父亲，则远在大西南，某几年这一省，某几年那一省。从我小学一年级的时候起,父亲就援建"大三线"去了——每隔两三年才得以与全家团圆一次,每次十二天的假期。那对父亲如同独自一人的万里长征,尽管一路有长途汽车和列车可乘坐,但中途多次转车,从大西南的深山里回到哈尔滨的家里,每次都要经历五六天的疲惫途程。父亲的工资当年只有六十四元,他每月寄回家四十元,自己花用十余元,每月再攒十余元。如果不攒,他探家时就得借路费了,而且也不能多少带些钱回到家里了。到过我家里的父亲的工友曾同情地对母亲说:"梁师傅太仔细了,舍不得买食堂的菜吃,自己买点儿酱、买几块豆腐乳下饭,二分钱一块豆腐乳,他往往就能吃三天!"

那话,我是亲耳听到了的。

父亲寄回家的钱,十之八九是我去邮局取的。从那以后,每次看着邮局的人点钱给我,我的心情不是高兴,而竟特别地难受。正是由于那种难受使我暗下决心,初中毕业后,但凡能找到份工作,我一定不读书了,早日为家里挣钱才更要紧!

那话,哥哥也是当面听到了的。

父亲的工友一走,哥哥哭了。

母亲已经当着来人的面落过泪了,见哥哥一哭,便这么劝:儿子别哭。你可一定要考上大学对不对?家里的日子再难,妈也要想方设法供你到大学毕业!等你大学毕业了,家里的日子不就有缓了吗?爸妈不就会得你的济了吗?弟弟妹妹不就会沾你的光了吗……

从那以后,我们见到哥哥的时候就更少了,学校几乎成了他的家了。从初中起,他就是全校的学习尖子生,也是学生会和团的干部,他属于那种多项荣誉加于一身的学生。这样的学生，在当年，少接受一种荣誉也不可能，那是自己做不了主的事。将学校当成家，一半是出于无奈，一半也是根本由不得他自己做主。我们的家太小太破烂不堪，如同城市里的土坯窝棚。在那样的家里学习，要想始终保持全校尖子生的成绩是不太可能的，所以他整天在学校里，为那些给予他的荣誉尽着尽不完的义务，也为考上大学刻苦学习。

每月四十元的生活费，是不够母亲和我们五个儿女度日的。母亲四处央求人为自己找工作。谢天谢地，那几年临时工作还比较好找。母亲最常干的是连男人们也会叫苦不迭的累活儿脏活儿。然而母亲是吃得了苦的。只要能挣到份儿钱，再苦再累再脏的活儿，她也会高高兴兴地去干。每月只不过能挣二十来元吧。那二十来元，对我家的日子作用重大。

一年四季，我和弟弟妹妹们的每一天差不多总是这样开始的：当我们醒来，母亲已不在家里，不知何时上班去了。哥哥也不在家里了，不知何时上学去了。倘是冬季，那时北方的天还没亮。或者，炉火不知何时已生着了，锅里已煮熟一锅粥了，不是玉米粥，便是高粱米粥。或者，只不过半熟，得待我起床了捅旺火接着煮。也或者，锅火并没生，屋里冷森森的，锅里是空的，须我来为弟弟妹妹们弄顿早饭吃。煮玉米粥或高粱米粥是来不及了的，只有现生火，煮锅玉米面粥……

我从小学二三年级起就开始做饭、担水、收拾屋子，做几乎一切的家务了。在当年的哈尔滨，挑回家一担水是不容易的。我家离自来水站较远，不挑水也要走十来分钟。对于才小学二三年级的孩子，挑水得走二十来分钟了，因为中途还要歇两三歇。我是决然挑不起两满桶水的，一次只能挑半桶。如果我早上起来，发现水缸里居然已快没水了，我对哥哥是很恼火的。我认为挑水这一项家务，不管怎么说也应该是哥哥的事。但哥哥的心思几乎全扑在学习上了，只有星期日他才会想到自己也该挑水的，一想到就会连挑两担，那便足以使水满缸了。而我呢，其实内心里也挺期待他大学毕业以后，能分配到较令别人羡慕的工作，挣较多的钱，使全家人过上较幸福的生活。这种期待，往往很有效地消解了我对他的恼火。

然而我开始逃学了。

因为头一天晚上没写完作业或根本就没顾得上写，第二天上午忙得顾此失彼，终究还是没得空写——我逃学。

因为端起锅时，衣服被锅底灰弄黑了一大片，洗了干不了，不洗再没别的衣服可换（上学穿的一身衣服当然是我最体面的一身衣服了）——我逃学。

因为一上午虽然诸事忙碌得还挺顺利，但是背上书包将要出门时，弟弟妹妹眼巴巴地望着我，都显出我一走他们会害怕的表情时——我逃学。

因为外边大雪纷飞，天寒地冻，而家里若炉火旺着，我转身一走不放心；若将炉火压住，家里必也会冷得冻手冻脚——我逃学。

因为外边在下雨，由于房顶处处破损，屋里也下小雨，我走了弟弟妹妹们不知如何是好——我逃学……

我对每一次逃学几乎都有自认为正当的辩护理由。而逃学这一种事，是要付出一而再、再而三的代价的。我头一天若逃学了，晚上会睡不着觉的，唯恐面对老师当着全班同学面的训问不知如何回答是好。结果第二天又逃学，第三天还逃学。最多时，我连续逃学过一个星期，并且教弟弟妹妹怎样帮我圆谎。纸里包不住火，谎言终究是要被戳穿的。有时是同学受了老师的指派到家里来告知母亲，有时是老师亲自到家里来了。往往地，母亲明白了真相后，会沉默良久。那时我看出，母亲内心里是极其自责的，母亲分明感觉到对不住我这个二儿子。

而哥哥却生气极了，他往往这么谴责我：你为什么要逃学呢？为什么不爱学习呢？上学对于你就是那么不喜欢的事吗？你看你使妈妈多难堪，多难过！你是不对的！还说谎，会给弟弟妹妹们什么影响？！明天我请假，陪你去上学！

却往往地，陪我去上学的是母亲。母亲不愿哥哥因为陪我去上学而耽误他的课。

哥哥谴责我时，我并不分辩。我内心里有多种理由，但那不是几句话就自我辩护得明白的。那会儿，我是恨过我的哥哥的。他一贯以学校为家，以学习为"唯此为大"之事。对于家事，却所知甚少。以他那样一名诸荣加身的优秀学生看来，我这样一个弟弟简直是不可理喻的，也是一个令他蒙羞的弟弟。在我的整个小学时期，我是同学们经常羞辱的"逃学鬼"，在哥哥眼中是一个令他失望的、想喜欢也喜欢不起来的弟弟。

一九六二年，我家搬了一次家。饥饿的年头还没过去，我们竟一个也没饿死，几乎算是奇迹。而哥哥对于我和弟弟妹妹，只不过意味着有一个哥哥。他在家也只不过就是我们学习的榜样。

那一年我该考中学了，哥哥将要考大学了。

六月，父亲回来探家了。那一年父亲明显地老了，而且特别瘦，两腮都塌陷了。他快五十岁了，为了这个家，每天仍要挑挑抬抬的。他竟没在饥饿的年代饿倒累垮，想来也算是我家的幸事了。

一天，屋里只有父亲、母亲和哥哥在的时候，父亲忧郁地说：我快干不动了，孩子们一个个全都上学了，花销比以前大多了，我的工资却十几年来一分钱没涨，往后怎么办呢？

母亲说：你也别太犯愁，那么多年苦日子都熬过来了，再熬几年就熬出头了。

父亲说：你这么说是怪容易的，实际上你不是也熬得太难了吗？我看，千万别鼓励老大考大学了，让他高中一毕业就找工作吧！

母亲说：也不是我非鼓励他考大学，他的老师、同学和校领导都来家里做过我的工作，希望我支持他考大学……

父亲又对哥哥说：老大，你要为家庭也为弟弟妹妹们做出牺牲！

哥哥却说：爸，我想过了，将来上大学的几年，争取做到不必您给我寄钱。

父亲火了，大声嚷嚷：你究竟还是不是我儿子？！难道我在这件事上就一点儿也做不了主了吗？！他们都以为我不在家，其实我只不过趴在外屋小炕上看小说呢。那一时刻，我的同情是倾向于父亲一边的。

在父亲的压力之下，哥哥被迫停止了高考复习，托邻居的一种关系，到菜市场去帮着卖菜。

又有一天，哥哥傍晚时回到家里，将他一整天卖菜挣到的两角几分钱交给母亲后，哭了。那一时刻，我的同情又倾向于哥哥了。

他的同学和老师都认为，他天生似乎是可以考上北大或清华的学生。我也特别地怜悯母亲，要求她在父亲和哥哥之间立场坚定地反对哪一方，对于她都未免太难了。是我和哥哥一道将父亲送上返回四川的列车的。父亲从车窗探出头对哥哥说：老大，我该说的都说了，你自己再三考虑吧！父亲流泪了。哥哥也流泪了。列车就在那时开动了。等列车开远，我对哥哥说："哥，我恨你！"依我想来，哥哥即使非要考大学不可，那也应该暂且对父亲说句谎话，以使父亲能心情舒畅一点儿地离家上路。可他居然不。

多年以后，我理解哥哥了。母亲是将他作为一个"理想之子"来终日教诲的，说谎骗人在他看来是极为可耻的，那怎么还能用谎话骗自己的父亲呢？

哥哥没再去卖菜，也没重新开始备考。他病了，嗓子肿得说不出话，躺了三天。同学来了，老师来了，邻居来了，甚至街道干部也来了，所有的人都认为父亲目光短浅，不要听父亲的。连他的中学老师也来了，还带来了退烧消炎的药。居然有那么多的人关心我的哥哥，以至于当年使我心生出了几分嫉妒。直至那时，我在街坊四邻和老师同学眼中，仍是一个太不让家长省心的孩子。

哥哥考上了唐山铁道学院——他是为母亲考那所学院的。哈尔滨当年有不少老俄国时期留下的漂亮的铁路员工房。母亲认为，只要哥哥以后成了铁道工程师，我家也会住上那种漂亮的铁路房。

父亲给家里写了一封有一半错字的亲笔信，以严厉到不能再严厉的词句责骂哥哥。哥哥带着对父亲对家庭对弟弟妹妹的深深的内疚踏上了开往唐山的列车。

我上的中学，恰是哥哥的母校。不久全校的老师几乎都认得我了。有的老师甚至在课堂上问："谁是梁绍先的弟弟？"——哥哥虽然考上的不是清华、北大，但他是在发着烧的情况之下去考的呀！而且他放弃了几所保送大学，而且他是为了遵从母命才考唐山铁道学院的！一九六二年，在哈尔滨市，底层人家出一名大学生，是具有童话色彩的事情。这样的一个家庭，全家人都是受尊敬的。

我这名初中生的虚荣心在当年获得了巨大的满足，我开始以哥哥为荣，我也暗自发誓要好好学习了。第一个学期几科全考下来，平均成绩九十几分，我对自己满怀信心。

饥饿像一只大手，依然攥紧着大多数中国人的胃，从草根草籽到树皮树叶，底层中国人几乎将一切能吃的东西都吃遍了，吃光了，并尝试吃许多自认为可以吃的，以前没吃过、不敢吃的东西。父亲在大西北挨饿，哥哥在大学里挨饿，母亲和我们在家里挨饿。哥哥居然还不算学校里家庭生活最困难的学生，他每月仅领到九元钱的助学金。他又成了大学里的学生会干部，故须带头减少口粮定量，据说是为了支援亚非拉人民闹革命。父亲不与哥哥通信，不给他寄钱，也挤不出钱来给他寄。哥哥终于也开始撒谎了——他写信告诉家里，不必为他担什么心，说父亲每月寄给他十元钱。那么，他岂不是每月就有十九元的生活费了么？这在当年是挺高的生活费标准了，于是母亲真的放心了，并因父亲终于肯宽恕哥哥上大学的"罪过"而感动。哥哥还在信中说他投稿也能挣到稿费。其实他投稿无数，只不过挣到了一次稿费，后来听哥哥亲口说才三元……

哥哥第一个假期没探家，来信说是要带头留在学校勤工俭学。第二个假期也没探家，说是为了等到父亲也有了假期，与父亲同时探家。而实际上，他是因为没钱买车票才探不成家。

哥哥上大学的第二个学年开始不久，家里收到了一封学校发来的电报——"梁绍先患精神病，近日将由老师护送回家"。电文是我念给母亲听的。

母亲呆了，我也呆了。

邻居家的叔叔婶婶们都到我家来了，传看着电报，陪母亲研究着，讨论着——精神病与疯了是一个意思，抑或不是？好心的邻居们都说肯定还是有些区别的。我从旁听着，看出邻居们是出于安慰。我的常识告诉我，那完全是一个意思，但是我不忍对母亲说。

母亲一直手拿着电报发呆，一会儿看一眼，一直坐到了天明。

而我虽然躺下了，却也彻夜未眠。

第二天我正上最后一堂课时，班主任老师将我叫出了教室——在一间教研室里，我见到了分别一年的哥哥，还有护送他的两名男老师。那时天已黑了，北方迎来了第一场雪。护送哥哥的老师说哥哥不记得往家走的路了，但对母校路熟如家。

我领着哥哥他们往家走时，哥哥不停地问我：家里还有人吗？父亲是不是已经饿死在大西北了？母亲是不是疯了？弟弟妹妹们是不是成了街头孤儿……

我告诉他母亲并没疯时，不禁泪如泉涌。

那时我最大的悲伤是——母亲将如何面对她已经疯了的"理想之子"？

哥哥回来了，全家人都变得神经衰弱了。因为哥哥不分白天黑夜，几乎终日喃喃自语。仅仅十五平方米的一个破家，想要不听他那种自语声，除非躲到外边去。母亲便增加哥哥的安眠药量，结果情况变得更糟，因为那会使哥哥白天睡得多，夜里更无法入睡。但母亲宁肯那样。那样哥哥白天就不太出家门了，而这不至于使邻居们特别是邻家的孩子们因为突然碰到了他而受惊。如此考虑当然是道德的，但我家的日子从此过得黑白颠倒了。白天哥哥在安眠药的作用下酣睡时，母亲和弟弟妹妹们也尽量补觉。夜晚哥哥喃喃自语，开始折磨我们的神经时，我们都凭意志力忍着不烦躁。六口人挤着躺在同一铺炕上，希望听不到是不可能的。当年城市僻街的居民社区，到了夜晚寂静极了。哥哥那种喃喃自语对于家人不啻是一种刑罚。一旦超过两个小时，人的脑仁儿都会剧痛如灼的。而哥哥却似乎一点儿不累，能够整夜自语。他的生物钟也黑白颠倒了。母亲夜里再让他服安眠药，他倒是极听话的，乖乖地接过就服下去。哥哥即使疯了，也还是最听母亲话的儿子。除了喃喃自语是他无法自我控制的，在别的方面，母亲要求他应该怎样不应该怎样，他都表现得很顺从。弟弟妹妹们临睡前都互相教着用棉团堵耳朵了。母亲睡前也开始服安眠药了。不久我睡前也开始服安眠药了……

两个月后，精神病院通知家里有床位了。

于是一辆精神病院的专车开来，哥哥被几名穿白大褂的男人强制性地推上了车。当时他害怕极了，不知要将他送到哪里去，对他怎么样。母亲为了使他不怕，也上了车。

家人的精神终于得以松弛。而我的学习成绩一败涂地。

我又旷了两天课，也不用服安眠药，在家里睡起了连环觉。

哥哥住了三个月的院，在家中休养了一年。他的精神似乎基本恢复正常了。一年后，他的高中老师将他推荐到一所中学去代课，每月能开回三十五元的代课工资了。据说，那所中学的老师们对他上课的水平评价挺高，学生们也挺喜欢上他的课。

那时母亲已没工作可干了，家里的生活仅靠父亲每月寄回的四十元勉强维持。忽一日一下子每月多了三十五元，生活改善的程度简直接近着幸福了。

那是我家生活的黄金时期。

家里还买了鱼缸，养了金鱼，也买了网球拍、象棋、军棋、扑克。在母亲，是为了使哥哥愉快。我和弟弟妹妹们都知道这一点至关重要，都愿意陪哥哥玩玩。

如今想来，那也是哥哥人生中的黄金时期。

他指导我和弟弟妹妹们的学习十分得法，我们的学习成绩都快速地进步了。我和弟弟妹妹们都特别尊敬他了，他也经常表现出对我们每个弟弟妹妹的关心了。母亲脸上又开始有笑容了。甚至，有媒人到家里来，希望能为哥哥做成大媒了。

又半年后，哥哥的代课经历结束了。

他想他的大学了。

精神病院开出了"完全恢复正常"的诊断书，于是他又接着去圆他的大学梦了。那一年哥哥读的桥梁设计专业迁到四川去了，而父亲也仍在四川。父亲的工资涨了几元，他也转变态度，开始支持哥哥上大学了。父亲请假到哥哥的大学里去看望了哥哥一次，还与专业领导们合影了。哥哥居然又当上了学生会干部，他的老师称赞他跟上学习并不成问题，同意他从大三第一学期开始续读。因为他在家里自学得不错，大二补考的成绩还是中上。

一切似乎都朝良好的方面进展。

那一年已经是一九六五年了。

然而哥哥的大三却没读完——转年"文革"开始，各大学尤其乱得迅猛，乱得彻底。有人"大串联"去了，有人赴京请愿告状了，有人留在学校打"派仗"。

哥哥又被送回了家里。

这一次他成了"政治型"的疯子。

他见到母亲说的第一句话居然是"妈，我不是'反革命'！"

哈尔滨也成了一座骚乱之城，几乎每天都有令人震动的事发生，也时有悲惨恐怖之事发生。全家人都看管不住哥哥了，经常是，一没留意，哥哥又失踪了。也经常是，三天五天找不到。找到后，每见他是挨过打了。谁打的他，在什么情况下挨的打，我和母亲都不得而知。母亲东借西借，为哥哥再次住院凑钱。钱终于凑够了，却住不进精神病院去。精神病人像急性传染病患者一样一天比一天多，床位极度紧张。盼福音似的盼到了入院通知书，准备下的住院费又快花光了。半年后才住上院。那半年里，我和母亲经常在深夜冒着凛冽严寒跟随哥哥满城市四处去"侦察"他幻觉中的"美蒋特务"的活动地点。他说只有他亲自发现了，才能证明自己并非"反革命"。他又整夜整夜地喃喃自语了。他很可怜地对母亲解释，他不是自己非要那样折磨亲人，而是被特务们用仪器操控的结果，还说他的头也被折磨得整天在疼。母亲则只有泪流不止。

在那样的一些日子里，我曾暗自祈祷：上帝啊，让我尽快没了这样的一个哥哥吧！

即使那时我也并没恨过哥哥，只不过太可怜母亲。我怕哪一天母亲也精神崩溃了，那可怎么办呢？对于我和弟弟妹妹们，母亲才是无比重要的。我们都怕因为哥哥这样了，哪一天再失去母亲。怕极了。

哥哥住了三个月的院，花去了不少的钱，都是母亲借的钱。报销单据寄往大学，杳无回音。大学已经彻底瘫痪了。而续不上住院费，哥哥被母亲接回家了，他的病情一点儿也没减轻。

在接下来的一年里，全家人的精神又倍受折磨，整天提心吊胆。哥哥接连失踪过几次，有次被关在某中学的地下室，好心人来报信，我和母亲才找到了他，他的眼眶被打青了。还有一次他几乎被当街打死，据说是因为他当众呼喊了句什么反动口号。也有一次是被公安局的"造反派"关押了起来，因为他不知从哪儿搞到了笔和纸，写了一张反动的大字报贴到了公安局门口……

"上山下乡"运动开始了。

我毫不犹豫地第一批就报了名。

每月能挣四十多元钱啊！我要无怨无悔地去挣！那么，家里就交得起住院费了，母亲和弟弟妹妹们就获拯救了。

我下乡的第二年，三弟也下乡了。我和三弟省吃俭用寄回家的钱，几乎全都用以支付哥哥的住院费了。后来四弟工作了，再后来小妹也工作了。他俩的学徒工资头三年每月十八元。尽管如此，还是支付不起哥哥的常年住院费，因为那每月要八十几元。但毕竟的，我们四个弟弟妹妹都能挣钱了。幸而街道挺体恤我家的，经常给开半费住院的证明。而半费的住院者，院方是比较排斥的。故每年还有半年的时间，哥哥是住在家里的。

有一年我回家探亲，家里的窗上安装了铁条，钉了木板，玻璃所剩无几；镜子、相框，甚至暖壶，易碎的东西一概一件没有了，菜刀、碗和盘子都锁在箱子里。

我发现，母亲额上有了一处可怕的疤，很深。那肯定是皮开肉绽所造成的。我还在家里发现了自制的手铐、脚镣、铁链。四弟的工友帮着做的。四弟和小妹谈起哥哥简直都谈虎变色了。四弟说哥哥的病不是从前那种"文疯"的情况了。而母亲含着泪说，她额上的伤疤是被门框撞的。那时刻,我内心里产生了憎恨。我认为哥哥已经注定不是哥哥了,而是魔鬼的化身了。那时刻,我暗自祈祷:上帝啊,为了我的母亲、四弟和小妹的安全,我乞求你,让他早点儿死吧!以往我回家,倘哥哥在住院,我必定是要去看望他两次的。第二天一次,临行一次。那次探亲假期里,我一次也没去看他。临行我对四弟留下了斩钉截铁的嘱咐:能不让他回家就不让他回家!我的一名知青朋友的父亲是民政部的领导,住院费你们别操心,我要让他永远住在精神病院里!我托了那种关系,哥哥便成了精神病院的半费常住患者……而我回到兵团的次年,成了复旦大学的"工农兵学员"。这件事,我是颇犯过犹豫的。因为我一旦离开兵团,意味着每月不能再往家里寄钱了,并且,还需家里定期接济我一笔生活费。我将这顾虑写信告诉了三弟,三弟回信支持我去读书,保证每月可由他给我寄钱。这样的表示,已使我欣然。何况当时,我自觉身体情况不佳,有些撑不住抬大木那么沉重的劳动了,于是下了离开兵团的决心。

在复旦的三年,我只探过一次家,为了省钱。分配到北京电影制片厂后,我又将替哥哥付医药费的义务承担了。为了可持续地承担下去,我曾打算将独身主义实行到底。两个弟弟和小妹先后成家,在父母的一再劝说和催促之下,我也只有成家了。接着自己也有了儿子,将父母接到北京来住,埋头于创作,在北京"送走了"父亲,又将母亲接来北京,攒钱帮助弟弟妹妹改善住房问题……各种责任纷至沓来,使我除了支付住院费一事,简直忘记了还有一个哥哥。

哥哥对于我，似乎只成了"一笔支出"的符号。

一九九七年母亲去世时，我坐在病床边，握着母亲的手，问母亲还有什么要嘱咐我的。

母亲望着我，眼角淌下泪来。

母亲说："我真希望你哥跟我一块儿死，那他就不会拖累你了……"

我心大恸，内疚极了，俯身对母亲耳语："妈妈放心，我一定照顾好哥哥，绝不会让他永远在精神病院里……"

当天午夜，母亲也"走了"……

办完母亲丧事的第二天，我住进一家宾馆，命四弟将哥哥从精神病院接回来。

哥哥一见我，高兴得像小孩似的笑了，他说："二弟，我好想你。"

算来，我竟二十余年没见过哥哥了，而他却一眼就认出了我！

我不禁拥抱住他，一时泪如泉涌，心里连说：哥哥，哥哥，实在是对不起！对不起……

我帮哥哥洗了澡，陪他吃了饭，与他在宾馆住了一夜。哥哥以为他从此自由了。而我只能实话实说：现在还不行，但我一定尽快将你接到北京去！

一返回北京，我动用轻易不敢用的存款，在北京郊区买了房子。简易装修，添置家具。半年后，我将哥哥接到了北京，并动员邻家的一个弟弟"二小"一块儿来了。"二小"也是返城知青，常年无稳定工作、稳定住处。我给他开一份工资，由他来照顾哥哥，可谓一举两得。他对哥哥很有感情,由他来替我照顾哥哥,我放心。

于是哥哥的人生,终于接近是一种人生了。

那三年里,哥哥生活得挺幸福,"二小"也挺知足,他们居然都渐胖了。我每星期去看他们,一块儿做饭、吃饭、散步、下棋,有时还一块儿唱歌……

却好景不长,"二小"回哈尔滨探望他自己的哥哥及妹妹时,某日不慎从高处跌下,不幸身亡。这噩耗使我伤心了好多天,我只好向单位请了假,亲自照看哥哥。

我对哥哥说:哥,"二小"不能回来照顾你了,他成家了……

哥哥怔愣良久,竟说:好事。他也该成家了,咱们应该祝贺他,你寄一份礼给他吧。

我说:照办。但是,看来你又得住院了。

哥哥说:我明白。

那年,哥哥快六十岁了。他除了头脑、话语和行动都变得迟钝了,其实没有任何可能具有暴力倾向的表现。相反,倒是每每流露出次等人的自卑来。

我说:哥,你放心,等我退休了,咱俩一块儿生活。

哥哥说:我听你的。

哥哥在北京先后住过了几家精神病院,有私立的,也有公立的。现在住的这一所医院,据说是北京市各方面条件最好的。每月费用四千元左右。幸而我还有稿费收入,否则,即或身为教授,只怕也还是难以承担。

前几天，我又去医院看他。天气晴好，我俩坐在院子里的长椅上，我看着他喝酸奶，一边和他聊天。在我们眼前，几只野猫慵懒大方地横倒竖卧。而在我们对面，另一张长椅上坐着一对老伴儿，他们中间是一名五十来岁的健壮患者，专心致志、大快朵颐地吃烧鸡。那一对老伴儿，看去是从农村赶来的，都七十五六岁了。二老腿旁，也都斜立着树杈削成的拐棍。他们身上落了一些尘土，一脸疲惫。

我问哥，你当年为什么非上大学不可？

哥哥说：那是一个童话。

我又问：为什么是童话？

哥哥说：妈妈认为只有那样，才能更好地改变咱们家的穷日子。妈妈编那个童话，我努力实现那个童话。当年我曾下过一种决心，不看着你们几个弟弟妹妹都成家立业了，我自己是绝不会结婚的……他看着我苦笑。原来哥哥也有过和我一样的想法！我心一疼，黯然无语，呆望着他，像呆望着另一个自己的化身。哥哥起身将塑料盒扔入垃圾筒，复坐下后，看着一只猫反问：

"你跟我说的那件事，也是童话吧？""什么事？"我的心还在疼着。"就是，你保证过的，退休了要把我接出去，和我一起生活……"想来，那一种保证，已是六七年前的事了，不料哥哥始终记着。他显然也一直在盼着。

哥哥已老得很丑了。头发几乎掉光了，牙也不剩几颗了，背驼了，走路极慢了，比许多六十八九岁的人老多了。而他当年，可是一个一身书卷气、儒雅清秀的青年，从高中到大学，追求他的女生多多。

我心又是一疼。

我早已能淡定地正视自己的老了,对哥哥的迅速老去,却是不怎么容易接受的,甚至有几分慌恐、悒惶,正如当年从心理上排斥父亲和母亲无可奈何地老去一样。

"你忘了吗?"哥哥又问,目光迟滞地望着我。我赶紧说:"没忘,哥,你还要再耐心等上两三年……""我有耐心。"他信赖地笑了,话说得极自信。随后,眼望向了远处。

其实,我晚年的打算从不曾改变——更老的我,与老态龙钟的哥哥相伴着走向人生的终点,在我看来,倒也别有一种圆满滋味在心头。对于绝大多数的人,人生本就是一堆责任而已。参透此谛,爱情是缘,友情是缘,亲情尤其是缘,不论怎样,皆当润砾成珠。

对面的大娘问:"是你什么人呀?"我回答:"兄长。"话一出口,自窘起来。现实生活中,谁还说"兄长"二字啊!大娘耳背,转脸问大爷:"是他什么人?"大爷大声冲她耳说:"是他老哥!"我问大娘:"你们看望的是什么人啊?"

她说:"我儿子。"看儿子一眼,她又说,"儿子,慢点儿吃,别噎着。"

大爷说:"为了给他续上住院费,我们把房子卖了。没家了,住女婿家去了……"

他们的儿子津津有味地吃着,似乎老父亲老母亲的话,他一句也没听到。

我心接着一疼。这一次,疼得格外锐利。

我联想到了电视新闻报道的那件事——一位崩溃了毅忍力的母亲，绝望之下毒死了两个一出生便严重智障的女儿；也联想到了电影前辈秦怡在接受采访时讲述的实情——她的患精神病的儿子一犯病往往劈头盖脸地打她……

中国境内，不是所有精神病患者的家里，都有一个有稿费收入的小说家，或一位著名的电影演员啊！

我又暗自祈祷了：上帝啊，人间有些责任，哪怕是最理所当然之亲情责任，亦绝非每一个家庭只靠伦理情怀便承担得了的！您眷顾他们吧，您拯救他们吧……

这一次，在我意识中，上帝不是任何神明，而是——我们的国……

给哥哥的信

亲爱的哥哥：

提笔给你写此信，真是百感交集。亦羞愧难当，无地自容！

屈指算来，弟弟妹妹们各自成家，哥哥入院，十五六年矣！这十五六年间，我竟一次也没探望过哥哥，甚至也没给哥哥写过一封信，我可算是个什么样的弟弟啊！

回想从前的日子，哥哥没生病时，曾给予过我多少手足关怀和爱护啊！记得有次我感冒发烧，数日不退，哥哥请了假不上学，终日与母亲长守床边，服侍我吃药，用凉毛巾为我退烧。而那正是哥哥小学升中学的考试前夕呀！那一种手足亲情，绵绵温馨，历历在目。

我别的什么都不想吃，只要吃"带馅儿的点心"，哥哥就接了母亲给的两角多钱，二话不说，冒雨跑出家门。那一天的雨多大呀！家中连件雨衣、连把雨伞都没有，天又快黑了，哥哥出家门时只戴了一顶破草帽。哥哥跑遍了家附近的小店，都没有"带馅儿的点心"

卖。哥哥为了我这个弟弟能在病中吃上"带馅儿的点心",却不死心,冒大雨跑往市里去了。手中只攥着两角多钱,自然舍不得花掉一角多钱来回乘车。那样,剩下的钱恐怕连买一块"带馅儿的点心"也不够了。一个多小时后哥哥才回到家里,像落汤鸡,衣服裤子湿得能拧出半盆水!草帽被风刮去了,路上摔了几跤,膝盖也破了,淌着血。可哥哥终于为我买回了两块"带馅儿的点心"。点心因哥哥摔跤掉在雨水里,泡湿了。放在小盘里端在我面前时,已快拿不起来了。哥哥见点心成了那样子,一下就哭了……哥哥反觉太对不起我这个偏想吃"带馅儿的点心"的弟弟!唉,唉,我这个不懂事的弟弟呀,明知天在下雨,明知天快黑了,干吗非想吃"带馅儿的点心"呢?不是借着点儿病由闹矫情吗?

还记得我上小学六年级,哥哥刚上高中时,我将家中的一把玻璃刀借给同学家用,被弄丢了。当时父亲已来过家信,说是就要回哈市探家了。父亲是工人,他爱工具。玻璃刀尤其是他认为宝贵的工具。的确啊,在当年,不是哪一个工人想有一把玻璃刀就可以有的。我怕受父亲的责骂,那些日子忐忑不安。而哥哥安慰我,一再说会替我担过。果然,父亲回到家里以后,有天要为家里的破窗换块玻璃,发现玻璃刀不见了,严厉询问,我吓得不敢吱声儿。哥哥鼓起勇气说,是被他借给人了。父亲要哥哥第二天讨回来,哥哥第二天当然是无法将一把玻璃刀交给父亲的,推说忘了。第三天,哥哥不得不"承认"是被自己弄丢了,结果哥哥挨了父亲一耳光。那一耳光是哥哥替我挨的呀……

哥哥的病，完完全全是被一个"穷"字愁苦出来的。哥哥考大学没错，上大学也没错。因为那也是除了父亲而外，母亲及弟弟妹妹们非常支持的呀！父亲自然也有父亲的难处。他当年已五十多岁了，自觉力气大不如前了。对于一名靠力气挣钱的建筑工人，每望着眼面前一个个未成年的儿女，他深受着父亲抚养责任的压力哪！哥哥上大学并非出于一己抱负的自私，父亲反对哥哥上大学，主张哥哥早日工作，也是迫于家境的无奈啊！一句话，一个穷字，当年毁了一考入大学就被选为全校学生会主席的哥哥……

我下乡以后，我们还经常通信是不，哥哥？别人每将哥哥的信转给我，都会不禁地问："谁给你写的信，字迹真好，是位练过书法的人吧？"

我将自己写的几首小诗寄给哥哥看，哥哥立刻明白——弟弟心里产生爱了！我也就很快地收到了哥哥的回信——一首词体的回信。太久了，我只能记住其中两句了——"遥遥相望锁唇舌，却将心相印，此情最可珍。"

即使在我下乡那些年，哥哥对我的关怀也依然是那么的温馨，信中每嘱我万勿酣睡于荒野之地，怕我被毒虫和毒蛇咬；嘱我万勿乱吃野果野蘑，怕我中毒；嘱我万勿擅动农机具，怕我出事故；嘱我万勿到河中戏水，怕下乡前还不会游泳的我被溺……

哥哥，自我大学毕业分配在北京以后，和哥哥的通信就中断了。其间回过哈市五六次，每次都来去匆匆，竟每次都没去医院探望过哥哥！这是我最自责，最内疚，最难以原谅自己的！

哥哥，亲爱的哥哥，但是我请求你的原谅和宽恕。家中的居住情况，因弟弟妹妹们各自结婚，二十八平米的破陋住房，前盖后接，不得不被分隔为四个"单元"。几乎每一尺空间都堆满了东西——这我看在眼里，怎么能不忧愁在心中呢？怎么能让父亲母亲在那样不堪的居住条件之下度过晚年呢？怎么能让弟弟妹妹们在那样不堪的居住条件之下生儿育女呢？连过年过节也不能接哥哥回家团圆，其实，乃因家中已没了哥哥的床位呀！是将哥哥在精神病院那一张床位，当成了哥哥在什么旅馆的永久"包床"啊！细想想，于父母亲和弟弟妹妹，是多么的万般无奈！于哥哥，又是多么的残酷！哥哥的病本没那么严重啊！如果家境不劣，哥哥的病早就好了！哥哥在病中，不是还曾在几所中学代过课吗？从数理化到文史地，不是都讲得很不错吗……

我十余年中，每次回哈，都是身负着特殊使命一样，为家中解决住房问题，为弟弟妹妹解决工作问题呀！是心中想念，却顾不上去医院探望哥哥啊！当年我其实也是心有余而力不足，豁出自尊四处求助，往往地事倍功半罢了……

如今，我可以欣慰地告诉哥哥了——我多年的稿费加上幸逢拆迁，弟弟妹妹的住房都已解决；弟弟妹妹们的工作都较安稳，虽收入低，但过百姓日子总还是过得下去的；弟弟妹妹们的三个女儿，也都上了高中或中专……

如今，我可以欣慰地告诉哥哥了——父母二老还都健在，早已接来北京与我住在一起……

望哥哥接此信后,一切都不必挂念。

春节快到了——春节前,我将雷打不动地回哈市,将哥哥从医院接出,与哥哥共度春节……

今年五月,我将再次回哈市,再次将哥哥从医院接出,陪哥哥旅游半个月……

如哥哥同意,我愿那之后,与哥哥同回北京——哥哥的晚年,可与我生活在一起……

如哥哥心恋哈市亲情旧友多,那么,我将为哥哥在哈市郊区买一套房,装修妥善,布置周全——那里将是哥哥的家。

总之,我不要亲爱的哥哥再住在精神病院里!

总之,我要竭尽全力为哥哥组建一个家庭,为哥哥积攒一笔钱,以保证哥哥晚年能过无忧无虑的正常的家庭生活!

哥哥本来早就是可以像正常人一样过家庭生活的啊!这一点是连医生们心中都清楚的啊!只不过从前弟弟顾不上哥哥,只不过从前弟弟没有那份儿经济能力……

哥哥,亲爱的哥哥——你实实在在是受了天大委屈!哥哥,亲爱的哥哥——耐心等我,我们不久就要在一起过春节了!哥哥,亲爱的哥哥——紧紧地拥抱你!

你亲爱的弟弟绍生 1999 年 1 月 20 日于北京

(注:十年前失去了老父亲,去年又失去了老母亲,我乃

天下一孤儿了！没有老父亲老母亲的感觉，一点儿也不好。特别的不好！我宁愿要那种"上有老，下有小"的沉重，而不愿以永失父子母子的天伦亲情，去换一份卸却沉重的轻松。于我，其实从未觉得真的是什么沉重，而觉得是人生的一种福分，现在，没法再享那一种福分了！我真羡慕父母健康长寿的儿女！现在，对哥哥的义务和责任，乃我最大的义务和责任之一了。对哥哥的亲情，因十五六年间的顾不上的落失，现在对我尤其显得宝贵了。我要赶快为哥哥做。倘在将做未做之际而痛失哥哥，我想，我心的亲情伤口怕就难以愈合了。故有此信。）

给妹妹的信

妹妹：

见字如面。知大伟学习成绩一向优异，我很高兴。在孙女外孙女中，母亲最喜欢大伟。每每说起大伟如何如何疼姥姥，善解人意。我也认为她是个非常懂事的孩子。她学习努力，并且爱学习，不以为苦，善于从学习中体会到兴趣，这一点实在是难能可贵的。因而要由做父母的克服一切生活困难，成全孩子的学志。否则，便是家长的失责。前几次电话中，我也忘了问你自己的身体情况了。两年前动那次手术，愈后如何？该经常到医院去进行复查才是。

我知道，你一向希望我调动调动在哈市的战友关系、同学关系，替你们几个弟弟妹妹，转一个经济效益较好的单位，谋一份较稳定的工薪，以免你们的后顾之忧，也免我自己的后顾之忧。不错，我当年的某些知青战友、中学同学，如今已很有几位当了处长、局长，甚而职位更高的官员，掌握了更大的权利。但我不经常回哈市，与他们的关系都有点儿疏淡了。倘为了一种目的，一次次地回哈重新联络感情，铺垫友谊，实在是太违我的性情。他们当然对我都是很好的。我一向将我和他们之间的感情、友情，视为"不动产"，唯恐一运用，就贬值了。所以，你们几个弟弟妹妹的某些困难，还是由我个人来和你们分担吧！何况，如今之事，县官不如现管。便是我吞吞吐吐地开口了，他们也往往会为难。有一点是必须明白的——我这样的一个写小说的人，与某些政府官员之间，倘论友谊，那友谊也更是从前的某种特殊感情的延续。能延续到如今，已太具有例外性。这一种友谊在现实之中的基础，其实是较为薄脆的，因而尤需珍视。好比捏的江米人儿，存在着便是美好的。但若以为在腹空时可以充饥，则大错特错了。既不能抵一块巧克力什么的，也同时毁了那美好。更何况，如说友谊也应具有相互帮助的意义，那么也只有我求人家帮我之时，而几乎没有我也能助人家之日。我一个写小说的，能指望自己在哪一方面帮助别人呢？帮助既已注定了不能互相，我也就很有自知之明，封唇锁舌，不吐求字了。

除了以上原因，大约还有天性上的原因吧？那一种觉得"上山擒虎易，开口告人难"的天性，我想一定是咱们的父亲传给我的。我从北影调至童影，搬家我也没求过任何一个人，是靠了自行车、平板车，老鼠搬家似的搬了一个多星期。有天我一个人往三楼用背驮一只沙发，被清洁工赵大爷撞见了，甚为愕异。后来别人告诉我，他以为我人际关系太恶，连个肯帮我搬家的人都找不到。当然，像我这么个性极端了，也不好。我讲起这件事，是想指出——哈尔滨人有一种太不可取的"长"处，那就是几乎将开口求人根本不当成一回事儿。本能自己想办法解决之事，也不论值不值得求人，哪怕刚刚认识，第二天就好意思相求，使对方犯难自己也不在乎，遭到当面回绝还不在乎。总之仿佛是习惯，是传统。好比一边走路一边踢石头，碰巧踢着的不是石头，是一把打开什么锁的钥匙，则兴高采烈。一路踢不着一把钥匙，却也不懊恼，继续地一路走一路踢将下去，石头碰疼了脚，皱皱眉而已。今天你求我，明天我求你，非但不能活得轻松，我以为反而会活得很累。

我主张首先设想我们在生活中所遇到的困难，是没有任何人可求任何人也帮不上忙的，主张首先自己将自己置在孤立无援的境地。而这么一来，结果却很可能是——我们发现，某些困难，并非我们估计的那么不可克服。某些办成什么事的目的，即使没有达到，也并非我们估计的那么损失严重。我们会发现，有些目的，放弃了也就放弃了。企望怎样而最终没有怎样，人不是照活吗？我常想，我们的父亲，一个闯关东闯到东北的父亲，一个身无分文只有力气可出卖的山东汉子，当年遇到了困难又去求谁啊！我以为，有些时候，有些情况下，对于小百姓而言，求人简直意味着是高息贷款。我此话非是指求人要给人好处，而是指付出的利息往往是人的志气。没了这志气，人活着的状态，往往便自行地瘫软了。

妹妹，为了过好一种小百姓的生活而永远地打起精神来！小百姓的生活是近在眼前伸手就够得到的生活。正是这一种生活才是属于我们的。牢牢抓住这一种生活，便不必再去幻想别的某种生活。最近我常想，这地球上的绝大多数人，其实都在各个不同的国家，各种不同的生活水平线上，过着小百姓的生活。生活中最不可或缺的，我以为乃是"温馨"二字。没了温馨的生活，那还叫是生活吗？温馨是某种舒适，但又不仅仅是舒适。许多种生活很舒适，但是并不温馨。温馨是一种远离大与奢的生活情境。一幢豪宅往往只能与富贵有关。富贵不是温馨。温馨是那豪宅中的小卧室，或者小客厅。温馨往往是属于一种小的生活情境。富人们其实并不能享受到多少温馨。他们因其富，注定要追求大追求奢追求华縻。而温馨甚至是可以在穷人的小破房里呈现着的生活情境。温馨乃是小百姓的体会和享受。我说这些，意思是想强调——房子小一点儿没关系，只要小百姓主人勤快，收拾得干干净净就好。工资收入低一点儿没关系，只要小百姓自己善于节俭持家就好。只要小百姓善于为了贴补生活再靠诚实的劳动挣点儿钱就好，哪怕是双休日在家里揽点儿计件的活儿。在小的住房里，靠低的工资，勤勤快快、节节俭俭、和和睦睦地生活，即为小百姓差不多都能把握得住的温馨日子，小百姓的幸福生活。这样的生活，绝对是我们想过上便能过上的。还记得我们小时候，我们将一个破家粉刷得多亮堂，收拾得多干净啊！每查卫生，几乎总得红旗。我们小时候，家里的日子又是多么的困难呀！但不也有许多温馨的时候吗？

在物质生活方面，我是一个绝对的胸无大志之人，但愿你们也是。不要说小百姓只配过小日子的沮丧话，而要换一种思想方法，多体会小百姓的小日子的某些温馨。并且要像编织鸟一样，织一个小小的温馨的家，将小百姓的每一个日子，从容不迫地细细地品过。你千万不要笑我阿Q精神大发扬。这不是在用阿Q精神麻痹你，而是在教你这样一个道理——任何情况之下，只要不是苦役式的命运，完全没有自由的生活，那么人至少可取两种不同的生活态度，至少可实际地选择两种不同的生活——积极的态度和消极的态度，较乐观的生活和非常沮丧的生活。而这也就意味着获得同一情况之下两种不同的生活质量……

哈市国有企业的现状是严峻的，令人堪忧的。东三省大多数国有企业的现状都是严峻的。这是一个艰难时代，对普遍的国有企业的工人尤其艰难。据我看来，绝非短时期内能全面改观的。国家有国家的难处，这难处不是一位英明人物的英明头脑，或一项英明决策所能一朝解决的。这个体制的负载早已太沉重了。从前中国工人的活法是七分靠国家，三分靠自己，现在看必得反过来了，必得七分靠自己，三分靠国家了。那三分，便是国家对国有企业的工人阶级的责任。它大约也只能负起这么多责任了。这责任具有历史性。

既然必得七分靠自己了，你打算怎样，该认真想想。你来信说打算提前退休或干脆辞职，我支持。这就等于与自己所依赖惯了的体制彻底解除"婚约"了。这需要很大的勇气，因为你毕竟有别于年轻人。而且得清楚，那体制不会像一个富有的丈夫似的，补偿你什么。届时你的心态应该平衡，不能被某种"吃了大亏"的想法长久纠缠住。而最主要的，是你做出决定前必得有自知之明，反复问自己什么是想干的？什么是能干的？在想干的和能干的之间，一定要确定客观实际的选择。

总之，你一旦决定了，你的困难，二哥会尽全力周济帮助的。过些日子，我会嘱出版社寄一笔稿费去的。抽时间去医院看望大哥。今天，我集中精力写信。除了给你们三个弟弟妹妹写信，还要抓紧时间再写几封。告诉大伟，说二舅问她好。也替我问春雨好。嘱他干活注意安全。余言后叙。

兄晓声

1996年5月3日于京

在那里是……

慈爱高墙内，集中错乱的意识形态；外，是正常的，普识如是。

三排旧红砖房，分隔成若干房间。一对扇铁门，仿佛从没开过。上有小门，一天也开不了几次。院中央有一棵树，塔松，栽不久。铁门左右的墙根，喇叭花在夏季里散紫翻红，是美的看点……

我父母去世后，我将从二十一岁就患了精神病的哥哥，从哈尔滨市的一所精神病院接到北京，他起初两年就在那里住院。

哥的病房，算他五名病人。二人与哥友好。一是丘师傅，比哥的年龄还大，七十几岁了；一是最年轻的病人邹良，绰号"周郎"。丘师傅曾是某饭店大厨，据老哥讲，他患病是儿女气的，而"周郎"原是汽车修配工，因失恋而精神受伤。他整天闹着要出院，像小孩盼父母接自己回家。

某日傍晚，大雨滂沱。坐在窗前发呆的丘师傅，忽然站起，神情焦虑，显然有不安的发现。于是引起其他病友注意，都向那窗口聚集过去。斯时雨鞭夹杂冰雹，积满院子的雨水已深可没踝。指甲大的冰雹,砸得水面如同沸鼎。而一只小野猫,无处可躲,境况可怜。它四爪分开,紧紧挠住塔松树干,膏药似的贴着,雷电间歇,一声比一声凄厉地叫。才是不大点儿的一只小猫,估计也就出生两个多月。它那种恐惧而绝望的叫声,带足了求救意味。塔松叶密,它已无法爬得再高;全身的毛被淋透,分明是坚持不了多久了……

丘师傅毫无先兆地胃疼起来,扑在床上翻滚。病友们就拉开窗,齐声叫喊医护人员。一名穿水靴的护士撑伞而至,刚将门打开,丘师傅一跃而起,冲出——他从树上解救下了那只小野猫,抱在怀里跑回病房。待护士恍然大悟,小野猫已在丘师傅被里,而他成了落汤鸡。护士训斥他不该那么做,命立刻将小野猫丢出去。丘师傅反斥道:"是你天使该说的话吗?"护士很无奈,嘟哝而去。从此,那一只小野猫成了那一病房里五名精神病患者集体的宠物。每当医护人员干涉,必遭一致而又强烈的抗议。女院长倒是颇以病人为本,认为有利于他们的康复,破例允许。丘师傅贡献洗脚盆当小猫沙盆,于是以后洗脸盆一盆二用。而"周郎",则主动承担起了清理沙盆的任务。院长怕院子里有难闻气味,要求必须将猫沙深埋。都是来自底层人家的病人,谁又出得起钱为小猫买什么真正的猫沙呢?每日在院子里做过集体操后,同病房的五人,这里那里铲起土,用扇破纱窗筛细,再用塑料袋带回病房。他们并没给小野猫起名,都叫它"咪咪"而已。当明白了它是一只瞎眼的小野猫,更怜爱之。

"咪咪"肯定是一只长毛野猫和短毛野猫的后代,一身金黄色长毛,背有松鼠那种漂亮的黑色条纹。而脸,却是短毛猫的脸,秀气,极有立体感。倘蹲踞着,令人联想到刚走下T台的模特,裹裘皮大衣小憩,准备随时起身再次亮相。"咪咪"特文静,丘师傅枕旁的一角,是它最常卧着的地方。而且,一向紧靠床边。似乎它能意识到,一只侥幸被人收养的流浪猫,有一处最安全的地方卧着,已是福分。它很快就对病房里五个人的声音都很熟悉了,不管谁唤它,便循声过去,伏在那人旁边;且"喵喵"叫几声,表达娇怯的取悦和感恩。它极胆小,一听到医护人员开门锁的响动,就迅速溜回丘师傅的床,穿山甲似的,拱起褥子,钻入褥子底下。有次中午,另一病房的一名病人闯来,一见"咪咪",大呼小叫,扑之逮之,使"咪咪"受到空前惊吓。"周郎"生气,厉色宣布对方为"不受欢迎的人"。"咪咪"的惊恐却未随之清除,还是经常往褥子底下钻。五名精神病人困惑,留意观察,终于晓得了原因——是由于他们在病房走动时,脚下塑料拖鞋发出的"咯吱"声。拖鞋是医院统一发的,"咪咪"难以从声音判断是不是那个"不受欢迎的人"又来了?他们便将五双拖鞋退了,凑钱让护士给买了五双胶底的软拖鞋。此事,在医护人员中传为精神病患者们的逸事……

那是一家民办的康复型精神病院,享受政府优惠政策,住院费较低,每月一千余元。亲人拿患者实在没办法了,只得送这里来接受一时的"托管"。病情稍一好转,便接回家去。每月一千余元,对百姓人家那也是不小的经济负担啊!所以,病员流动性大。两个月后,同病房的病友已换二人。两名新病人不喜欢猫……

丘师傅对"周郎"比以往更友好了,有时甚至显出巴结的意思。

他将自己的东西，一次一两件慷慨地给予"周郎"。当他连挺高级的电动剃须刀也给予时，他最年轻的病友惴惴不安了。当着我老哥的面，"周郎"问："你对我也太好了吧？"

丘师傅却说："近来，我夜里总喘不上气儿。"

"我觉得，我活不长了。"

"我的东西，有你看得上眼的吗？"

"你说，我要是死了，咪咪怎么办？"

"还有我和老梁爱护它呀。"

"老梁是指望不上的。他弟弟不是每次来都说，正替他联系别的医院吗？""就是老梁转院了，那还剩我呢！""你要是出院了呢？""那我就不出院。不行，我家穷，我也不能总住院啊！""我要是真死了，会留给医院一笔钱，作为你的住院费。为了咪咪，你可要能住多久住多久，行不？""这行，哎，你还有什么东西给我？""我死了，我的一切东西，凡你想要的都归你……"我去探视哥哥时，哥哥将他的两名病友的话讲给我听，显出嫉妒友情的样子。我笑笑，当耳旁风。翌年中秋节前，我买了几箱水果又去，听一名护士告诉我，丘师傅死了。患者来去，物是人非。认得我并且我也认得的，寥寥无几了。在探视室，我意外地见到了"周郎"，他膝上安静地卧着咪咪。

那猫长大了，出落得越发漂亮。他老父母坐他对面。"儿呀，你就跟我们回家吧！"他老母亲劝他。看来，已劝很久。"周郎"说："爸，妈，我的病还没轻，我不回家。"他老父亲急了，训道："你

263

就是因为这只猫！""还因为丘师傅,他活着的时候对我那么好。""我们对你就不好了吗？""爸,妈,我不是这个意思,可……我得说话算话啊！"

那个精神病人青年,轻抚了几下咪咪,突然长啸:"啊哈！我乃周瑜是也……"接着,东一句西一句,乱七八糟地唱京剧。而咪咪动一动,更加舒服地卧在他膝上,习以为常。两位老人,眼中就都流泪。我的哥哥患病四十余年中,我无数次出入各类精神病院,见过各种表现的许许多多的精神病人,却第一次听到精神病人不肯出院的话,为一只瞎猫,一份承诺和对友情的感激……我心怦然。我心愀然。"周郎"终于不唱,指着我对老父母说:"你们问问这个是作家的人,我一走了之,那对吗？"两位老人也都泪眼模糊地看我,意思是——我们的儿子,他究竟说的是明白话还是糊涂话啊？我将两位老人请到探视室外,安慰他们:既然他们的儿子不肯出院,又何必非接他出院不可呢？随他,不是少操心吗？两位老人说,一想到住院费是别人预付的,过意不去。这时院长走来,说丘师傅根本没留下什么钱。说丘师傅自己的住院费还欠着一个多月的,儿女们拖赖着不肯来交。又说小周是几进几出的老患者了,医院也需要有一定比例的轻患者、老患者,利于带动其他患者配合治疗。民政部门对院方有要求,照顾某些贫困家庭是要求之一。并大大夸奖了"周郎"一番,说他守纪律,爱劳动,善于团结病友。

我扭头向病室看时,见"周郎"在室内侧耳聆听……如今,六七年过去了,我的哥哥早就转到现在这一所医院了。几天前我去探视他,陪他坐在院子里的长椅上吃水果,聊天。老哥忽然问我:"你还记得小周吗?就是我在前一所医院的病友……"我说记得。哥哥又说:"他总算熬到出院的一天了。"我惊讶:"他刚出院?你怎么知道?""我们一直通信来着。""你和他……一直通信……"

"咪咪病死了。小周把它埋在了那一棵松树下。他在写给我的信中说,做了一回说话算话的人,感觉极好……""怎么好法?""那他没说。"六月的夕阳,将温暖的阳光无偿地照在我和我的老哥哥的身上。

四周静谧,有丁香的香气。我说:"把小周写给你的信,给我看看。"哥说:"不给你看。小周嘱咐,不给任何人看。"老哥哥缓缓地享受地吸烟,微蹙眉头,想着一个老精神病患者头脑中的某些错乱的问题。四十余年来,他居然从不觉得思想着是累的。我默默地看他,想着我们精神正常的人的问题。有些问题,已使我们思想得厌倦。忽然他问:"哪天接我出院?"那是世上一切精神病人的经典话语。他眼中闪耀渴望的光……

分裂。

那里,我所见到的最斯文的人,莫过于第六病房的二十八床。哥哥也在第六病房,哥哥的床位是二十七。有次我进入第六病房为哥哥换被罩、换褥单,并要将他的脏衣服带走,于是看到了哥哥那名最斯文的病友。我说他最斯文,乃与别的患者相对而言,也是指他给我留下的第一印象。

当时他的床上放着笔记本电脑,看起来那电脑还是新的。他正背对着哥哥的二十七床打字。我是一个超笨的人，至今不会操作电脑，故对能熟练操作电脑的人，每心生大的羡慕。他背对着哥哥的床，便是面对着病房的门。患者们都在院子里自由活动，我没让哥哥陪我进病房，而是自己进入的。我以为六病房那会儿没人呢，一脚门里，一脚门外，猛地见一个人在精神病院的病房里用笔记本电脑打字，别提令我多惊讶了。

他四十几岁的样子，脸形瘦削，白皙，颜面保养得很好。显然是个无须男子，脸上未有接触过剃须刀的迹象。那么一种脸的男子，年轻时定是奶油小生无疑。连他的脸，也给我斯文的印象。那时已是初秋月份，他上穿一件灰色西服，西服内是白色衬衣。衬衣的领子很挺，尚未洗过。而且系着领带，暗红色的，有黑条纹。他理过发没几天，对于中年男子，那是发型最精神的时候。他的头发挺黑，分明经常焗染；右分式，梳得极贴顺，梳齿痕明显，固定，因为喷了发胶的缘故。有些男子对自己的发型是特别在乎的，喜欢要那么一种刻意为之的效果。看来他属于那一类男子。

我以为自己进错了地方，撤回已经进入病房的那一只脚，抬头看门上方的号牌——没错，这才步子轻轻地走入。

他抬头看我一眼，目光随即又落在电脑屏幕上。我经过他身旁时，瞥见一双比他的脸更白皙的手。那是一双指甲修剪得很仔细的手，数指并用，在键盘上飞快地敲点，如同钢琴家在微型钢琴上弹奏一支胸有成竹的曲子。

我走到哥的病床旁，于是也就站在了他背后。他立刻将电脑合上,却没合严,用几根手指卡着。分明地,防止我偷看。

这使我觉得不自在。

我低声地,也是很礼貌地问:"我想为我哥哥换被罩和床单,可以吗?"

"请便。"

他的语调听来蛮客气的,并无拒人千里的意味儿。但是,一动未动。

我开始做我要做的事,他站起来,捧起电脑。我发现他下身穿的却只不过是病服裤子,脚上是医院发的那种廉价的硬塑料鞋。袜子却肯定是他自己的,一双雪白的布袜。

我于是断定,这个起初使我另眼相看的男子,终究也是一名精神病患者。

在我看着他的背发愣之际,他转过了身,彬彬有礼地说:"让您见笑了!"

之后,捧着电脑绕到他病床的另一侧,再将小凳也拎过去,款款坐下,又打起字来。那么,我就是有一米长的脖子,也难以偷看到他在打些什么内容了。

再之后,彼此无语,我默默做我的事,偶尔瞥他一眼,见他嘴角浮现笑意,是冷笑,一丝。

冷笑……

还是冷笑……

我于是感觉周身发寒。

267

在一阵阵或急促或徐缓的敲键声中，我终于做完了我的事。

当我离开病房时，他头也不抬地说："再见。"

连他的语调也变得冷冰冰的了……

来到院子里，我问哥哥："你病房那名新病友起先是什么人？"

老哥说："二十八床是外地来的，在一座小城里当过科长，至于哪方面的科长，老哥也不清楚。"

我说："在小城，科长是挺有权的人了。精神病，那也不一定非要到北京才能治啊。"

老哥说："那小城没精神病院。二十八床已在省城精神病院住过两次院了，未见好转……"

我和院长熟了，遂怀着困惑去问院长。

院长告诉我："二十八床原本当科长当得挺舒服的。那是小城里的闲职，属于权虚事少却又非有不可的位置。在从前，那类科长的上班情形，被形容为吸着烟，饮着茶，看着报，接电话，发文件。现而今，办公现代化了，配电脑了，于是连报也不看了，变成拿公务员工资的网虫了。起初还只不过在办公室里玩玩网上麻将或电脑游戏，后来腻歪了，兴趣转向热衷于参与网上话题了。一坐办公椅上，第一件事便是开电脑，接着一通点击搜索。有讨论可参与，便激动，便亢奋。倘无，一天都没精神，缺氧似的。偏偏那一时期，要提拔一位副处长。他已做了八九年科长，自认为早该轮到提拔他了。属下们也有这种看法，甚至预先对他说恭喜的话了。他呢，半情愿不情愿地，已宴请过两次了。不料竟是梦里看花水中捞月一场空，他是多么地郁闷和失落不言而喻。大约从那时起,他开始在网上骂人了。他骂人并非由于观点对立,仅仅是需要骂人。用日语说,是无差别之骂,随意性极大。闯入一个网站,只要有话题,上来就是一通乱骂。也许在这个网站支持甲方,大骂乙方。到了下一网站,同一话题,挨他骂的却是甲方了。日复一日,越骂越花花,越骂越来劲儿。最后,也在各机关网站开骂了,而且专骂熟人,朋友也不例外,骂得最具快感。骂过之后,见了面照旧握手、拍肩、称兄道弟,亲热有加,快感也有加。却又心里犯嘀咕,怕熟人和朋友们有朝一日识破他的两面性,于是加倍地对熟人和朋友主动示好。那么做了,心理不平衡,背地里又在网上骂,于是活得心里超累。某日,同事们在办公室谈网络之事,讲到了与他类似之人的类似之事,他就以为是含沙射影,针对他;大打出手,接着歇斯底里大发作。其实同事们根本不是在说他,是他自我暴露了。若不然,挨过他骂的人谁都不会想到骂自己的是他。北京的正式精神病院,经过会诊,宣布他为最严重精神分裂型患者。也就是说,基本没治了。他的家人听说这里是托管型的精神病医院,通过关系将他送来,但求眼不见心不烦……"

"那,还让他接触电脑?""不让不行啊,戒毒还得有个过程嘛,再说那电脑是台废的,外壳新。除了打字的功能,其他功能一概不具备。""他不知道?""他也和那台电脑一样,其他认知能力迅速退化了。只要还能通过电脑这一载体敲出一行行骂人的字来,他的病情暂时就不会朝更严重的方向发展。唉,原来不错的一个人,可惜了！"我亦叹道："都是网络惹的祸。"院长立刻反驳："你这种说法我绝不苟同。不是网络使他成了精神病人，而是网络使他的精神分裂潜伏期延长了。没有网络，他早该疯了，还不知会以多么暴烈的方式发作呢！"我说："难道他的亲人们还得替他感谢网络？"不料院长说出一句话竟是："连我们中国都得感谢网络！"我一怔，表示愿听端详。院长接着说："你想过没有，中国有十三亿多人口啊！这一点决定了中国的任何一类群体，都将是世界上最多的。各种各样的压力，使人浮躁，使人倦怠，使人郁闷，使人怨毒，使人心理紧张，使人生理紊乱，使人人格分裂，使人找不到北，使人想骂人，使人产生攻击的冲动。如果能够统计，为数肯定不小。幸亏有网络，使这样的人们有减压的途径。当然网络带给人类的其他好处很多，很巨大。比如推动民主，促进法制，监督腐败。但我指出的，也是一大好处。当然减压的方式很多，许多方式更健康、优雅。但没有经济条件去优雅，感觉压力重重，也希望减压的人们，他们选择成本最低的方式减压，同志，可以理解了吧？"我一时不知说什么好。离开精神病院，我的心情特复杂。觉得受益匪浅，亦觉得被歪理邪说所蛊惑，认识混乱，也有点找不到北了。过马路时，一个骑自行车的人险些撞着我。我心头傺恼，正想骂他一句，却被对方抢先了。"你他妈瞎呀？"对方扬长而去。回到家里，我命儿子替我开了电脑，打算在我的博客上大骂那骑自行车的人，一想，自己不会打字，身为父亲口言骂人话，命儿子敲在电脑上，这等事我还是做不出来。于是只在心里骂了一句："你他妈才瞎了呢！"快感。

小的。却毕竟是快感……

斯文。

还是那里。

我又去探视哥哥时，恰逢全体病人（男子病人区）刚在院子里做完操。他们还有半点钟的自由活动时间。在这半点钟里，想吸烟的可以吸。而烟，是他们集合在院子里了才发给的。不吸烟的，也不愿提前回病房。这儿那儿，蹲一起发呆。有的，无缘由地笑。还有的，双手抱头，陷于正常人不解的苦恼。

那会儿，他们与高墙外的人们的不同，是一眼就看得出来的。那会儿，看到他们的人会不由得庆幸，自己不是他们中的一个。那会儿，我陪我的哥哥在探视室聊天。我忽然觉得院子里骚乱了，起身走到窗前朝院子里望，见一名歇斯底里发作的患者在抢别人正吸着的烟。有人将烟背到身后，佯装并没吸烟的样子。有人躲远偷偷吸。有一个人反应慢了点，结果叼在嘴上的烟被抢去。然而抢烟的患者并没吸成，烟烫了他的手，掉地上了。"看你，不好言好语地要，偏要抢，烫手了吧？"身体高大强壮的患者，语调温良地说着，将很短的一截烟蒂踩灭。瘦小的患者，于是低声下气地乞求："给我一支烟！"高大强壮的患者却说："我不能给你烟，医生护士都不允许。你因为吸烟，夜里咳嗽成什么样你自己忘了吗？再吸，又得为你输液了。输一次液得花不少钱，你家里那么困难，你怎么就不为你家里人想一想……"

"啪——"他的话还没说完，挨了一记耳光。我觉得问题严峻了，跨出探视室，打算以正常人的角色制止难以想象的事态。

但出乎我的预料的是，高大强壮的患者，却并未立即向瘦小的患者发威。他摸了一下脸颊，竟笑了，依然用温良的语调说："好心好意劝你，你反而打我，你对呀？"

那时，在我看来，高大强壮的患者，简直绅士极了，斯文极了。"你他妈给我一支烟！"瘦小的患者还要打，高大强壮的患者没有躲。瘦小的患者讨不到烟，也打不到人，于是辱骂。其言污秽，不堪入耳。"那么脏的话，你怎么骂得出口啊！"高大强壮的患者，脸红到了脖子，他一转身提前回病房去了……瘦小的患者达不到目的，四下睃寻，又抢别人的烟，向别人讨；抢不到也讨不到，打别人，骂别人……被打者，竟无一人还手。被骂者，也都像那高大强壮的患者一样，默默躲入病房。"别跟他一般见识！""都让着他点儿！""他属于重病号！""他初来乍到，带进来了外边……"我听到有的患者在互相告诫。那一时刻，在我看来，满院的精神病患者，除了瘦小的歇斯底里大发作的那一个，皆绅士极了，斯文极了，有涵养极了；与我在高墙外的世界每见每闻的情形完全相反……我愕然。我困惑。一位医生两名护士出现了。"三床的，你又胡闹！丢不丢人啊？"瘦小的患者，顿时变乖了……我忍不住与医生交谈，虔诚地向他请教，为什么那些个精神病患者，在刚才那么一种情况之下，表现居然都那么的良好？是不是给他们服用了某种进口的、特效的新药？医生笑了，说世界上根本没有那么一种高级的药研制出来。他耐心向我解释，其实是精神病院这一种特殊的环境，对精神病患者起到了心理暗示的作用。而这也就是为什么许多种病，只要患者在家里服药就足以使病情稳定、减轻，却需一再接受住院治疗的原因……

见我还是不明所以，他又说，凡精神病人，在家里时，大抵都是不肯承认自己患了精神病的。因为家庭的环境，难以使患者接受这样一个事实，即他与他的亲人们显然不同。精神病患于脑内，没有任何体表症状，亦无脏器痛苦，亲人要使患者懂得自己患了精神病，绝非易事。但精神病患者一住进精神病院，环境的方方面面都在潜移默化地向他传达一种信息——他患精神病了。渐渐地，他们也就能够接受这一现实，面对这一现实了，而这是精神病学的心理学前提。一个人，当他承认自己患了精神病，那么也就等于他同时明白了——如果他想离开医院，他就一定要使自己的表现不异于精神正常的人。他也明白，只有当他变得那样以后，他才被认为病情治愈了，起码是减轻了。怎样的人才是一个精神正常的人呢？对于男人而言，正如你刚才所见，在某种情况之下，要尽量表现得有绅士风度、斯文、有涵养。一句话，轻型精神病人，或由重转轻的精神病人，他们做人是很有目标的……

医生问我："毛主席在《纪念白求恩》那一篇文章中，怎么评价白求恩来着的？"我回答："一个高尚的人，一个纯粹的人，一个有道德的人，一个脱离了低级趣味的人，一个有益于人民的人。"医生说："一个纯粹的人，一个有道德的人，一个脱离了低级趣味的人，以这三条来形容某些精神病人的做人目标，那也是比较恰当的……只不过……"他沉吟片刻，也向我请教："什么样的人，才算一个纯粹的人？"我老老实实地回答："我不知道。当年曾希望搞明白，至今还是不明白。""也许，指表里如一吧？"我说："那么纯粹的人，岂非太少了？"他说："所以毛主席才称颂白求恩啊。"当我离开精神病院，一路走，不禁地一路想——外边的世界很精彩，差不多人人皆有目标，某些人还有诸种目标。但在做人方面有目标的，多乎哉？寡乎哉？这是精神正常的人们的无奈吧？里边的世界很无奈，但精神病患者们，他们居然有做人的目标——如果那位精神病医生的话是值得相信的，那么可不可以说，里边的世界不无精彩呢？

我于是驻足，转身，回望那高墙，那铁门。倏忽间我心生恐慌——自己如此胡思乱想，难道也有点儿精神不正常了？……

关于"家"的絮语

即使旧巢倾毁了,燕子也要在那地方盘旋几圈才飞向别处——这是本能。即使家庭就要分化解体了,儿女也要回到家里看看再考虑自己去向何方——这是人性。恰恰相反的是,动物和禽类几乎从不在毁坏了巢穴的地方又筑新窝。而人几乎一定要在那样的地方重建家园……

"家"对人来说,是和"家乡"这个词连在一起的。

贺知章的名诗《回乡偶书》中有一句是"少小离家老大还"。遣词固然平实,吟读却令人回肠百结。当人的老家不复存在了,"家"便与"家乡"融为一体了。

在山林中与野兽历久周旋的猎人,疲惫地回到他所栖身的那个山洞,往草堆上一倒,许是要说一句——"总算到家了"吧?云游天下的旅者,某夜投宿于陋栈野店,头往枕上一挨,许是要说一句——"总算到家了"吧?即便不说,我想,他内心里也是定会有那份儿感觉的吧?一位当总经理的友人,有次邀我到乡下小住,一踏入农户的小院,竟情不自禁地说:"总算到家了"……他的话使我愕然良久。切莫猜疑他们夫妻关系不佳,其实很好。为什么,人会将一个山洞、一处野店,乃至别人的家,当成自己的"家"呢?

我思索了数日,终于恍然大悟——原来人除了自己的躯壳需要一个家而外,心里也需要一个"家"的。至于那究竟是一个怎样的所在,却因人而异了……

"家"的古字,是屋顶之下,有一口猪。猪是我们的祖先最早饲养的畜类。是针对最早的"家"而言。是最早的财富的象征。足见在古人的观念中,财富之对于家,乃是相当重要的含义。

在当代,一个相当有趣的现实是——西方的某些富豪或高薪阶层,总是以和家人待在一起的时间的多少,来体会幸福的概念的。而我们中国的某些富豪和高薪阶层,总是要把时间大量地耗费在家以外,寻求在家以外的娱乐和花天酒地。仿佛不如此,就白富豪了,白有挥霍不完的钱财了。

这都是灵魂无处安置的结果。心灵的"家"乃是心灵得以休憩的地方。那个地方不需要格外多的财富,渴望的境界是"请勿打扰"。是的,任何人的心灵都同样是需要休憩的。所以心灵有时不得不从人的"家"中出走,去寻找属于它的"家"……建筑业使我们的躯壳有了安居之所,而我们的心灵自在寻找,在渴求……

遗憾的是——几乎我们每一个人都有家,而我们的心灵却似无家可归的流浪儿。朋友,你倘以这一种体会聆听潘美辰的歌《我想有个家》,则难免不泪如泉涌……